KB111179

서커스 나이트

서커스 나이트

요시모토 바나나 김난주 옮김

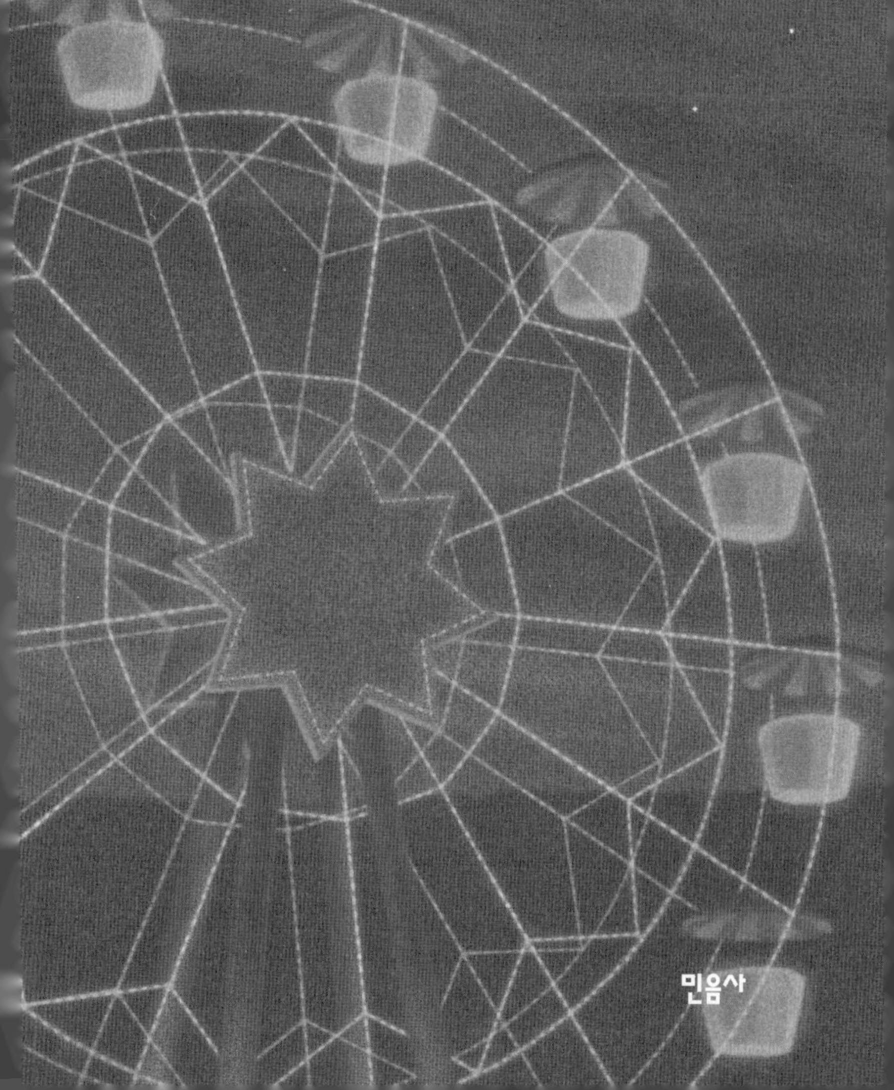

민음사

CIRCUS NIGHT
by Banana YOSHIMOTO

Japanese original edition published by Gentosha Inc., Japan.

Korean translation edition is published by arrangement with
Banana Yoshimoto through ZIPANGO, S.L.

차례

1 이상한 편지

초저녁 어둠이 우리를 감싸 천막 속 같네

나는 재주 없는 피에로 너는 Fearless Girl Circus Night

아무리 비현실적인 일이어도 날 수밖에 없는 밤

너를 원해 키스하고 싶어 막이 오르네 Circus Night

나나오 다비토, 「서커스 나이트」에서

내가 그 이상한 편지를 받은 때는 초여름이었다.

여름 휴가철이 되면 이 년에 한 번은 반드시 찾아가는 고향 발리 여행을 위해서 조금이라도 싼 항공권을 찾으려고 온갖 사이트를 뒤지느라 어쩌다 늦게까지 깨어 있을 때.

딸 미치루를 재우고 거실 테이블 앞에 앉았는데, 시어머니가 정리해서 놓아둔 우편물에 그것이 섞여 있었다.

파란 봉투에 상큼한 글씨로 내가 지금 얹혀사는 이 집의 성씨만 적혀 있었다.

"마쓰자키 씨께."

시어머니는 봉투에 적힌 글자가 젊은 사람의 글씨 같아서 내게 온 편지라고 여겼으리라. 그래서 반사적으로 나와 미치루가 사는 2층 우편물 사이에 넣었으리라.

어쩌면 내가 먼저 읽어서는 안 되는 편지인지도 몰랐다. 그러나 운명은 가느다란 실이라도 잡아당겨 확실하게 잇는 법이다.

나는 별 생각 없이 봉투를 열고 편지를 읽었다.

마쓰자키 씨

이런 글로 인사드려 죄송합니다. 저는 이치다 이치로라고 합니다.

옛날에 제 부모님이 마쓰자키 씨가 지금 사시는 집에 살았던 적이 있습니다. 저는 거의 기억이 없는데, 저와 동생도 어린 시절을 그 집에서 보냈다고 합니다.

정말 이상한 부탁이라는 것은 잘 압니다.

지난봄에 제 어머니가 돌아가셨습니다.

평안한 죽음이었습니다. 그런데 숨을 거두기 직전에 지

금 마쓰자키 씨가 사시는 집 얘기를 여러 번 했습니다. 그 집 마당의 담장 밑에 소중한 것을 묻었으니 가능하면 확인해서 되찾아 오라고요.

얼마 전에 댁의 담장 앞을 지나가면서 그 부근에 지금 히비스커스 나무가 자라고 있는 것을 확인했습니다.

어머니는 통증을 완화하기 위해 늘 모르핀을 복용했던 터라 의식이 상당히 몽롱했으니 어쩌면 벌써 오래전에 파 와서 어머니의 유품 중에 있을지도 모르겠습니다.

어머니가 돌아가신 마당에 그냥 놔두어도 상관없지만, 도무지 마음에 걸려 견딜 수가 없군요.

혹시라도 괜찮으시다면 꼭 원래대로 복원해 놓을 테니 마당에 들어가 흙을 조금 파도 될는지요? 그쪽의 사정에 맞춰 찾아뵙겠습니다.

이 편지를 읽고 불쾌하지 않으셨다면 언제든 좋습니다. 연락해 주십시오. 090-××××-××××

이치다 이치로

뭐지, 이 편지, 하고 생각했다. 정말 무슨 말인지 알 수 없었다.

장난 편지로밖에 보이지 않았다.

뭐야, 내가 아는 이치다 이치로잖아.

하지만 어느 모로 보나 내게 보낸 편지 같지 않았다.

마쓰자키 씨께라고 정중하게 썼지만, 그는 내 성을 그렇게 알고 있지 않다.

이치로, 알고 보낸 거야? 아니면 정말 내가 여기 산다는 걸 모르는 채 우연히 이런 편지를 보낸 거야? 게다가 이 집에 살았던 적이 있다니, 무슨 말이야? 어떻게 그런 일이 있을 수 있지?

세월이 흘러 나도 모르게 이치로가 옛날에 살던 집에 살게 되었다는 거야?

그의 주소를 보니 내가 알던, 그리고 한동안 살기도 했던 이치로네 그 집 주소여서 정말 어이가 없었다.

세상에 이런 일이 있구나, 하면서 나는 인연이란 것의 끔찍함을 느꼈다.

내가 그를 알게 되었을 때 이미 그는 봉투에 적힌 주소에 살고 있었고, 나는 그 후에 여기로 이사 왔으니 그가 옛날에 살던 집이라는 건 전혀 알 수 없었다.

이치로는 옛날에 연인이었던 사람.

내가 정말 유일하게 좋아했던 첫사랑.

아주 오래전, 스무 살에서 스물두 살 때까지 사귀었던 잊을 수 없는 사람이다.

여러 가지 일이 생기고 조금씩 관계가 뒤틀리다 우리는 결국 무척이나 슬프게 헤어졌다.

젊은 시절의 삼 년은 길고, 그 후의 인생에 미치는 영향도 상당히 크다.

내 인생에 그 연애가 드리운 그림자는 더욱이 컸다.

천진난만하고 생명력에 넘치고 앞뒤 가리지 않던 나는 모든 것을 숨김없이 표현하다 그만 도를 지나치고 말았다. 지금은 '사소한' 일이라고 생각할 수 있지만, 그 사건 때문에 나는 마음뿐만 아니라 몸에도 상처를 입었다.

그때 후로 내 왼손 엄지손가락은 굽은 채 펴지지 않고, 장마철이 되면 욱신욱신 아프다.

그렇구나, 어머니가 돌아가셨구나.

어쩌면 그랬을 수도 있지, 모두가 그때 모습 그대로 건강하게 살고 있을 수는 없을지도 모르지…… 어렴풋이 그렇게 생각하고는 있었다.

하지만 확인조차 하지 않았다.

내게 이치다 집안사람들은 다시 만나서는 안 되는 과거의 사람들이었다.

가깝기는 해도 차원이 전혀 다른 세계에 살았다.

나는 지금 완전히 다른 인생에 뛰어든 상황이다.

나는 눈을 꼭 감고 두 손을 모았다. 정말 좋아했던 이치로의 어머니, 화해하러 가지 못해 죄송합니다. 그렇게 생각했다.

이치로 어머니의 꽃 같은 모습이 마음 가득 차올랐다.

가려면 언제든 갈 수 있었다. 그리고 언제나 마음의 짐이었다.

그런데 내가 나타나 이치다 집안사람들이 기억하고 싶지 않은 일을 떠올리게 되면 어쩌지, 하는 생각에 가지 못한 채 시간만 흘렀다.

후회해도 소용없는 일, 하지만 이치로의 어머니와 마주하고 얘기하지 못한 것은 조금 아쉬웠다.

언젠가 길거리에서 우연히 마주치는 날이 올 거라고 믿고 있었다.

딸의 손을 잡고 걷다가, 서로에게 새로 생긴 아이와

손주들과 함께 우연히 만나 잠시 웃는 얼굴로 얘기를 나누고, 그렇게 마음의 짐을 내려놓는 날이 반드시 오기를 희미하게나마 바라고 있었다.

그러나 그렇게는 되지 않을 듯하다.

봉투를 두 손 사이에 끼고 싸늘한 그 파란색에서 무언가를 감지해 보려 했다.

눈을 감고 이미지를 집어낸다. 물속에 손을 넣는 것처럼.

그러자 내 마음의 눈에 무화과가 보였다.

상대는 히비스커스라고 하는데 왜 무화과일까? 하고 생각했다.

그 무화과는 달콤하고 좋은 향을 풍겼다.

사물에 손을 대고 가만히 보고 있으면 이미지가 떠오른다. 그리고 차례차례 떠오르는 이미지를 흘려보내면 상당히 정확한 정보를 얻을 수 있다.

그런 재주를 나는 어릴 때부터 갖고 있었다.

어른이 되어 그런 재주를 리모트 뷰잉이나 사이코메트리라고 한다는 걸 알았지만, 그런 용어를 몰랐을 때부터 나는 '사물에게 물어보는' 그 행위에 대해 생각했다.

다른 사람에게 말하면 '그 사람의 진심을 알고 싶다.'라느니 '그 돈을 훔친 사람이 누구냐?' 하는 골치 아픈 요구를 하는가 하면 뭐든 다 안다고 여기니까 웬만큼 가까운 사람이 아니면 이 힘에 대해 말하지 않는다.

전문가가 아니라서 나의 그 힘은 들쭉날쭉 초보 수준이다.

오래도록 누구나 그런 힘을 발휘할 수 있을 거라고 생각했을 정도다.

그런 능력이 조금 있을 뿐 다른 일은 아무것도 못 하는데 지금까지 용케 살아왔다고 다들 깜짝 놀란다.

그런 데다 나와 사물의 대화는 당연히 빗나갈 때도 있고, 종종 불필요한 잡음 같은 것이 섞일 때도 있다.

이번 '무화과'도 그에 가깝다.

한번 무화과의 이미지가 떠오르면 예를 들어 이치로가 편지를 쓰면서 무화과를 먹는 이미지 같은 것이 고구마줄기처럼 줄줄이 떠오른다. 이 경우 아는 사람인 탓에 더욱이 어렵다.

그러니 얻은 정보가 모두 유익하다고는 할 수 없다.

다만 뭐랄까, 그 안에 포함된 뉘앙스 같은 것은 빗나간 적이 없다.

봉투가 그렇게 중얼거린다고밖에 표현할 수 없지만, 그것들은 대체로 맞아떨어진다.

나는 이 집 마당에 무언가가 묻혀 있는데, 비싼 물건은 아니지만 추억을 담고 있는 것만은 분명하다는 결론에 도달했다.

이치로의 어머니가 과거에 대해 무슨 얘기를 한 적은 거의 없었다.

사근사근한 태도에 소녀 같은 면이 있고, 늘 남을 생각하고 불평 없이 얘기도 잘 들어 주는 사람이었다. 그리고 몸을 움직여 일하고 자신의 시간을 타인에게 할애하는 일이 많았다.

나는 이치로가 아무것도 모르는 채, 이 집에 내가 사는 줄은 꿈에도 모르는 채 편지를 썼다고 확신했다.

이 편지가 내게 온 것은 진짜 우연, 운명이었다.

어떻게 이런 일이 생길 수 있는지, 그걸 알기에는 내 인생 경험이 너무 짧았다.

보다 큰 무언가가 파도를 일으키거나 누군가의 작은

소원이 점점 큰 바람이 되어 이런 일이 생겼다. 그렇게밖에 말할 수 없을 듯한 기분이었다. 뭘까. 뭐가 시작되고, 뭐가 끝나는 것일까?

그런 생각을 하면서 이치로의 편지를 거실에 놔둔 채 나는 침대에 쓰러지듯 누워 그대로 잠이 들고 말았다.

꿈과 현실이 뒤섞인 세계에서 나는 이치로의 웃는 얼굴을 보았다. 걷는 모습을 보았다.

그 무렵의 내게는 이 세상에서 가장 중요했던 사람의 등을 보았다.

그의 스웨터와 가방 같은 것들이 되어 늘 따라다닐 수 있다면 얼마나 좋으랴 했던 시절. 그럴 수 있다면 이렇게 괴롭지도 않고 자연스럽게 같이 있을 수 있을 텐데. 그런 생각이 간절했다.

첫사랑이어서 그랬는지 나는 몸이 아플 정도로 그를 좋아했다.

키스도 하고 서로를 안기도 하지만, 떨어져 지내는 시간이 많다면 차라리 그가 되고 싶다고 생각할 만큼 처절한 갈망은 채워지는 일이 없었다.

그의 어머니가 내게 웃어 줄 때마다 기분이 좋아졌고, 그를 낳아 준 사람이 그녀라는 생각만 해도 신에게 감사하고 싶어졌다.

우리 엄마와 달리 차분한 그의 어머니에게도 나는 푹 빠져 있었다.

이치로의 가족은 신사 경내에 있는 사무소에서 살았다.

당시 사무소 1층에서 먹고 자던 내가 아침에 일어나 신사의 식구들이 모두 함께 사용하는 거실에 가면 나를 보고 싶었던 이치로도 일어나 나와서 커피를 끓여 주었다. 아직 졸린 눈으로 안녕이라 말하고는.

그런 때의 그는 더없이 친절한 마음을 드러내며 가족 모두에게 커피를 끓여 주었다. 간혹 타인이 섞여 있어도 똑같이 친절하게 커피를 따라 주었다. 어눌한 말투와 잠이 덜 깬 목소리도 그의 고운 마음씨를 표현하는 듯 느껴졌다.

그리고 오늘 하루도 그와 함께일 수 있다고 생각하면, 계속 여기서 살고 싶다는 기분이 들곤 했다.

점차 그도 그렇게 생각한다는 걸 알게 되면서 사소한 몸짓도 살짝 닿은 손도, 모든 게 아프고 고통스러울 만큼 좋아졌다. 신사의 계단에서 서로의 마음을 고백했을 때 앞으로 시작될 행복을 예감하고 몸을 떨면서 올려다보았던 동그란 달을 지금도 기억한다. 하늘에 뜬 진주처럼 엷은 빛의 고리를 두르고 있었다.

이치로의 아직 젊은데도 조용한 성격을 좋아했다.

때 묻지 않고 자기 생각을 가진 점도.

그렇게 살았던 젊은 시절의 온갖 이미지가 빙글빙글 맴돌아 가위에 눌리다 어느 틈에 겨우 잠이 들었다.

눈을 뜨니 여느 때와 같은 아침이었다. 다른 게 전혀 없어 전부 꿈이었나 싶었다.

하지만 변함없이 거기 있는 편지 봉투가 지금 생활에 새로이 들어온 이치로의 흔적을 보여 주었다.

거실도 여느 때처럼 창문으로 비치는 햇살에 하얬다.

미치루는 알람을 설정해 놓고 스스로 일어나기 때문에 나는 빵과 갓 짜낸 주스를 준비하고 기다렸다.

그렇게 잠자리가 사나웠는데도 내 몸은 자동적으로 그것들을 준비한다. 컵에 비친 햇살에 벌써 여름빛이 한껏 담겨 있었다.

미치루는 죽은 남편 사토루의 둘도 없는 유품이며 내 가장 소중한 보물이다.

그리고 아래층에 사는 시아버지와 시어머니의 보물이기도 하다.

사토루를 꼭 닮은 탄탄한 어깨와 커다란 눈망울을 볼 때마다 나는 아스라한 행복을 느낀다.

우여곡절이 많은 별난 인생이지만, 사토루를 만난 건 정말 멋진 일이었다.

사실 그는 나의 남자 친구도 아니었다. 그는 내가 가끔 만날 수 있는, 멀지만 근사하고 내게 없는 것만 지닌 동경하는 사람이었다.

그저 조금 거리감이 있는 친구에 불과했던 그는 진행성 위암에 걸렸다는 사실을 알자 내게 아이를 낳아 달라고 했다.

우리 사이에 그렇게 말할 만한 일이 있었던 것도 아니다.

술에 취해서 실수를 한 적도, 키스를 한 적조차 단 한 번도 없었다.

같이 캐나다의 설산에 등산하러 갔다가 조난을 당할

뻔한 일이 있지만, 그때도 사랑은 싹트지 않았다.

서로를 도와 씩씩하게 돌아왔을 뿐이다.

다만 그때 나를 어떻게든 살리려고 애쓰고, 죽게 놔두느니 자신이 먼저 죽겠다는 의연한 태도를 보인 점에 감동한 것은 확실하다. 그 경험을 통해 그를 깊이 신뢰하게 되었고 내가 할 수 있는 일이 있으면 힘이 되고 싶다고 생각했다.

그러나 그가 한시라도 빨리 아이를 갖고 싶어 할 줄은 꿈에도 몰랐고, 짝사랑도 아니고 그저 동경하는 상대인데 허세를 부려 친구로 처신했을 뿐인 나로서는 넝쿨째 굴러들어온 호박 같은 얘기와 도저히 믿기지 않는 슬픈 얘기를 한꺼번에 들어 정말 놀랐다.

나는 물론 거절했다.

"다른 사람 알아봐요."

그렇게 말하며 웃기도 했다. 그런데 그가 곧 죽을지도 모른다고 생각하자 그렇게 말하면서도 눈에서는 눈물이 줄줄 흘렀다.

그와 연애를 할 마음은 없었다.

그저 앞으로의 인생에서도 이렇게 계속 만날 사람, 힘

든 일이 생기면 서로 돕고 의논하고, 같이 외국을 여행하거나 산에 다니면서 친하게 지낼 사람이라고만 믿었다.

사토루가 있어 인생이 든든하다고 생각했다. 그가 없는 인생을 생각하면 나 자신이 조그만 소녀가 된 것처럼 불안했다.

"사야카라서 이런 이상한 부탁을 할 수 있는 거야. 정말 신뢰하니 말이지."

"나는 고아니까 아이를 낳고 혼인 신고를 하는 건 별 상관 없지만. 그래도 도망칠 때는 뒤도 안 돌아보고 도망칠 거예요. 얽매이는 건 싫어요."

그가 고개를 끄덕였다. 그래도 괜찮으니 결혼해 달라고 했다.

그런 말을 농담으로 할 사람이 아니어서 진심인가 보다고 생각했다.

그의 부모님도 그 못지않게 독특한 사람들이어서 그렇게 이상한 조건을 전부 수용해 주었다.

시부모님은 언제 나가도 좋으니까 2층에서 살라며 나란 존재를 100퍼센트 받아들여 주었다. 이 집 2층에는 원래 사토루가 살고 있었으니 나와 미치루가 그 자리에 들어온 셈이다.

사토루가 죽은 다음에도 그대로 그냥 살게 된 것은 의외였다.

사토루를 저세상으로 보낸 후에는 떠나려고 했다.

사토루는 기대한 시기보다 훨씬 빨리 세상을 등졌는데, 내가 당시 미치루를 데리고 집을 나가겠다고 하자 시부모님은 온 마음을 다해 더 있어 주면 좋겠다고 했다.

그들도 천성이 좋은 사람이었던 사토루의 부모님답게 정말 좋은 사람들이다.

마쓰자키 집안사람들이 자연으로 들어갈 기회가 많고 사람끼리 얽히기를 그다지 좋아하지 않는 이유도 컸을지 모른다. 흔들림 없고, 소박하고, 확고한 생각이 있으니 불안정하지 않다.

그래도 한 집안사람이 아니라는 뜻에다 좋지 않은 일이 생기면 언제라도 도망칠 수 있게 집세를 아주 조금은 내고 있지만, 말로 표현할 수 없을 정도로 담담하게 하루하루가 지나갔다. 억지로 뭔가를 강요하는 사람도 없어, 안 그래도 더부살이에 익숙한 나는 너무 편하고 언제까지고 있을 수 있을 것 같은 기분에 그만 눌러앉고 말았다.

시어머니의 친정집이 쇼난에 그대로 남아 있고, 근처에 사는 옛날부터 잘 아는 사람도 무슨 일이든 부담 없이 맡겨 달라고 해서 시부모님은 몸이 말을 안 듣기 전에 그쪽으로 이사하겠다면서 지금부터 준비하고 있다.

시어머니는 웃으면서 사야카에게 똥 치우게 할 마음은 조금도 없다, 할아버지가 회춘하면 어쩌느냐, 하는 농담을 하곤 했다.

그들은 독립적이고 이상적인 노인들로 생활 속의 접촉에서도 냉담하다 싶으리만큼 끊고 맺는 것이 분명했다.

그렇게 분명하지만 차갑지 않다. 따뜻하지만 집요하지 않다. 늘 자신을 조화롭게 통제하지 않으면 자연과 접할 수 없기 때문일까.

이러다 때가 오면 또 분명하게 나가라고 할 테지만, 그래도 별 문제 없다고 생각한다.

그러니 우리가 여기 있을 수 있는 기간은 앞으로 잠시뿐이리라. 그런 생각을 하면 가슴이 찡하고 발을 동동 구르고 싶을 정도로 서글프다. 최대한 그런 날을 생각지 않으면서 하루하루를 살고 있다.

기간이 한정돼 있는 연애가 애달픈 것처럼 늘 보는 이

실내와 추억으로 가득한 마당이 빛나 보인다.

“사야카는 외동인데 태어나자마자 부모님 사정으로 인도네시아의 발리섬으로 이사를 갔어요. 우붓 근교에 있는 시골 마을에서 부모님의 현지 조사를 접하면서 자랐죠.

가끔 외국인을 위한 서머스쿨이나 애프터눈 스쿨에 가서 공부를 했지만, 학교는 전혀 다니지 않았습니다.

부모님은 발리섬에 있는 집을 개조해서 현지에 사는 일본인 부부와 게스트하우스를 운영하면서 일본과 발리를 오가는 생활을 하던 중에 불의의 비행기 사고로 함께 돌아가셨어요.

그 사고로 사야카가 정신적으로 상당히 힘들었는데, 발리에 머물면서 게스트하우스 일을 돕는 사이에 완전히 회복되었죠.

그동안 부모님의 연구 기록을 모아 책을 몇 권 출판하기도 했고, 에세이집도 한 권 썼습니다. 상속받은 도쿄의 땅을 팔아서 그 돈으로 세계를 돌아다니며 여행했고, 귀국한 다음에는 술집에서 아르바이트를 했어요. 그때 만났는데, 제가 사야카의 부모님과 알고 지냈던 터라 얘기를 하다 보니 잘 맞아서 친해졌습니다.

신기한 힘을 갖고 있어서 경찰에 협력해 사건을 해결한 일도 있고 반대로 사건에 휘말린 일도 있어요.

아무튼 좀 유별나고 자유롭게 살아온 사람이라 틀에 얽매이면 죽을 겁니다. 태어날 아이를 위해서 일단 혼인 신고는 하지만 언제든 말소해도 좋고, 사야카의 인생은 언제나 온전히 사야카 것이니 어디를 가든 저는 상관치 않을 겁니다. 다만 두 분이 가끔 손주를 만날 수 있게 해 달라는 부탁은 했어요."

이것이 아이가 생겼을 때 사토루가 자기 부모님에게 한 말이었다.

그때 시부모님은 일본 사람 같지 않게 반듯하지 못한 내 모습에서 내가 얼마나 일반적인 의미로 부족한 인간인지, 어디 한군데에 발을 붙이지 못하고 얼마나 둥둥 떠다녔는지 한눈에 알아봤을 것이라고 생각한다.

상황이 긴급하니 어쩔 수 없다는 식으로 수용했을 거라고.

사토루는 마지막까지 미치루를 정말 귀여워했다.

태어난 순간부터 미치루는 사토루의 생명이었다.

사토루는 미치루를 하루라도 더 보고 싶은 심정 하나로 선고받은 기간보다 이 년이나 더 살았던 것이다.

그리고 정말 마지막 순간까지, 팔에 힘이 없어 더는 안을 수 없을 때까지 미치루를 안아 주고 미치루의 조그만 볼에 뽀뽀를 했다. 그 우람하던 몸은 야위었지만, 미치루의 조그만 손을 그 큰 손으로 언제나 꼭 쥐고 있었다.

사람의 손이 사람의 손을 그렇게 꼭 감싸 쥐는 것을 나는 본 적이 없었다.

가장 부드러운 것을 소중하게 옮기는 듯한 그런 몸짓을 그는 의식이 없는 와중에도 미치루에게 해 주었다.

그런 순간마다 미치루에게 전해진 사토루의 힘을 나는 전부 보았다.

소망과 기도와 평생 치의 사랑, 사토루는 그런 것들을 미치루에게 선물하고 떠났다.

나는 그것들을 반드시 지켜 주겠다고 맹세했다.

미치루를 행복하게 키우고 죽을 때까지 미치루를 봐 주기 위해서 그것들을 가장 중요히 여기면서 살아가겠다고 생각했다.

사토루에 대한 존경심을 지속적으로 나타내기 위해서는 그 길밖에 없다고 느꼈다.

미치루는 너무 어려서 사토루를 거의 기억하지 못한다.

그러나 미치루의 그 조그만 뇌 속에, 무의식의 깊고 투명한 바다에 사토루의 강한 마음이 깊이 침투해 있을 것이라고 생각한다.

사토루가 전하려 했던 큰 사랑과 갖가지 마음을 미치루가 그 작은 몸 어딘가에 빠짐없이 받아들였을 거라고.

사토루의 손을 꼭 닮아 여자아이치고는 탄탄하고 우람한 미치루의 손을 보면 나는 언제나 사토루의 손이 거기에 살며시 포개져 있는 것처럼 생각된다.

두 사람 모두 정말 귀엽네. 언제나 서로를 사랑하고 있네. 언제든 그렇게 생각된다.

아무리 원해도 아이를 낳는 일만은 남자가 할 수 없으니까 해 주길 정말 잘했네, 하고 나는 생각했다.

모든 게 너무나 힘겨울 때는 왜 이런 일을 시작했을까, 하는 생각이 들고 지금도 때로 그러지만 좋아하는 사람의 아이를 낳는 것이 꿈이었기 때문에 언제나 즐거웠다.

유별난 내 인생에 딱 어울리는 좋은 일 같다고 생각했다.

나는 지금도 놀이를 하는 기분이다.

다만 장난으로 하는 놀이가 아니다.

높은 벼랑 위에서 물을 향해 뛰어내리는 아이처럼 살아 돌아올 수 있을지 모르지만 앞으로 나아갈 수밖에 없는, 목숨을 걸고 푹 빠진 놀이다.

마당이 있는 집에 살면서 평화로운 가족과 함께 아이를 키우고, 시부모님에게 신경도 쓰면서 작은 행복을 소중하게 여기는 생활, 엉뚱한 일만 많았던 나의 인생에 이런 생활이 있을 줄은 꿈에도 생각지 못했다.

게다가 이런 현실과 내가 살아온 현실의 차이가 너무 큰 것도 신기했다.

내게 이렇게 평범한 생활은 그 어떤 모험보다 큰 모험이었다.

저녁나절 소파에서 꾸벅꾸벅 졸다가 눈을 뜰 때마다 옆에서 조그만 아이가 자고 있어 매번 놀란다.

여기가 어디지? 이 아이는 누구더라?

그렇게 생각하고는 아아, 그렇지, 내가 낳은 아이지, 하고 기억을 떠올린다.

아래층에서는 늦게까지 잠을 자지 않는 시부모님이 텔레비전을 보거나 목욕을 하는 소리가 들린다.

아, 이제 혼자가 아니지…… 하면 간혹 눈물이 흐르곤 한다.

이렇게 평온하게 산 적이 없었다.

아침이면 아이들은 여럿이 모여 함께 학교에 간다.

언제까지 이 학교에 다닐지 모르는데 가 보지, 뭐. 그런 어중간한 기분으로 학부모 회의에 참석하기도 한다. 그런 일도 하나에서 열까지 모두 놀이다. 이제는 상당히 싫증이 나는데도 끝이 없고, 당장은 움직일 이유가 없으니 평화롭게 그냥 여기서 지낸다.

오늘 반찬은 뭘 만들지 생각하다가 가끔은 옛날 생각에 미고렝이나 소토아얌 같은 인도네시아 요리를 만들어 본다. 어린 시절을 보낸 발리섬의 맛, 고향의 그리운 맛이다.

최근에는 일본에서도 색다른 식자재들을 구할 수 있게 되었다.

예전에는 재료를 구하기가 어려워 인도네시아 요리를 재현할 수도 친구들에게 설명할 수도 없었다.

지금은 재료가 다 있어 셜롯이 들어간 매운 산발 소스도 일본에서 만들 수 있다. 인도네시아 음식점도 많이 생겨서 나의 경력이 빛을 볼 수 있게 되었다.

옛날 맛이 그리워서 종종 재료를 사다가 만든다. 간간이 아래층에서 시부모님과 함께 인도네시아 요리로 파티도 한다.

그러다 보니 지금은 시어머니도 땅콩 소스에 찍어 먹는 사테를 간단히 만들 수 있게 되었다. 시아버지가 등산 동호회에서 간혹 인도네시아 요리 파티를 할 때면 나도 가서 팔을 걷어붙이고 인도네시아 요리를 만든다.

그 인연으로 동호회에서 발리로 여행을 갔을 때 우리 부모님의 친구였던 부부의 게스트하우스에서 묵은 아줌마들도 있었을 정도다.

자신의 경험이 이렇게 파문처럼 퍼져 나가는 것은 멋진 무늬를 보는 것처럼 흥미로웠다.

어떤 행동을 하면 그것이 나중의 무엇과 연결된다. 서른이 넘어서야 그런 작용을 이해하게 되었다.

아마 어디에 있든 그랬겠지만, 계속 이동만 하는 인생이었다 보니 그런 걸 느긋하게 볼 틈조차 없었다.

미치루에게 내 어린 시절을 형성했던 음식을 먹어 보게 하는 것도 기뻤다. 미치루는 사토루를 닮아 뭐든 잘 먹고 씩씩하다.

꽤 좋다고, 일본도 지내기가 꽤 편하다고 생각한다.

이렇게 평화로운 생활을 평생에 한 번은 해 보고 싶었는데, 알게 모르게 꿈처럼 실현되어 마냥 기쁘네. 단순한 나는 그렇게 생각한다.

미치루가 학교에 간 다음 베란다에서 빨래를 널고 있는데, 외출하는 시부모님의 모습이 보였다.

나는 베란다에서 손을 훠이훠이 흔들었다.

"잘 다녀오세요!"

"다녀오마!"

시부모님도 손을 크게 흔들었다.

신슈에 있는 산장의 아들로 태어나 아웃도어 용품 회사에 다니면서 사원들에게 등산을 가르쳤던 시아버지와 테니스 국가 대표 선수였고 지금은 남편과 함께 산에 다니는 시어머니는 아무튼 액션이 크고 빠릿빠릿하고 말투도 분명하고 목소리도 커서 시원시원하다.

우리 부모님은 시골에서 부지런히 일했고 산에도 오르고 강물에도 들어가고 벌레도 먹었지만, 아무래도 문화인류학자라서 머리만 커다란 사람들이었다.

해 질 무렵에 와인을 한없이 마시면서 인류의 신비에 대해 얘기하는 것이 가장 큰 행복이라고 했던 두 사람.

몸이 먼저 움직이는 시부모님과는 정반대였다.

그렇게 상쾌한 가족의 피가 미치루에게 절반 들어 있다고 생각하면 기쁘다.

자꾸자꾸 섞여서 점점 더 강해지라고 생각한다.

가능하면 언제나 건강하고, 우리가 소스라칠 만큼 멀리까지 갔으면 한다. 그렇게 해서 우리가 온 마음을 다해 섞은 피를 강건하게 이어 주기를 바랄 뿐이다.

이렇듯 강렬한 염원을 우리 조상이, 그리고 그 조상으로부터 이어져 내려온 부모들이 품고 있었다는 걸 알았다면 부모님에게 좀 더 감사했을 텐데, 우리 부모님은 내가 그런 마음을 전할 수 있는 나이가 되기도 전에 없어지고 말았다.

감사하는 내 마음만 일방적으로 점점 쌓여 간다.

두 사람이 죽어 갈 때 얼마나 나를 염려하고 얼마나

간절하게 기도했을지 생각하면 그저 감사할 따름이다. 그렇다고 엉뚱한 짓을 안 하는 것도 아니고, 두 사람에게 이 마음을 전할 방법이 없다는 것도 알지만, 생각하지 않을 수 없다.

두 사람에게 받은 시간, 그것만으로도 충분히 오늘도 씩씩하게 살아갈 수 있어, 하고 말을 걸지 않을 수 없다.

수많은 사람들이 그렇게, 지금은 없는 사람에게 거는 말이 어딘가에서 눈에 보이지 않는 꽃으로 피어 있으리라고 생각한다.

그런 장소를 생각하면 천국이 정말 있지 않을까 싶다.

미치루가 학교에 가고 나면 갑자기 집 안이 조용해진다.

가령 자고 있을 때라도 미치루가 집에 있으면 활기가 있는 느낌이다.

아직 어려서 가만히 있지 못하고 늘 부스럭거리고, 언제나 지금 이 순간을 사는 아이들만의 향기로운 냄새 같은 것이 공간을 채우고 있으니까.

나는 그렇게 부산스럽게 움직이는 성격이 아니고, 음악도 라디오도 틀지 않기 때문에 혼자 있을 때면 거리에서 나는 소리만 크게 들린다.

저 멀리 지나가는 자동차 소리, 바람이 건물 사이의 골짜기를 질러가는 소리.

그런 소리를 느낄 수 있는 오전의 평온한 시간을 좋아했다.

집 안에는 시부모님이 키우는 고양이가 2층에서 햇볕을 쬐려고 계단을 올라오는 움직임뿐이다.

고양이가 우리 베란다에 느긋하게 늘어져서 나는 움직이기로 한다.

닭과 염소 외에는 동물을 키워 본 적이 없는 나는 고양이가 인간처럼 사는 이 분위기에 아직 적응하지 못하고 있다.

집 안에 털 뭉치 같은 동물이 마치 가족인 것처럼 함께 있고, 뭐라고 말을 걸면 대답을 하니까 그것도 재미있다.

나는 지구로 놀러 온 우주인 같은 기분으로 날마다 많은 것을 신기하게 느끼면서 이곳에서 살아간다.

"미, 잠깐 아래층에 갔다 올게."

그렇게 말하자 고양이가 꼬리를 흔들어 대답했다.

참 신기하네, 하고 나는 오늘도 감동한다.

그러나 생각해 보면 닭이나 염소도 사람을 의식하며 생활했고, 우리는 달걀은 얻어먹었지만 염소와 닭의 숨통을 끊는 일은 없었으니까(돌아가신 엄마는 채식주의자였다.) 동물과는 언제나 사이좋은 관계였다.

동물과 함께하는 멋진 생활을 좋아했다.

언어가 없는 동물과 보이지 않는 언어를 주고받는 생활에서 눈에는 보이지 않아도 존재하는 것들이 있음을 배웠던 감동을 새삼스레 느끼며 고양이와 지내고 있다.

부모님이 돌아가신 후에는 온갖 곳을 전전하면서 불안정하게 살았기 때문에 지금은 가족은 물론 고양이까지 졸졸 따라다니니 더할 나위 없다고 신에게 감사하고 싶어진다.

그런 사소한 일들이 비즈처럼 반짝이는 알갱이가 되어 인생이란 레이스의 테두리를 꾸미고 있다.

이곳에서는 배가 따끈해지는 듯한, 작은 빛을 언제나 느낄 수 있었다.

그러나 마냥 한가하게 있을 수만은 없다.

이치로가 보낸 편지의 비밀을 조금이라도 풀어야겠다는 생각에 나는 행동을 개시했다.

마당으로 나갔다.

시어머니가 마당을 가꿀 때 쓰는 도구 세트가 수도 근처에 놓인 양동이에 담겨 있다.

그 안에서 꽃삽을 꺼내 히비스커스 나무로 다가갔다.

내 어깨만큼 오게 자라 사방으로 가지와 잎들이 뻗어 있는 그 나무는 여름 내내 분홍색 꽃을 피운다. 올해도 이제 조금 있으면 피기 시작할 것이다.

흙 위에는 일찍 피었다가 시든 꽃의 예쁜 색 잔해가 여기저기 떨어져 있고, 그 꽃잎에 개미가 잔뜩 꼬여 마지막 단물을 즐기고 있었다.

히비스커스 나무 마디마다 앞으로 다가올 여름을 향해 무수한 잎들이 돋아 있고 꽃망울도 다닥다닥 맺혀 있어 복작복작한 느낌이었다.

이 나무에는 소중한 추억이 있다.

사토루가 여기에서 미치루를 안고 꽃을 바라보았던 마지막 여름의 추억이다.

입원했다가 퇴원하고 또다시 입원하기를 반복했던 사토루가 마침 퇴원해서 집에 있던 시기였다.

그럴 때면 이제 더는 병원에 가지 않아도 될 것처럼 평온한 날들이 있었다.

링거를 맞을 때나 받아야 할 검사가 있을 때는 연계된 근처의 지역 병원에 가면 되니까, 덕분에 사토루는 와병 중이었지만 이 집의 좋은 점을 만끽했으리라고 생각한다.

감기에 걸릴 위험 때문에 사람이 많은 곳에는 갈 수 없었고, 원래 외식을 즐기거나 카페에 다니는 습관도 없었기에 그는 마당에 나가서 햇볕을 쬐거나 산책을 했다.

상태가 좋을 때는 다 같이 차를 타고 산과 바다를 보러 갔다.

피로하지 않도록, 차멀미를 하지 않도록 쉬엄쉬엄 찾아가는 산과 바다는 실제보다 멀게 느껴졌지만, 아무도 투덜거리지 않았다.

사토루도 군소리를 하지 않았다.

그러다 그렇게 멀리는 갈 수 없어지자 또 한 계단을 내려간 듯한 서글픔이 모두를 에워쌌다.

하지만 모두 그런 서글픔까지 공유할 수 있어 행복하다고 느꼈다.

아무것도 느끼지 못하는 미치루는 마음껏 울고 조잘대고 신나게 잤다. 그 모습이 또 모두의 마음을 어루만져 주었다.

그때는 그때대로 좋은 기간이었지. 지금은 그렇게 생각할 수 있다.

툭하면 마당에 나갔던 마지막 시기에 사토루는 살이 쏙 빠져 뼈만 남았지만 그래도 걸을 수 있었고, 미치루를 꼭 안고 있었다.

나는 그 옆에 기대듯 서서 내년에는 이렇게 같이 서 있을 수 없겠네, 하고 생각했다. 슬프지만 점점 쇠약해지는 사토루의 모습을 보면 그렇게 생각지 않을 수 없었다.

나는 아직 젊었던 터라 사람이 그렇게 점차 꺼져 가는 모습을 보기는 난생처음이었다.

사토루가 쇠해 가는 속도는 미치루가 쑥쑥 자라는 속도와 잔인하리만큼 정확하게 반비례하는 것처럼 여겨졌다. 그래도 사토루는 미치루의 성장을 기뻐했다. 할 수 있다면 모든 것을 미치루에게 주고 싶어 했다.

한 가지 또 한 가지를 포기하는 그 여정의 절절한 아름다움을 서른이 지나서야 조금 이해할 수 있게 되었다.

하지만 당시의 내게는 그저 슬프고 고통스러운 일이었다. 이렇게 조금씩 슬프게 할 거라면 차라리 한꺼번에 슬프게 해 달라고 생각할 정도였다.

미치루를 볼 때마다 사토루가 싱긋 미소 짓는다.

그 모습을 볼 때마다 최고의 보물과 최악의 슬픔을 둘 다 받는 기분이었다.

나는 사토루를 뜨겁게 사랑한 것은 아니었다. 오래도록 그냥 친구로 지냈기 때문에 자주 만나지도 않았다.

서로가 일상에 지칠 때면 자연을 보러 가거나 자기 생각과 체험담을 나누고 또 확인하는 정도의 관계였다.

그런데 아이를 만들어 혼인 신고를 하고, 매일 함께 지내는 사이에 형식에서 시작되었음에도 부부 같은 확고한 무언가가 싹텄다.

서로를 배려하고 조정하고, 화가 나도 잠시 참고, 함께 좋은 시간을 만들어 가려는 힘.

잘 풀린 중매결혼이 이런 식이려나, 하고 당시의 나는 놀라워했다. 점차 보답을 바라지 않게 되는 기분도 있다는 것을 나는 몰랐다.

마음에 들어 사귀고, 격정적인 시기가 있다가 끝나면 헤어지고 하는 것이라고 생각했다. 그러니 그때 나는 '죽음'을 배경으로 아무리 퍼 올려도 마르지 않는 선한 마음이 고요히 샘솟는, 그런 시간을 선물 받은 상황이었다.

"미치루, 이 히비스커스 아빠가 하와이 공항에서 조그만 묘목을 사다 심은 건데 이렇게 크게 자랐어."

사토루가 아주 상냥한 말로 아직 어린 미치루에게 얘기했다.

"설마 이렇게 크게 자랄 줄은 몰랐지. 할머니가 마당 꾸미는 걸 좋아하니까 선물하면 좋아하겠지 싶어서 부담 없이 사다가 그냥 툭 심었는데, 햇살이 잘 비쳐서 어느 틈에 이렇게 크게 자라 꽃망울이 맺힌 걸 보고 할아버지도 할머니도 깜짝 놀랐어.

미치루도 그렇게, 아무도 모를 정도로 쑥쑥 자라야 돼. 언제나 건강하고, 근심이 적은 인생이었으면 좋겠구나. 부자가 되지 않아도, 유명해지지 않아도 좋으니까 네 인생에 근심이 적으면 좋겠어."

미치루는 아직 어린 아기여서 손발을 허우적거리거나 방긋 웃거나 고사리 손으로 잎사귀를 쥐려 할 뿐이었다.

"어릴 때부터 다른 사람들과는 취미가 잘 맞지 않아서 부모님과 산에 오르거나 암벽 타는 연습만 하다 보니 학교는 제쳐 놓고 그쪽에만 푹 빠졌어. 그렇게 어른이 되어서는 부모님이 있는 회사에 쉽게 취직했고, 일하다 쉬는 날에는 마음 맞는 사람들과 산이나 바다에 가고. 이렇게 살아도 괜찮다면 그게 제일 좋겠다고 생각했지. 그런데 이런 병을 앓게 될 줄은 정말 몰랐어. 나 살면서 못된 짓은 하나도 하지 않았는데, 정말 어이없지.

간간이 폭음과 폭식을 하기는 했지만, 엄청난 스트레스에 시달린 것도 아니고, 똑같이 폭음폭식을 해도 건강한 사람도 있는데. 그러니까 정말 어쩔 수 없는 일이라고 생각해. 운명이나 유전처럼 아무도 어쩌지 못하는 일이겠지. 이미 이렇게 되었으니 어쩔 수 없지."

미치루를 살살 흔들면서 사토루가 말했다.

"그래도 좋은 걸 많이 봤어. 산도 바다도 갓난아기도. 후회는 없어. 마지막까지 포기는 안 하겠지만. 하루라도 더 살자고 생각하니까 시간이 아직도 무한하게 있는 기분이야."

조금은 후회하는 듯 미소 띤 얼굴에 히비스커스 꽃의 분홍색이 어렸다.

하늘은 끝없이 파랗고, 평화로운 날들이 아직도 한참 계속되리라고 착각할 것 같았다.

아니, 착각하지 뭐, 하고 나는 생각했다. 어떤 의미에서는 모든 것이 꿈 같았으니까.

여름 햇살 속에서 나는 멍하니 있었다.

너무 멋져서 꿈만 같아! 하는 꿈이 아니라 어라? 몇 번이고 내린 결단이 알게 모르게 나를 이곳으로 옮겨다 놓았는데, 여긴 어디지? 하는 뜻의 꿈이다.

그러고 보니 얼마 전에 나 산원에서 조산사와 힘을 합해 아기를 낳았지. 환한 아침 햇살 속에서 막 태어난 아기를 보았다.

정말 깜짝 놀랐다.

그 순간부터 바로 미치루의 얼굴을 좋아하게 되었다. 장난을 좋아하고 늘 즐거움 속에 있을 듯한, 내가 좋아하는 얼굴형이었다.

사이좋게 지낼 수 있을 것이라고 생각했다. 슬픈 상황에서 낳은 아이인데, 이 아이와 함께 살아간다고 생각하면 왜 그런지 여러 가지가 기대되었다.

그리고 몸이 원래대로 회복될 때까지의 일 년 정도는 재빨리 지나가는 꿈을 꾸는 것 같았다.

미치루가 거의 젖을 뗀 다음에는 기어 다니고, 온갖

것을 만지고 싶어 해서 마음을 놓을 수 없었다.

그 과정의 아주 첫 부분만이라도 사토루와 공유할 수 있어서 기뻤다.

하지만 금방 과거로 흘러가리라.

사토루와 히비스커스 나무 옆에 함께 서 있었던 일도.

사토루도 오아후 공항의 매점에서 히비스커스 묘목을 샀을 때에는 이 꽃이 인생에서 이렇게나 중요한 장면에 등장할 줄은 몰랐으리라.

그런 생각을 멍하니 하고 있었다.

슬프지만 즐거운 추억이었다. 이렇게 잔인한 일이 있을 수 있다니, 하는 감정과 이렇게 멋진 것이 인생이구나, 하는 감정이 뒤죽박죽 섞인 기분 속에서 히비스커스 나무만이 무심하게, 그리고 한없이 풍요롭게 거기 있었다.

가령 이 히비스커스 나무가 말라 버려도 온 세계의 히비스커스가 어딘가에 이어져 있으니 다 같은 생명이다. 인간도 그 점에서는 나무와 똑같으리라.

세계가 멸망해 인류가 딱 한 명만 남았다 해도 그 한 명 안에 인류의 역사가 전부 새겨져 있는 것이다.

그러니 태어나고 죽는 것은 사람들이 생각하는 만큼

힘겨운 일이 아니다. 이렇게 자신과 가까운 생명이 아직 이어지고 있으니 더욱이.

사토루의 인생은 어쩌다 짧게 설정되어 있었지만, 그런 일도 있다.

다만 평온하게 보내 주자, 할 수 있는 일은 다 하자. 물을 반짝반짝 머금고 존재하는 그 꽃잎의 모습이 너무도 생기발랄해서 그렇게 생각할 수 있었다.

사토루는 행복해 보였고, 미치루도 그의 품에서 행복한 표정으로 편히 쉬었다. 간혹 그의 다리가 휘청거려도 그건 중요하지 않았다.

무슨 일이 있어도 누군가가 지켜 준다는 그 감촉에 안심하고 있었다.

그것은 내 인생에서 꽤 멋진 축에 속하는 광경이었다.

인류의 역사에서도 수없이 반복된 감정이리라.

고마워. 히비스커스를 살며시 쓰다듬으면서 그렇게 말했더니 난 언제나 여기 있으니까, 하고 대꾸해 준 듯한 기분이 들었다.

흙이 기억하고, 나뭇가지도 꽃도 잎사귀도 모두 너를 기억할 거야. 우리 시간의 길이는 인간과는 다르거든. 그런 말을 들은 것처럼 푸근한 기분이었다.

추억 속으로 뛰어들면 공기가 신비로운 색을 띠면서 농축된다.

나는 젤리 속에 있는 것처럼 추억 속에서 여유를 되찾고 쉰다.

나올 때는 슬퍼지지 않도록 재빨리 전환한다.

사토루와의 추억을 즐겁게 떠올리지 않으면 사토루가 가엾다. 히비스커스가 맞는 말이라고 고개를 끄덕이는 듯한 느낌이 들었다.

지금은 지금이니까 돌아와, 지금의 시간으로라면서.

지금의 꽃이 피어 있으니 지금의 빛을 보라면서.

그래, 집에 아무도 없는 시간이 별로 없었는지도 몰라.

나는 현실로 돌아와 히비스커스 나무 밑을 조금씩 파 내려갔다. 마당은 여름으로 충만하고, 짙은 초록의 내음으로 가득했다.

시어머니는 사토루의 부탁에 아이를 낳았을 만큼 우리가 사이좋고 또 서로를 신뢰하고 있지만 그렇다고 뜨겁게 연애하다 결혼하는 게 아니라는 사실까지 모두 헤아리고도 두말 않고 그저 받아들였다.

나와 미치루가 이내 떠나도 좋으니 아들의 소원을 들어주자고 주저 없이 결정한 것이리라.

그 결정에 억지와 무리는 전혀 없었고, 마음속에 눌러 담은 말도 없었다. 당당했다.

그래서 나는 시어머니를 인간으로서 상당히 좋아한다. 이 사람과는 팀이 될 수 있겠다고 생각했다.

그런 생각을 하면서 파고 있자니 흙 속에서 새근새근 자고 있던 장수벌레 유충과 조그만 돌멩이와 플라스틱 조각 같은 것들이 나왔다.

이 중에서 어느 것이 이치로가 어릴 때부터 여기 있었으려나, 하고 생각하자 이런저런 것들이 섞여 기분이 묘해졌다.

미치루가 이 마당에서 노는 것처럼 어린 이치로가 여기 있던 적이 있다니 믿기지 않았다.

나는 이치로를 좋아하게 되었을 때 너무 좋아한 나머지 이치로의 어린 시절과 만나고 싶었다. 평생을 이치로의 어린 시절과 만날 수 없다고 생각하면 분하기까지 했다.

그 감정은 뭐였을까.

그리고 그 감정이 시공을 건너뛰어 지금 이뤄졌다고 할 수도 있지 않을까.

정말 신기했다.

누구에게도 말하지 않은 채 묻었던 나의 가장 고통스럽고 애처로운 연애의 추억이 이런 식으로 돌아오다니.

이치로의 편지만으로는 여기에 어떤 것이 잠자고 있는지조차 알 수 없었다. 뭔가에 싸여 있는지, 그대로 드러나 있는지조차도.

게다가 이치로는 자기 손으로 파내고 싶다고 했는데, 내가 그가 아는 사람이라는 것도 전하지 않은 채 멋대로 파내고 있는 내게도 조금 문제가 있을 듯했다.

괜찮아, 괜찮아. 아무튼 파 보는 거지, 뭐. 그렇게 생각하고는 점점 더 파 내려갔다.

히비스커스의 뿌리가 생각보다 훨씬 깊고 강인하게 뻗어 있는 것에 놀라면서 최대한 뿌리를 다치지 않게 살살 흙을 파냈다.

그러다 마침내 히비스커스의 뿌리에 안긴 것처럼 묻혀 있는 조그맣고 하얀 꾸러미 같은 것을 찾아냈다.

기름종이 같기도 하고 전통 종이 같기도 한 오래된 무언가에 싸여 있는 딱딱한 것이었다.

나는 손가락으로 살며시 그것을 집어 꺼냈다.

손바닥만 한 그 꾸러미를 물끄러미 바라보았다.

희미하게 퍼지는 향은 무화과 향이었다.

그리고 불쑥 떠올랐다. 아, 그렇구나, 이치로의 어머니가 늘 딥티크의 무화과 향수를 뿌렸더랬지. 어머니의 옆얼굴이 기억났다. 그녀가 움직이면 늘 풍겼던 달콤한 향.

묻을 때 정갈하게 하려는 마음으로 또는 같이 있고 싶은 마음에 살짝 뿌린 거겠지. 그렇지 않고는 이렇게 향이 남아 있을 리 없어.

그다음에 흙을 털어 내고 주머니에 넣었다. 뭔지 모르지만 딱딱하고 조그만 것이 들어 있었다. 반지인가?

왠지 심장이 쿵쿵 뛰었다.

파낸 흙은 검고 생생하고, 그 안에 많은 것이 담겨 있다는 게 느껴졌다. 포근하고 좋은 냄새가 나는 흙. 나는 히비스커스 뿌리를 고이고이 감싸듯 흙을 다시 덮었다.

그리고 답례라도 하듯 비료와 물을 주고 흙을 꼭꼭 눌렀다. 그러나 이제 마당은 원래 모습으로 돌아가지 않는다.

오래 묻혀 있던 것이 이제 밖으로 나오고 말았다.

왠지 돌이킬 수 없는 일을 한 것만 같은 이상한 감각이었다.

그리고 일어나 마당을 죽 돌아보았다. 초록 이파리들이 여름이라고 웅성거리는 것처럼 수런수런했다.

우리가 사는 조그만 집이 아름다운 색채로 빛과 그림자를 만들고 있었다.

이것은 내가 이곳에 오기 훨씬 전, 사토루의 가족이 이 집으로 이사 오기 전에 이치로의 어머니가 젊은 날을 보낼 때 묻은 것이다. 그렇게 생각하자 새삼 감회가 깊었다.

나는 다시는 흙을 파내는 일이 없을 그 장소를 향해 두 손을 모았다.

이치로의 어머니도 평안히 잠드시기를.

죽은 사람은 모두 평등하게 용서받으리라.

두 사람이 천국에서 만나 "드디어 파고 있군." "정말 파고 있네." 하는 얘기를 도란도란 나누고 있다면 좋겠다고 생각했다.

혹은 우리 부모님도 그곳에 같이 있어 모두가 나를 내

려다보고 있다면 얼마나 좋을까. 그런 상상에 나는 행복했다.

아무도 없는 집에서 엉뚱한 일을 벌였으면 흔적을 남기지 않는 것이 더부살이의 규칙이다.

나는 샌들에 묻은 흙을 탁탁 털어 내고, 꽃삽은 깨끗하게 씻어 제자리에 돌려놓았다. 수돗가도 싹 씻어 내고 타일이 깔린 부분도 반짝거리게 솔질을 했다.

그리고 얼룩이 묻지 않게 2층으로 올라가 다시 한번 손을 씻고, 흙이 묻은 양말을 꼼꼼하게 빨아 넌 다음 땀에 젖은 몸을 시원한 물로 씻었다.

그러는 중에 몇 번이나 생각했다.

어째 내 행동 살인범 같네.

한바탕 일한 느낌에 목이 말라 냉장고에서 꺼낸 보리차를 벌컥벌컥 마셨다.

보리차가 떨어졌네, 끓여 둬야지, 하는 것이 가족이 있다는 증거였다. 올해도 시원한 보리차 만들기가 시작되었다고 생각하면서 나는 물을 끓였다.

미치루도 집에 돌아오면 냉장고에서 시원한 보리차를

꺼내 꿀꺽꿀꺽 마시리라. 그런 계절이 찾아왔다.

그러니까 보리차를 끓여 시원하게 해 둬야지.

갓난아기였던 미치루가 훌쩍 커서 스스로 보리차를 꿀꺽꿀꺽 마시는 모습을 보면 '살아 있다.'라는 느낌이 들어 너무 좋다.

그 '좋음'을 위해 정성스럽게 준비한다. 여자라서 그런 걸까, 나는 이런 행동을 할 때 가장 행복감을 느낀다.

아무 생각 않고 그저 다른 사람을 위해 뭔가를 하는 것이 최고의 스트레스 해소법이다.

잘은 모르겠지만 이번 일이 이치로에게도 도움이 되어 어머니를 생각하는 이치로의 마음이 후련해지면 좋겠다고 거짓 없이 생각했다.

뭔가 그리운 것이 그에게로 돌아간다면 나도 기쁘다.

나는 이치로를 다시 만날 날을 생각했다. 그리 멀지 않으리라.

역시 가슴이 설렜다. 아니, 설렌다기보다 달콤한 욱신거림 같은 것. 그리고 옛 상처도 아팠다.

굽은 채 펴지지 않는 왼손 엄지손가락.

그렇게 눈에 띄는 곳이 아니라서 평소에는 잊고 지낼

정도지만, 처음 만나는 사람이 간혹 움찔하는 경우가 있다. 그리고 계산대 앞에서 가방이나 지갑을 열고 닫을 때도 조금 고생스럽다. 가장 난감한 것은 유모차를 밀 때였다.

그때 유독 그 시절이 떠올라 눈앞이 아득해졌다.

이치로와 함께 지낼 때 생긴 사건 때문에 이렇게 되었다. 사랑하고 사랑받았던 기억뿐 아니라 큰 상처도 남은 연애였다.

보리차가 다 끓자 나는 기분을 가다듬고, 파낸 옛날 종이 꾸러미를 열어 보기로 했다.

부스럭부스럭 종이를 펼치자 안에 조그만 뼛조각이 들어 있었다.

나는 약간 놀라서 잠시 움직일 수 없었다.

사물과의 대화는 귀 기울여 들으려 하면 멀어지고 외면하고 있으면 속삭여 주는 것이 특징이다.

아아, 이건 틀림없이 이치로 형제의 뼈일 거야.

이치로에게 형제가 있지만 그 사람은 아니다.

어려서 죽은 아이의 뼈겠지.

내 몸속 깊숙한 곳에 있는 또 다른 내가 사물과 대화를 하는 여느 때처럼 그렇게 속삭였지만, 그런 얘기는 이치로에게나 그의 어머니에게나 한 번도 들은 적이 없었다.

다만 이치로에게 내가 모르는 죽은 형제가 있는데 그 뼈를 이치로의 어머니가 소중하게 간직하고 있다가 어느 시기에 이 마당에 묻어 흙으로 돌려보냈다는 것만은 확실하다는 생각이 들었다.

이사를 할 때도 그렇게 놔두기로 결심했다. 그런데 언젠가 내가 품었던 마음이 그녀와 통했고, 그래서 이치로의 어머니는 이 집이 마음에 걸려 견딜 수 없었다……. 그렇게 느껴졌다.

내가 이 집에 산다는 것은 몰랐지만 이치로의 어머니는 숨을 거두기 전 이 집을 떠올렸고, 그 이유를 옛날에 묻은 뼛조각 때문이라고 생각했다.

그리고 내가 여기 산다는 것은 몰랐어도 인생의 단 한 가지 후회되는 일로 나를 만나고 싶다는 바람을 마음 깊은 곳에 간직했다는 것을 어렴풋이 느꼈다……. 이치로의 형제를 잃었다는 사실과 나를 끝내 만나지 못했다는 사실이 돌아가시기 전 이치로 어머니의 내면에서 묘하게 얽혀 편지에 쓰인 심리를 유발하지 않았을까?

말로 하면 이렇게 간단하지만, 신기한 이어짐이란 그

런 것이라고 생각한다.

손바닥에 놓인 뼈는 아주 가벼운데도 존재 자체는 묵직하게 느껴졌다. 또다시 그 사람들과 관계하게 되는, 그런 무게감이었다.

이치로를 다시 만난다.

무겁고 복잡한 기분으로 아아, 몰랐다면 좋았을 일인데, 하고 생각했다.

멋대로 파낸 사람은 나니까 자업자득이다.

나는 기분을 가다듬으려고 일단 심호흡을 했다.

그리고 뼈에게 말을 걸어 보았다.

넌 내가 좋아했던 사람의 형제의 뼈로구나.

이 마당에 묻혀서도 흙으로 돌아가지 못한 건 애처로운 일일지 모르겠지만, 지금 여기 사는 사람들도 좋은 사람이고 그 히비스커스도 좋은 나무야.

꼭 가족들 품으로 돌려보내 줄게.

그렇게 상냥하고 너그럽고 곱게 자란 이치로 어머니의 마음속에 이렇게 슬픈 기억이 있을 줄이야.

당시에 들어 줄 수 있었다면 좋았을 텐데, 그리고 같이 파러 왔다면.

그랬다면 내가 지금의 가족인 마쓰자키 집안 사람들을, 시부모님과 사토루를 좀 더 일찍 만났을까. 내가 알기 전의 사토루를 상상해 보았다. 물론 그 무렵에는 히비스커스 나무도 없고, 집도 이 집이 아닌 집이 서 있었다……?

정말 이상했다.

이 부근은 신흥 주택지가 아니고 시내에서도 조금 떨어져 있어 급행 전철은 서지 않지만 비교적 집세가 싸고 안정적이며 살기 좋은 곳으로 평가된다. 그래서 이 일대에 줄곧 살거나 이사를 하더라도 이 부근으로 하려는 사람들이 많았다.

아무리 그래도 이 우연은 인연이라고 해야 하지 않을까?

기분이 많이 가라앉아 나는 느긋하게 소파에 누웠다.

사람의 뼈란 실제로 만지면 이물감이랄까, 어떤 유의 작은 충격이 남는 거네, 하고 나는 절감했다.

지금 새삼스럽게 이치로를 다시 만난다고 생각하자 신기한 느낌이 들었다.

헤어지는 것이 슬퍼서 울고 또 울었던 젊은 날이 떠올

랐다.

언젠가는 꼭 다시 만나게 되리라고 믿었지만, 이런 형태로 만나게 될 줄은 정말 몰랐다.

꾸벅꾸벅 졸다가 사토루 꿈을 꾸었다.

사토루는 위도 약하면서 소처럼 우걱우걱 많이 먹는 사람이었다.

그런데 꿈속의 그는 음식에 손을 대지 않았다.

그 가게에는 간 적이 없는데, 꿈속의 설정에서는 사토루가 아주 좋아하고 즐겨 다니는 가게였다. 나도 그걸 알고 사토루를 따라 그 가게 테이블에 앉아 있었다.

아마 점심시간인 것 같았다. 밖이 아주 환했으니까.

유니폼을 입은 근처 회사 사람들이 시끌시끌 떠들면서 또는 혼자 책을 읽으면서 식사를 하고 있었다. 회전이 빨라 손님들이 끊임없이 찾아들었다.

사토루가 무척 좋아했던 생강돼지고기볶음과 양배추채가 소담스럽게 담긴 접시가 된장국과 장아찌와 새하얀 밥과 함께 눈앞에 놓여 있었다.

꿈속인데도 상에 차려진 전부가 정말 청결하고 맛있

게 느껴져 기뻤다.

"사토루, 먹어요. 이제 괜찮아, 얼마든지 먹어도."

"그렇군. 이제 배가 아플 일도 없고 속이 더부룩해질 일도 없는 건가."

"그래. 언제나 마음껏 먹었잖아. 탐스럽게 먹는 모습 보여 줘요."

"그래, 이제 먹어도 된단 말이지. 그렇군."

사토루는 맛있게, 그리고 즐겁게 돼지고기볶음을 먹기 시작했다.

정갈하게 쥔 젓가락.

산속에서 쓰레기 하나 남기지 않고 밥을 지었던 그 빈틈없는 손을 떠올렸다.

그런 면도 존경했다.

나는 언제나 먹기만 하고 칠칠치 못하기 이를 데 없었는데.

"나 사토루에게 음식도 제대로 안 만들어 줬지."

"아니야. 인도네시아 요리 많이 만들어 줬잖아. 그거 다 맛있었어. 그리고 산속에서 먹었던 감자수프와 카레도. 향신료를 일본 사람 같지 않게 사용하더군."

사토루가 정말 그때를 떠올리는 투로 말했다.

같이 살다 보면 상대의 몸이 자기 몸의 연장선상에 있는 것처럼 되는데, 사토루만 점점 약해지고 죽어 가는 그 느낌이 처절했다.

내 몸까지 조금 죽어 버린 기분이었다.

사토루가 죽었을 때 내 몸의 일부가 말라비틀어져 톡 떨어져 나간 느낌이었다.

어린 미치루를 돌보느라 정신없이 살다 보니 점차 몸이 내 것으로 돌아왔지만.

"호빵맨처럼. 사람이란 결혼하면 남편과 몸을 나누고, 아이가 태어나면 아이와도 자신의 일부를 연결해서 살아가는 거네."

"인도네시아에서 자랐으면서 호빵맨을 잘도 아는군."

"미치루 덕분에 알았지."

미치루라는 말을 듣는 순간 사토루는 참을 수 없다는 듯이 싱긋 웃었다. 웃는 얼굴이 미치루를 꼭 닮았다.

꿈속이라 눈에 보이지 않는 이미지가 얼마든지 펴져 나갔다.

사토루가 웃을 때 공간이 무지개처럼 일곱 가지 색으

로 빛났다. 그 아름다움을 나는 가만히 보고 있었다.

인간의 감정에는 색이 있다. 평소에는 잘 보이지 않지만, 꿈속에서는 시간이 늘어났다 줄어들었다 하니까 색이 아주 천천히 예쁜 고리를 그리며 공간을 채운다.

내가 아무리 넋을 잃고 바라보아도 상관없는, 그런 것이 꿈의 세계다.

사토루가 그렇게나 좋아할 수 있는 것이 이 세상에 있어 정말 다행이었다고 생각한다.

"일하는 걸 가장 좋아했어?"

"아니, 여행하고 산에 오르는 게 제일 좋았지. 등산을 좋아해서 등산 장비도 좋아했으니까 일이 싫은 적은 별로 없었어.

몸을 움직이는 운동 중에서 별로 즐기지 못한 건 골프와 배구 정도였어. 할 수는 있지만 좋아지지 않는 것도 세상에는 있더라고. 잘하지 못했지만 좋아했던 건 서핑이고. 언젠가 해양 스포츠 부서로 옮기면 매주 연습해서 잘해 보고 싶었는데."

"그렇구나. 나 당신에 대해서 아무것도 몰랐어. 운동신경이 뛰어나다는 것 말고는 아무것도. 그때 조난당한 후로는 나 산에 잘 안 갔으니까."

"나는 이 집 돼지고기볶음을 좋아했어. 이 가게가 회사 뒤에 있잖아. 늘 활기차고, 주방에서는 아저씨와 아들이 일하고."

사토루가 웃었다.

"지금 생각해 보면 내 인생, 그렇게 나쁘지 않았어. 여러 가지로."

돼지고기볶음이 없어져 가네, 꿈이 끝나 가네, 하고 나는 생각했다.

나무젓가락이 담겼던 종이봉투를 물끄러미 쳐다보면서 나도 이 결혼 만족스러웠어, 하고 말하고 싶은데 말할 수 없었다.

눈앞에서 즐겁게 밥을 먹고 있는 사토루에게 그런 말을 하고 싶지 않았다.

그렇게 즐거운 인생이었으니 좀 더 오래 계속되었다면 좋았잖아, 하는 말도 할 수 없었다.

만약 사토루가 낫지 않을 병에 걸리지 않았더라면, 서둘러 아기를 만들고 결혼하지 않아도 되었다면 그의 인생에서 나는 마냥 친구였을지도 모른다.

그러면 미치루도 없다는 얘기가 된다. 그 멋진 존재, 내게 그 무엇보다 위로와 활기를 주는 존재가 이 세상에 없다.

안 돼, 그런 일만은 있을 수 없어. 절대 안 돼, 하고 나는 생각했다.

미치루와 사는 이 생활이 내게 얼마나 소중한 것인지.

얼마나 행복한 것인지. 놀랄 일도 많고 뜻밖의 일도 많지만 얼마나 꿈처럼 멋진 일인지.

사토루에게는 감사하는 마음밖에 없었다.

이도저도 아닌 나 같은 사람을 이 세상살이의 한 귀퉁이에 참가하게 해 주었으니.

그런 생각을 하면서 눈앞에 있는 사토루와의 시간을 귀중히 여기고 있자니 가게 안의 시끄러운 소리가 점점 멀어지고 잠이 깨었다. 눈가에 맺힌 눈물이 따스했다.

그 온기가 잠에서 깬 외로움을 어루만져 주었다.

죽는다는 것은 이제 더는 만날 수 없다는 것.

꿈에서 만나 그 기척을 느낄 수 있어도, 그건 위로밖에 되지 않는다.

이제는 없는, 그런 매일을 살기 위해 떨쳐 버리는 것.

그런데도 꿈은 역시 기뻤다. 그러나 꿈의 여운에 잠겨 있을 때가 아니었다.

서둘러 해야 할 일이 생겼으니까.

한 가지는 그리운 이치로에게 용기 내 연락하는 것.

그리고 다른 한 가지는 꿈에 나온 가게가 정말 있는지 확인하는 것이다.

마음이 무거운 쪽부터 빨리 하려고 나는 당장 이치로의 편지를 꺼내고, 휴대 전화를 들어 그 번호로 전화를 걸었다.

대낮이어서 그런지 그는 전화를 받지 않았다.

메시지함으로 연결되었지만, 나는 무슨 말을 어떻게 꺼내면 좋을지 몰라 일단 아무 말 않고 전화를 끊었다.

이치로? 나야. 그렇게 말하는 것도 이상하고, 저, 마쓰자키라고 하는데요, 하는 것도 이상하다. 머릿속이 오락가락했다.

밤에 다시 걸자고 생각하고 기분을 가라앉혔다.

다른 한 가지 일을 하려고 나는 가방만 들고 집을 나섰다.

그가 다녔던 회사 뒤에 정말 정식집이 있는지 찾으러

가는 것이다.

사토루는 아웃도어 상품을 수입하는 회사의 매장에서 일했다. 영업도 뛰곤 했다. 그는 대학을 졸업하자마자 아버지가 고문으로 있던 회사에 들어갔다.

지금도 벽장을 열면 나는 구경한 적도 없는 방한복과 어디에 사용하는지 모를 커다란 백팩과 조리 도구와 텐트나 배낭이 담겨 있을 짐짝 같은 것이 빽빽하게 들어 있다. 그가 한 번도 사용한 적 없는 견본품류도 있을 것이다.

나는 결혼한 후 바로 태어난 미치루를 돌보느라 그의 생활에는 신경을 쓰지 못했다. 입원 중에 나오는 빨래도 대개는 시어머니가 하고 나는 새 잠옷이나 속옷을 갖다 주는 정도여서 일상적으로 벽장을 열거나 방을 정리하는 관계에는 이르지 못했다.

각자 알아서 자기 생활을 관리하는 친구 같은 관계 그대로였다.

나이를 좀 더 먹으면 보다 자연스럽게 많은 것을 공유하게 되었을지도 모르는데, 어쩌면 같이 발리에 서핑을 하러 갔을지도 모르는데, 하고 생각하면 그럴 수 없는 것이 한층 아쉽게 느껴졌다.

사토루가 다녔던 회사는 지하철을 타고 다섯 정거장을 가면 있었다.

갑자기 예상치 못한 곳에 볼일이 생기는 꿈만 같고 신나는 일을 좋아했기 때문에 마음이 부풀었다.

초여름의 도시는 후덥지근하고, 아스팔트 밑에 장마철 공기가 아직도 눅진하게 남아 있는 듯한 느낌이었다. 양복 차림을 한 사람들이 눈부신 빛 속을 오갔다.

아담한 회사 건물의 1층이 쇼룸을 겸한 매장, 2층이 사무실.

전에는 사원 가족 자격으로 2층 안내 데스크까지 직접 들어갈 수 있었지만, 지금 이 장소는 이미 나와는 인연이 없어진 곳이다.

나는 그리운 심정으로 매장을 들여다보았다.

그가 건강했던 시절 종종 여기서 만나기로 약속하고 또 기다리곤 했는데.

가끔 기능성이 좋은 옷을 발견하면 사토루가 사원 할인가로 사 주기도 했다.

그러고는 둘이 밤의 거리로 나갔다.

미식가는 아닌 그는 언제나 같은 가게로 가자고 했다.

모험 삼아 다른 가게로 가자는 쪽은 언제나 나였다.

하지만 꿈속에 등장한 가게는 기억에 없었다.

중소기업이 많이 모여 있는 지역이라 밤이면 일을 끝내고 몰려나와 한잔하려는 사람들로 북적거렸다. 회사에서 일해 본 경험이 없는 내게는 신기한 광경이었고, 사람들도 모두 즐거운 표정이어서 나까지 도심에서 일하는 듯한 기분이 들곤 했다.

그 무렵 나는 뭘 하고 있었을까?

생각해 보았지만, 한참이나 아무 기억도 나지 않았다.

입소문을 듣고 찾아온 사람들을 상대로 점쟁이 같은 일을 했었나, 술집에서 아르바이트를 했었나.

아무튼 혼자 살던 때던가, 재미있을 것 같아서 철거 직전의 아파트에서 여자 친구들과 함께 살던 시절이었을 것 같다.

착실한 사토루와 술을 마시러 가는 일로 스트레스가 꽤 해소되었을 만큼 불규칙한 생활을 하고 있었다.

그때는 그때대로 좋았지. 그렇게 생각하면서도 나는 과거가 물거품처럼 툭툭 꺼져 사라지는 것을 느꼈다. 생생하게는 기억나지 않는 다양한 시기의 다양한 일들.

나의 어디가 마음에 들어 사토루가 만나자고 하는지는 몰랐다. 우리 부모님과 나의 책을 읽었기 때문인지, 같이 산에 다니면서 친밀해졌기 때문인지.

사토루와는 원래 돌아가신 부모님의 지인으로 만났다. 그는 말수가 적고 친구도 많지 않았다. 그리고 그런 사람들이 보통 그러듯 많지 않은 친구들을 아주 소중하게 아꼈다.

그 많지 않은 친구 중 한 명이 나였다.

우리는 일 년에 몇 번 어쩌다 기억났다는 듯이 만났을 뿐 관계가 연애로 발전될 기미는 거의 없었다. 다만 이 사람이 만나자고 한다는 건 나를 신뢰하며 정말 만나고 싶기 때문이라고 생각할 수 있었고, 그처럼 착실한 사람에게 미움을 사고 싶지 않다는 마음이 들 때마다 그를 향한 동경이 부풀었다.

그가 늘 입던 옷, 가지고 다니던 가방들, 그리운 로고가 찍힌 상품들, 매장 가득 진열된 그것들이 나를 에워쌌다.

지금도 운영되고 있는 이 매장에는 미안한 일이지만, 내게는 무덤 이상으로 무덤 같은 장소.

그의 인생은 정말 끝났구나. 그렇게 절감하고 시간의

빠른 흐름에 놀랐다.

미치루가 있고, 좋아하는 사토루의 부모님과 함께 생활하고 있어 멍하니 지낼 수 있지만, 그냥저냥 계속되고 있을 뿐 사실은 전부 끝났다는 걸 알게 되었다.

이치로가 등장해 흐름이 바뀐 것도 그 기분에 큰 영향을 미쳤다.

또 다른 시기가 카운트다운을 향해 움직이고 있다. 다음에는 어디서 어떤 생활을 하게 될까? 그리고 그 생활은 얼마나 계속될까?

미치루가 아직 어리니까 함께 있을 시간은 한참 남아 있다. 그게 가장 중요한 것은 확실하지만, 미치루에게도 사토루의 추억에도 매달려 있어서는 안 된다는 걸 새삼 명심했다.

그렇게 확고하게 여기 있던 그가 지금은 흔적 하나 없다. 그 사실이 가장 확실했다.

사람 하나가 줄었어도 회사는 평소대로 돌아간다.

하지만 그게 전부는 아니다. 그가 각인해 놓은 것들을 나는 얼마든지 찾을 수 있다. 사람의 마음에 물결을 일으키는 존재로서 언제든. 그리고 자유로운 마음속에는 특히

다. 환경 속에 있는 것은 아니다.

과거에만 존재하는 그 장소에 아주 오랜만에 와 보니 강건하다 여겼던 나 자신의 처지가 위태롭다는 것을 온몸으로 이해할 수 있었다.

이사가 잦았고, 사람들이 외국에서 온 아이라고 늘 거리를 두고 대했던 시절의 영향이라고 생각한다.

이 세상의 무대 뒤 같은 곳을 얼핏 엿볼 때마다 내가 얼마나 자유로운지를 알곤 했다.

확고한 것은 없고, 변하지 않는 것도 없다. 어떤 닻을 어디에 내렸다가 언제 올리고 다시 여행을 떠날지, 내가 가늠할 수 있는 것은 그 타이밍뿐임을 알았다.

그런 생각을 하면서도 아동용 가벼운 방수 재킷을 할인 가격에 팔고 있어 하나 사고, 추동용 속바지(라고 하면 사토루는 아니라며 웃었지만 아무튼 속바지 같은 얇은 속옷)를 사 들고 나는 여느 손님처럼 매장에서 나왔다.

점원도 당시와는 전혀 다른 사람들이었다. 이제 얼굴을 아는 사람이 없다. 그래도 모두 인상이 좋아 사토루가 지금 여기 있다면 이 사람들과도 좋은 대화를 나눴으리라고 상상할 수 있었다.

이 회사를 그만뒀지, 그 사람. 영원히.

그렇게 생각하자 역시 슬펐다.

그렇게 확고하게 여기 있었는데. 그렇게 여기 있는 상품들과 함께 살았는데. 새로 출시된 상품을 사용해 보기 위해 실제로 바다나 산에 다녀와서는 보고서를 작성하고, 이 상품들과 함께 인생을 걸어왔는데, 영원히 퇴직하고 말았다.

그가 아이를 원했던 이유를 조금은 피부로 이해한 듯한 기분이었다. 회사 내에서는 다른 사람이 그를 대신할 수 있지만, 자식의 부모는 이 세상에 딱 한 사람. 그 자식에게 또 자식이 생기면 계속해 이어지는 무언가가 있다.

젊을 때는 절대 알 수 없는 이런 기분. 모든 게 다 사라진 허허벌판에 있는 기분.

병에 걸렸을 때 사토루는 본능적으로 그걸 느끼고 행동하겠다고 다짐했으리라.

이대로 죽어서는 안 된다, 아직도 시간이 있다면 자손을 만들겠다고. 그리고 용기를 내서 신뢰할 수 있는 여자에게 그 일을 부탁하겠다고.

몇 달 늦었다면 치료에 시달려 아이를 만들 수 없었을지도 모른다. 마음대로 움직일 수 있을 때 실행했기에 아슬아슬하게 미치루가 우리에게 와 준 것이다.

산에 오를 때도 그랬다. 얘기를 나누고 질문하다 보면 상황이 변한다. 우선 몸을 움직일 것, 그것도 군더더기 없이 행동할 것. 그에게 그렇게 배웠다. 별것 아닌 산이라도 그러지 않으면 목숨이 위태롭다고, 무엇보다 중요한 것은 마음의 자세라고 그는 늘 강조했다.

그의 성품 중에서 행동에 옮길 수 있는 단순한 용기야말로 내가 가장 좋아하는 부분이었다.

매장에서 나온 나는 마음을 가다듬고 그 정식집을 찾기 시작했다.

시간이 빠듯했지만, 대부분의 가게들이 아직 점심시간이었다.

손님들이 길게 줄을 선 라면집도 있고, 술집인데 낮에만 점심을 파는 가게, 가게 앞에 지라시 초밥 도시락을 내놓고 파는 생선 초밥집, 카페와 샌드위치 가게. 의식하고 보니 세상에 이렇게 많은 가게가 있었나 싶을 정도로 빽

빽하게 들어서 있었다.

시간은 정해져 있지만 점심을 한껏 즐기려 학생처럼 설레는 표정으로 어슬렁거리는 사람들. 나는 그런 사람들의 충실한 눈빛을 언제나 부러워한다.

그런 사람들 사이를 허우적허우적 헤치며 사토루가 다녔던 회사 뒤쪽 골목에서 여긴가? 싶은 가게를 발견했다.

이렇다 할 것 없는 평범한 여닫이문 앞에 포렴이 걸려 있는 가정식 가게였다. 살짝 들여다보았더니 의외로 손님이 많았다.

아니면 내일 또 찾아보지 뭐, 하는 부담 없는 기분으로 안으로 들어갔다.

"어서 오세요!"

힘찬 목소리로 나를 맞아 준 것은 꼭 닮은 얼굴에 하얀 옷을 입은 아저씨와 젊은이였다.

보나마나 부자지간이고 오래전부터 주방에서 일하며 이 가게를 꾸려 왔겠다 싶은 반듯한 모습이었다. 사토루가 자주 다녔을 것 같네, 하고 나는 생각했다. 점심시간에만 영업하는 곳이었다. 밤에 데려오지 않은 이유도 알았다.

가게 안을 휘 돌아보니 꿈에서 본 것과 똑같이 테이블이 배치돼 있었다. 안쪽에는 4인석 방. 창가에 놓인 고양이 도자기 인형의 위치까지 똑같았다.

여기 맞네.

나는 싱긋 웃고는 혼자라서 카운터 앞에 앉기로 했다.

그러자 아저씨가 미소 띤 얼굴로 말해 주었다.

"바쁜 시간은 끝났으니까 테이블에 앉으셔도 됩니다."

덕분에 꿈속에서 앉았던 자리에 앉게 되었다.

이렇게 꿈과 현실이 하나가 되는 경우를 나는 종종 경험해 왔다.

그래 봐야 '역시.' 하고 생각할 뿐이지만, 나와 이 세상이 보이지 않는 무언가로 연결돼 있고, 보이지 않지만 그렇게 많은 것들이 이어져 있다는 감각을 확인할 수 있어 언제나 기뻤다.

사물과 얘기할 때도 그랬다.

보이지 않아도 확실하게 있다고 느끼는 것이 현실과 조화를 이룰 때면, 수수께끼가 풀리는 그 과정에 나는 어떤 거대한 존재가 있다는 것을 수긍할 수 있다.

무엇보다 기쁜 것은 사토루가 나를 이 가게에 데려오

고 싶어 했다고 생각하는 마음이 어느 단계에서 어딘가에 침전되었다가 아무도 모르는 타이밍에 이렇게 둥실 표면으로 떠올라 실현된 것이다.

그 속에서 인류 전체의 마음이 이어지는 호수 같은 곳이 있는 거겠지. 그렇지 않다면 이렇게 찾아낼 수 없지, 하고 나는 생각했다.

그리고 그런 식으로 살았던 시절의 사토루가 있던 공간에 나도 함께하자 이미 아무것도 남아 있지 않다는 슬픔에 잠겨 있는데도 어딘가 모르게 안심되는 부분이 있었다.

다음에는 미치루도 데리고 와야지.

아빠가 아주 좋아했던 가게야, 하면서.

미치루에게는 사토루에 대해 한 번도 나쁘게 말한 적이 없어서 그녀의 상상 속에서 사토루는 완벽한 아빠다.

"아, 아빠가 있었다면."

미치루가 그렇게 말할 때마다 나는 조금 슬픈 반면 기뻐진다. 사토루를 계속 그 자리에 있게 해 줘, 하고 생각한다.

가족을 떠올릴 때 사토루의 모습도 그 안에 함께 있어

주기를 바란다.

셋이서 밖에 나가 외식을 하거나 자연 속에서 놀고 싶었지만, 거의 이루어지지 않았다. 병원과 집과 집 근처를 산책하는 것이 우리에게 허락된 짧은 시간 안의 꿈이었다.

늘 밖으로 나가고 도전하는 인생을 살아왔던 사토루가 마지막에는 그렇게 집 언저리만 맴돌았지만, 절대 후회는 하지 않았다고 생각한다.

여행지, 그것도 아프리카나 네팔처럼 불편하기 짝이 없는 곳에서 만나는 일이 많았던 마쓰자키 집안의 가족도 사토루가 병에 걸렸기 때문에 한 지붕 아래 모이게 되었다. 그런 시간을 갖게 된 것이 유일하게 좋은 일이었는지도 모른다.

가족이 없는 나는 서로 사랑하는 가족은 늘 같이 있지 않아도 괜찮다는 걸 알게 되었다.

어디에 있어도 가족의 얼굴을 떠올리면 무언가가 확실하게 이어진다는 것을.

그래서 사토루가 그렇게 여기저기 돌아다닐 수 있었던 것이라고.

"오래 기다리게 해서 죄송합니다."

요즘은 좀처럼 듣기 힘든 그리운 말과 함께 눈앞에 반들반들 빛나는 돼지고기볶음과 쌀알이 고슬고슬 살아 있는 밥과 된장국이 놓였다.

장아찌도 파는 상품이 아니라 가게에서 직접 절여 간이 심심했다.

"잘 먹겠습니다."

두 손 모으고 중얼거린 후 나는 사토루 몫까지 먹어야지, 하고 생각했다.

꿈에서 본 것처럼 밥이 수북하지는 않았지만 양념은 꿈속에서 먹었던 맛과 똑같이 달짝지근했다. 양배추 채도 신선하고 청결해 기분이 좋았다.

이 세상에서 사라졌지만 언젠가 그가 이 거리에서 일했고, 이 가게에서 거의 매일 밥을 먹었고, 가게 사람들과 미소를 주고받았다는 사실을 잊지 말자.

그리고 이 가게도 거리도 사토루가 살아 있었다는 것을 부디 기억해 주기를, 하고 생각했다.

그러다 또 조금 눈물을 흘렸다.

나는 과거를 쉬 돌아보는 성격이 아닌데, 요즘은 좀 이상하다. 생활이 안정돼 마음에 여유가 생겼기 때문이리라.

어울리지 않게 '사토루가 살아 있었다면 진짜 가족이 될 수 있었을지도 모르는데, 잘 풀린 중매결혼만큼 오랜 시간에 걸쳐 확고한 것을 키워 갔을지도 모르는데.' 하는 생각만 하고 있다.

꿈속에서 테이블 맞은편에서 마주 보고 웃던 그를 떠올리자 눈물이 흘렀다. 미치루를 키우느라 슬퍼할 틈도 없었기에 지금 와서 슬금슬금 배어 나오는지도 모르겠다.

우리 부모님도 그랬지만, 많은 사람들이 그저 이 세상에 존재하다가 거의 아무런 흔적도 남기지 않고 사라져 간다.

그런데도 이 가게에 남아 있는 그의 잔영은 어떤 의미에서 영원하지 않을까 생각된다. 이 세상은 온갖 사람들의 잔영으로 가득하다.

나는 그런 생각들만 하고 있지만, 누군가에게 도움을 줄 수 있는 일도 틀림없이 있을 것이다.

궁극적인 의미에서 사토루에게 도움이 된 것처럼.

그런 일은 인생에 좀처럼 없다.

이렇게 이상한 생각만 하고 있으니 늘 외톨이지만, 상

관없다.

그렇게 생각하면서 마음을 담아 이 맛이 사토루에게도 전해지기를 바라면서 돼지고기볶음을 먹었다.

참 이상한 꿈을 꾸었다고만 생각하고 행동하지 않았다면 여기 이런 가게가 있다는 것도 몰랐을 것이다.

그런데 행동하면 발견도 하고 마음도 후련해진다. 고작 다섯 정거장을 이동했는데, 기분이 밝아졌다.

그럼 됐지, 하고 생각했다.

돼지고기볶음을 맛나게 먹고 잔뜩 배가 부른 나는 생글생글 인사를 건네고 가게에서 나왔다. 오늘은 이제 더 들어갈 것 같지 않아 산책을 조금 하려고 슬렁슬렁 걸으면서 거리를 관찰했다.

그래도 미치루에게는 저녁을 지어 줘야지, 뭐로 할까, 나는 조금 집어 먹는 정도면 되니까 미치루가 좋아하는 카레가 제일 좋을까…….

멍하게 그런 생각을 하는 것은 명상만큼이나 마음을 비우기에 좋은 수단이었다.

생각을 이어 가면서 사토루가 일했던 회사 근처의 공

원에 도착해 거기 있는 푸드 트럭에서 커피를 사 들고 벤치에 앉았다.

하늘에는 양 모양 구름이 둥실 떠 있었다. 저 먼 하늘에는 하얗게 높이 솟은 산 같은 구름도 보였다. 무더운 한여름의 기운이 바로 코앞까지 다가와 있었다.

어떤 여름이 될지는 알 수 없었지만 마음이 조금 침울했다.

사토루가 없는 사토루의 회사에 다녀와 울적한 데다 만나지 못한 채 돌아가신 이치로의 어머니가 떠올랐기 때문이다.

왜 나는 만나러 가지 않았을까. 아기를 안고서 갈 수도 있었다. 겨우 전철로 한 정거장인데, 넘을 수 없는 선처럼 발이 그쪽으로 향하지 않았다.

사토루가 이 벤치에 앉아 이렇게 느긋하게 시간을 보낸 적은 거의 없겠지, 하고 나는 직감했다. 벤치에는 사토루가 남긴 기척이 없었다. 그는 늘 이동하고 있었으니 아마 다급하게 회사로 돌아가지 않았을까.

그러니까 위가 아팠지, 하고 나는 생각했다.

하지만 그는 일을 좋아하고 그 전부를 즐겼으니 후회

는 없었으리라.

그래서 나와도 줄곧 친구 사이를 유지할 수 있었던 것이다. 언제 어디서 뭘 하는지도 모르고, 아무런 직함도 없는 부초 같은 나와도.

그런 생각을 하면서 구름을 쳐다보고 있자니 지금 이대로도 충분하다는 생각이 들었다. 모든 사람들이 각자의 삶을 누리고 사라져 간다. 그건 허망한 일이 아니다. 모든 게 여기 있다. 나도 언젠가는 그렇게 되리라. 내가 남긴 것은 한 사람이 진심으로 바란 소망을 이루어 주었다는 자부심과 미치루다. 그것으로 충분하다고 생각했다.

그때 전화벨이 울렸다. 모르는 번호였다.

이치로라고 확신했다. 가슴이 두근거리고, 옛날의 내가 떠올랐다. 나는 이치로의 뭘 그렇게 좋아했을까.

그가 지닌 신비로운 분위기. 독특한 사고. 흐르듯 움직이고 사고하는 표범 같고 고양이 같은 그의 자연스러움.

"여보세요."

나는 전화를 받았다.

"여보세요, 이 번호를 잘 몰라서 걸어 봤는데 누구신가요? 낮에 전화를 거셨는지요?"

이치로가 말했다.

"네, 전화했어요."

내가 말했다.

"이치다 씨죠? 저, 편지를 받은 마쓰자키라고 해요."

우선은 지금 이름을 말할 수밖에 없다는 생각에 이름을 밝히면서 나는 마음속으로 슬며시 웃었다.

그다음에 무슨 말부터 하면 좋을지 잠시 망설였다.

이치로가 그 그리운 목소리로 예의 바르게 말했다.

"아아, 마쓰자키 씨! 불쑥 실례되는 편지를 보내서 죄송합니다. 마음에 걸려 도저히 어떻게 할 수 없어서 용기를 내 편지를 드렸습니다."

뭐라고 말하면 좋을까. 내 머리는 재빨리 말을 튕겨 내려 했다. 그러나 결국 입에서 나온 말은 아주 단순했다.

"이치로."

나는 그의 이름을 불렀다.

이치로.

몇만 번이나 불렀던 목소리로.

전화 저편에서 이치로가 움찔 놀라는 것을 알 수 있었다.

"나, 사야카야."

이치로는 말이 없었다. 그것은 뭐가 뭔지 모르는 사람 특유의 짙은 침묵이었다.

잠시 조용하다가 그가 말했다.

나는 줄곧 기다리고 있었다.

"사야카?"

이치로가 물었다.

"정말? 발리의 사야카라고? 어떻게? 어디선가 들은 적 있는 목소리라고는 생각했지만. 그런데 어떻게?"

"나 당신 부모님이 그 집에 살았다는 거 몰랐어. 정말 몰랐어. 그리고 정말 굉장한 우연이지만, 나 지금 그 집에 살아."

"그 집이라니? 그럼 내가 어릴 때 살았던 그 집? 아니, 어떻게?"

그 목소리에 약간의 의심이 섞여 있어 나는 슬픈 기억이 떠올랐다.

이치로가 마치 도깨비라도 보는 듯한 눈으로 나를 봤던 때를.

"나 그 집 2층에서 아이랑 같이 살아. 그 집의 장남이랑 결혼해서 아이를 낳았어."

"어떻게 그런 일이 있을 수 있지? 도무지 믿기지가 않는군."

"이치로, 나 파 봤어. 히비스커스 나무 밑. 그랬더니 조그만 뼈가 나왔어. 개나 고양이 뼈일 수도 있겠지만. 잘은 몰라도 아마 사람의 뼈 같아."

내가 말했다.

"이치로, 내가 사물과 얘기할 수 있다는 거 기억해?"

"응, 기억하지."

"나, 그 뼈랑 얘기해 봤어. 당신 형제의 뼈라고 생각하는데. 당신에게 그 동생 말고 혹시 죽은 형제가 있었어? 나는 몰랐는데."

"그래. 쌍둥이 형이 있었다더군. 그런데 갓난아기 적에 죽어서 어머니가 너무 슬퍼서 그 뼈를 오래도록 몸에 지니고 있었다고 들었어. 평소에는 아무 말 않았지만."

"어머니, 최근에 돌아가셨나 보네."

나는 참지 못하고 울먹였다.

"응."

이치로가 대답했다.

"지금 나 어떤 말에 어떻게 놀라면 좋을지 정말 몰라서 혼란스러운데, 뼈라면 알겠어. 동생이 생겼을 때 어머니가 형의 뼈를 흙으로 돌려보내기로 결심하고 마당에 묻었어. 흙으로 돌아갔다고 생각하고 그대로 이사했는데, 돌아가시기 전에 그 일이 영 마음에 걸렸던 것 같아. 내가 가지러 갈게."

"그래, 우리 시어머니에게 전해 놓을게."

"지금 집안일 때문에 도쿄에 없는데, 돌아가자마자 연락하지. 다음 주가 될 텐데, 이 번호로 전화 걸면 돼?"

"응. 그리고 형식적으로 들릴지 모르지만, 진심으로 어머니의 명복을 빌어. 나 이치로의 어머니 정말 좋아했어."

나는 말했다.

"오랜만에 만나겠네. 기다리고 있을게."

"사야카…… 손가락은 어떻게 됐어? 잘 움직여?"

이치로가 물었다. 가슴이 욱신 아파 왔다. 비유가 아니라 정말 아팠다.

"엄지손가락이 굽은 채로 이상하게 들러붙어서 아직 좀 불편하지만, 괜찮아. 생활에는 지장 없고, 상처가 썩어서 절단하는 일도 없었고."

"그렇군. 정말 미안한 일이지만, 무사하다니 다행이다. 사야카가 잘 살아 있고, 게다가 결혼해서 아이까지 있다니 정말 다행이야."

우리는 인사를 하고 전화를 끊었다.

가슴이 두근거리고, 시간이 그때로 되돌아가고, 파란 하늘이 가까이로 훅 내려온 듯한 기분이 들었다.

조금 전과 똑같은 하늘인데, 이치로와 얘기하고 나자 조금 슬픈 색이 더해졌다.

그리움과 잘 풀리지 않아 도저히 어떻게 할 수 없었던 그 시절의 기억이 뜨거운 열기를 뿜어내면서 내 주위를 빙빙 맴돌고 있는 것 같았다.

이 상쾌하고 파란 하늘 아래에서 모든 사람이 저마다의 슬픔을 안고 오가고 있다. 죽은 사람의 잔영도 금방이라도 넘쳐흐를 듯 사방을 메우고 있다.

다른 시각으로 보니 이 세상은 그 얼마나 슬프고 아름다운 곳인지.

하지만 나는 아무 일도 없었던 것처럼 이제 감자와 당근과 껍질콩을 사 들고 집으로 돌아가리라.

엄청난 일이 있거나 마음속이 다른 생각으로 가득해

도 오늘을 한결같이 살아간다. 이 세상은 그 축적으로 돌아가고 있다.

작은 사건이지만 마음에는 큰 파도가 일었다.

우리가 오래전부터 이치로 형의 뼈와 함께 살고 있었다니.

히비스커스 나무가 있는 그렇게 평화로운 풍경 아래에 누군가의 슬픔이 잠자고 있었다는 뜻이다.

파내지 않았다면 언젠가 시부모님과 우리가 그 집을 떠난 후에도 그 꾸러미는 땅속에 그대로 있었으리라. 언제까지나 그대로 있었으리라.

그 흐름을 내가 이 손으로 막았다. 작은 역사의 흐름이지만, 아주 신기한 일이었다.

인간의 삶은 온갖 곳에서 무질서하게 맥락 없이 전개되지만, 거기에서 벌어지는 일들은 이렇게 저렇게 이어져 다른 일들을 불러오고, 그 모든 것이 마침내는 시간의 바다에 묻히고 만다.

나는 고작 키를 단단히 붙잡고 있을 수밖에 없다. 그러니 얼굴만큼은 꼿꼿하게 들고 있고 싶다.

나는 그런 생각을 하면서 식은 커피를 다 마시고 일어

셨다.

사토루가 좋아했던 가게를 발견한 조그만 기쁨이 여전히 가슴속에서 빛나고 있어 나는 그것도 소중하게 꼭 품었다. 복잡한 일이 많은 하루였지만, 기쁜 일도 많았다. 건강한 이치로의 목소리를 들은 것 역시 기뻤다.

"어머니, 카레 좀 드실래요?"

냄비를 들고 아래층 현관에 서서 그렇게 말했다.

학교에서 돌아온 미치루는 우리가 사는 2층에서 텔레비전을 보며 숙제를 하고 있다.

학자였던 부모 밑에서 자라 숙제를 하면서 텔레비전을 본다는 건 상상도 못 했는데, 하고 나는 생각했다.

집필을 할 때는 너무 고요해서 음악 소리조차 없는 듯한 인상이었다.

그러나 생각해 보면 처음에는 아주 작은 마을에 살았기 때문에 텔레비전은 마을 한가운데 있는 무슨 잡화점에나 있었고, 학교에 다니지 않았으니 숙제 따위는 있지 않았다.

매일 신에게 바치기 위해 공물을 만드는 마을 사람들

을 거들거나 닭을 쫓으며 놀았던 게 전부다.

나 역시 어느 정도는 부모님에 대해 미화된 환상을 품고 있었다고 느낀다.

문이 열리고, 시어머니가 나왔다.

"어서 들어와. 차 한잔 하게."

시부모님이 사는 집 안에는 그림이 몇 장 걸려 있을 뿐 장식이 전혀 없다. 그리고 늘 잡다한 게 하나도 없는 텐트 안처럼 정연하다. 그걸 보면 그들이 아주 현실적인 사람들이란 걸 금방 알 수 있다.

이 정도로 깔끔하게 정리되어 있으니 언제든 쇼난으로 이사할 수 있다.

그런데 미치루의 어린 시절을 함께하고 싶은 생각에 미루고 있는 것이리라. 지금은 그 마음이 그저 고마웠다.

나는 샌들을 벗고 거실로 들어가 앉았다.

"웬일로 카레를 만들었어?"

시어머니가 웃으면서 말했다.

"콩을 너무 많이 불려서요."

나도 웃었다. 렌즈콩을 물에 불리려고 했는데 생각에 잠긴 바람에 봉투에서 콩이 좍 쏟아져 나왔다. 재주 없는 내가 흔히 저지르는 실수였다. 그 콩의 양에 맞춰 카레를 만들었더니 양이 어마어마해졌다. 넉넉하게 덜어 냉동고에 보관했는데도 아직 남았다.

시어머니는 일흔이 넘었는데도 운동을 하는 덕분인지 움직임도 빠릿빠릿하고 상당히 젊다. 예쁘게 물들인 머리는 짧고, 이도 튼튼한데 전부 본인의 이라고 한다. 몸을 살살 어르며 살아온 사람에 대한 존경을 느끼지 않을 수 없다.

"아버님은요?"

"등산 동호회 모임이 있대."

"그럼 카레 같이 먹어요. 아직 많이 남았어요."

"그럴까."

시어머니가 웃었다.

그래서 들고 온 카레는 냉동고에 넣고, 둘이 일단 밖으로 나갔다가 2층으로 올라갔다. 그런 모습이 귀여운 우리였다.

집 안에 계단을 만들지 않은 것은 시어머니의 뜻이었다.

시어머니가 전에 이런 말을 했다.

"좀 더 오래 살았으면 했지. 그래서 간병을 하는데 집 안에 계단이 있으면 아무래도 느슨해지잖아. 2세대 주택이 뭐 때문에 있나 싶기도 하고 말이야. 그보다는 귀찮겠지만 그래도 서로 연락하고, 새로운 동네에 이사 온 기분으로 아래위를 오가면서 다리 힘을 유지하자 싶었는데, 정말 허망하지. 사토루도 사야카가 본의 아니게 시집을 왔으니 독립된 생활을 해야 한다고 강경하게 말했고."

사토루 그 사람, 실은 자기가 독립적으로 살고 싶었으면서, 그래서 조금이라도 더 미치루를 독점하고 싶었으면서, 하는 생각에 속으로 웃었지만, 계단을 밖으로 내겠다는 시어머니의 의견을 수용해 준 시아버지가 대단하다고 생각했다.

이 사람들에게 무슨 일이 생기면 전화고 뭐고 맨발로 뛰어 내려올 관계가 되어 가고 있었다. 그건 우리가 시간을 두고 자연스럽게 관계를 키워 왔다는 증거다. 그 시간은 계약이나 관습으로는 설명할 수 없다. 우리가 키워 온 우리만의 시간이다.

내가 문을 열자 미치루가 고개를 들고 씩 웃었다. 그러다 할머니 모습을 보자 더 환하게 웃었다.

"할머니도 같이 먹는 거야? 와, 신난다."

미치루가 조그만 목소리로 말했다.

미치루는 얌전하고 친절하고 매사를 가만히 관찰하는 성격의 아이인데, 사토루를 닮아 머리 회전은 빠르다. 몸도 다부져서 운동을 잘한다.

미치루를 볼 때마다 자식이란 정말 부모의 다양한 요소를 합해서 태어나는 거구나, 하고 생각한다.

나는 그 요소가 분산되는 방식이 흥미로워서 마치 현지 조사를 하듯 미치루의 어느 부분이 누구에게서 왔는지, 그 부분이 어떻게 변화해 가는지 관찰하고 있다. 그렇게 흥미로운 일도 없다고 생각하는 것은 아마 돌아가신 나의 부모님을 닮아서이리라.

"할아버지는 등산 모임에 가셨어. 할머니 혼자라서 올라왔지. 얼른 손 씻어. 접시 옮기는 거 도와야지."

시어머니가 미치루에게 말했다.

미치루가 욕실로 뛰어갔다.

시어머니는 오래도록 운동선수로 활동해서 그런지 무슨 일을 어떻게 진행할지, 그 타이밍을 몸으로 아는 사람이었다. 움직임에도 사토루처럼 군더더기가 없다.

그래서 그녀와 있으면 조급해하거나 서두는 느낌이 전혀 없다. 당당한 흐름과 함께 움직이다 보면 어느 틈에 상이 차려져 밥 먹을 준비가 다 되는 식이었다. 머리만 큰 나로서는 좀처럼 터득하기 어려운, 몸을 중심으로 생활하는 사람만의 움직임이었다.

카레 냄비를 테이블에 놓인 냄비 받침 위에 옮겨 놓고 내가 말했다.

"저, 드릴 말씀이 있어요."

시어머니가 나를 똑바로 쳐다보고 말했다.

"뭔데? 발리에 가는 거? 네가 없는 사이에 뭐 할 일 있니?"

나는 고개를 저었다.

"어머니, 어제 우편물 갖다 놓으셨잖아요."

"응, 그래. 비가 올 것 같아서 내가 멋대로 문 열고 들어와서 테이블에 두었는데. 무슨 일이 있니?"

"우편물 중에 이 편지가 있었어요. 잠시 읽어 보세요. 그사이에 밥 풀게요."

미치루도 시아버지가 취미로 다니는 도예 교실에서 만든 카레 접시를 세 개 가져오면서 궁금한 표정으로 이치로의 편지를 들여다보았다.

"이 집으로 이사 왔을 때 딱히 마당을 파거나 그러지 않았으니까."

돋보기를 벗으면서 시어머니가 말했다.

"그래서 네가 물론 파 봤겠지?"

장난스럽게 웃으면서 시어머니가 말했다.

"들켰네요."

나도 웃었다.

"어째 아까 보니 담장 밑의 흙이 좀 꺼멓다 싶더라."

시어머니가 웃었다.

"비료도 주었거든요."

"그래서 뭐가 묻혀 있었는데? 돈? 시체?"

시어머니가 몸을 앞으로 쑥 내밀었다.

"조그만 뼈요."

그리고 종이 꾸러미를 조심스럽게 펼쳐 시어머니에게 보여 주었다.

뼛조각은 정말 작아서 떨어뜨렸다가는 그대로 없어질 것만 같았다.

"아이고, 이거 사람 뼈가 틀림없네…… 용케 지금까지

남아 있었어. 무슨 사연이 있나 보네."

"그런데 그게…… 이 편지를 보낸 사람이 아무래도 제가 아는 사람인 것 같아요. 제가 알았을 때는 이미 그의 부모님이 여기 살지 않아서 저도 이 집에 그들이 살았다는 걸 몰랐어요. 정말 우연이라 많이 놀랐어요."

"마침 잘됐네, 뭐. 만나 봐서 지금 홀몸이면 사귀면 되겠네."

시어머니가 말했다.

"어쩌면 그렇게 금방 비약을 하세요!"

나는 웃었다.

"네가 아직 젊은데 아까우니 그러지. 사양 말고 남자도 사귀고 그래."

"지금도 사양은 안 해요. 이제 곧 미치루를 데리고 발리에도 갈 거고, 정말 하고 싶은 대로 자유롭게 살고 있으니까 걱정 마세요."

경제적으로 여유가 되는 여름휴가 때는 언제나 발리에 가서 우붓의 게스트하우스에 묵으면서 우리 부모님과 그곳을 같이 운영한 친척 같은 아저씨 아주머니와 옛날 추억담을 나누며 지낸다.

그들은 자식이 없는 부부라서 미치루를 무척이나 귀여워하고, 가지 못하는 해에는 미치루는 어떻게 지내는지 물으며 몹시 아쉬워한다.

본 적 없는 외할아버지와 외할머니의 모습을 미치루에게 전하고 싶어서 부모님이 사용하던 조그만 방에 묵으며, 그저 산책하고 계단밭을 바라보는 매일을 지낸다.

우리 부모님을 잘 아는 그 부부와 같이 있기만 해도 나는 무언가에 포근히 감싸여 있는 듯한 기분에 젖을 수 있다. 그것은 어쩌면 어릴 때의 시간인지도 모른다.

그리고 학용품을 마을 아이들에게 나눠 주거나 병원에 기부한다. 아주 조금밖에 할 수 없지만, 매번 조금씩이나마 나를 키워 준 발리에 은혜를 갚는다는 기분으로 시간을 보낸다.

종업원이던 아저씨와 아주머니가 이제 나이 들어 할아버지와 할머니가 되고, 돌아가시기도 하고. 또는 그들의 아들이나 딸이 일하고 있기도 하고. 여러 가지 변화는 있지만 모두가 변함없는 분위기로 맞아 준다.

늘어져 있을 때는 정말 축 늘어져 있고, 어린아이처럼 웃고, 일할 때는 부지런한 발리 사람들과 있으면 마음이 편해진다.

옷도 대충 입고 어정거려도 자신이 비참하게 여겨지지 않는다. 도쿄라면 눈에 띌 차림도 계곡에서는 금방 풍경에 녹아든다. 닭을 쫓아 포장되지 않은 길을 흙먼지를 일으키며 뛰어가는 미치루의 모습에 내 어릴 때 모습이 겹쳐 보이곤 한다.

미치루는 요즘은 현지 아이들과 어울려 놀러 다니는 일이 없어졌지만, 발리에 있을 때면 언제나 까매진 얼굴로 태양과 물 속에서 싱글거린다.

언젠가는 손자도 데리고 올 수 있다면 좋을 텐데, 하고 생각하는 것은 내가 아이를 낳았기 때문이리라. 시간을 두고 계속되는 것을 처음 본 것 같다는 생각이 든다.

"그러고 보니까 네가 그쪽 친구들도 참 소중하게 여기더구나. 그런 부분도 신뢰가 가서 좋아."

시어머니가 미소 지었다.

"부모님을 만날 수 없으니 성묘하는 기분으로 추억을 만나러 가는 거죠."

나는 말했다.

"부모님에 대한 책을 쓰려고 취재할 때는 훨씬 더 필사

적이었지만요."

"보통은 할머니랑 할아버지가 둘씩 있는 거니까."

미치루가 말했다.

"그래. 그러니까 만나게 해 주고 싶지."

셋이 오늘 사 온 채소를 듬뿍 넣어 끓인 콩카레를 먹으면서 평소의 속도로 얘기를 나눴다.

낮에 갔던 가게에서처럼 일하다 잠깐 쉬는 틈에 얘기하듯 허둥지둥 말하는 사람은 없다.

차근차근 생각을 꾸밈없이 말한다.

그런 시간이 가장 귀중하고, 무언가를 키우고, 뇌를 쉬게 한다.

"다음에는 나도 한번 데려가 다오. 몸을 움직일 수 있을 때 가고 싶구나. 시차가 얼마 없던가?"

"한 시간이에요. 가루다 항공에는 직항도 있고, 공항으로 친구가 데리러 나오니까 편해요. 내년에 같이 가요. 아니면 올해 같이 가도 좋고요. 언제든 가요."

"아들은 없어졌지만, 이런 친구가 옆에 남아 있어서 얼마나 좋은지 모르겠다. 노후에 즐거운 일이 이렇게 많다니 꿈만 같아. 간병을 할 때는 정신이 없어서 그런 생각을 못 했는데. 앞이 캄캄하기만 했지."

시어머니가 말했다. 시어머니는 아주 강한 사람이다.

사랑하는 아들을 떠나보내고 얼마나 많이 울었을지, 지금도 얼마나 허전해하며 하루하루를 보내고 있을지를 생각하면 가슴이 아프다. 사토루는 원래가 부모님에게 잘하는 사람이었지만, 만약 살아 있었다면 앞으로 점점 함께하는 시간이 많아질 평온한 시절을 맞았을 것이다.

그리고 나 같지 않은, 훨씬 아리따운 신부를 맞아서 다 같이.

나는 만약 미치루를 잃는다면 살아갈 수 없을지도 모른다고 생각하니까 언제나 감동한다.

내가 할 수 있는 일은 함께하는 시간을 즐겁게 지내는 것과 쑥쑥 크는 미치루를 보여 주는 것뿐. 사토루를 꼭 닮은 미치루를 보면서 시부모님의 마음이 조금은 밝아진 듯하다고 생각한다.

"친구로만 있어 주면 아무것도 필요 없어. 자유롭게 날아가도 괜찮아. 우리에게 얽매이지 말고."

시어머니가 미소 지으며 말했다.

"저, 정말 머리가 잘 안 돌아가는 사람이라서 지금은

눈앞에 있는 카레와 기껏해야 발리 생각밖에 없어요."

나도 미소 지으며 대답했다.

정말 그랬다. 지금은 앞일을 생각하지 않는다. 지금까지도 그런 식으로 살아왔다. 그런 나를 사토루는 절대 바보 취급하지 않았다. 언제나 사람으로서 옳다고 말해 주었다.

"뼈 나도 만져 볼래. 나 아빠가 돌아가셨을 때 너무 어려서 뼈가 어땠는지 기억이 없어."

미치루가 말했다.

화장터에서 아장아장 걷는 어린 미치루의 손과 부젓가락을 잡고, 울면서 사토루의 뼈를 추리던 때가 떠올랐다.

미치루가 뼈를 살며시 손바닥에 올려놓았다.

"이거 갖고 있으니까 왠지 기분이 좋은데. 따뜻해."

"그러니?"

시어머니도 만졌다.

그리고 잠시 후에 이렇게 말했다.

"……음, 그러네. 뭔지 몰라도 위로받은 기분이네."

"다들 그렇게 말하면 내가 장사를 못 하죠. 뭐, 애당초 장사는 하지 않지만. 그리고 물론 이런 힘은 본래 다들 갖고 있다고 생각하지만요."

나는 웃었다.

"그러네. 하지만 난 뭘 만져도 아무 느낌 없어. 엄마 같지 않아."

미치루가 말했다.

"나도. 그런데 이 뼈는 좀 다르네. 마음이 차오르는 것처럼 좋은 느낌이야."

"신기하다. 할머니, 이 아이 굉장히 사랑받았나 봐."

둘은 얼굴을 마주하고 고개를 끄덕거렸다.

나는 충분히 수긍이 갔다.

이치로를 보면 그랬다는 걸 알 수 있다.

정말 사랑받으면서 건강하게 자란다는 것이 어떤 것인지.

그러니 이 죽은 아기도 애지중지 자랐을 것이라고 느낄 수 있었다.

"정말 소중한 건가 보구나. 어서 돌려주자."

"네, 그러려고 해요."

시어머니가 고개를 끄덕였다.

나는 다시 뼈를 조심스럽게 싸서 서랍에 넣었다.

그리고 화제는 사토루가 즐겨 다녔던 정식집으로 옮겨갔다. 나는 꿈에서 본 가게를 찾았다고 정직하게 말했다.

둘은 그 얘기에 흥분해 토요일 점심에 할아버지랑 같이 그 가게에 가자고 열을 올렸다.

사토루에 관계된 어떤 일을 한 가지씩 할 때마다 함께 앞으로 나아간다는 느낌을 공유할 수 있었다. 추억이 보태질 때마다 사토루의 윤곽이 좀 더 분명해지고, 미치루가 사토루를 좀 더 알게 된다.

그의 잔영을 기억의 어둠에서 끌어내듯 좇는 미치루. 그 모습을 보면 나도 시부모님도 가슴이 찡해진다.

2 숨겨진 과거

이치로에게 전화가 온 것은 일주일 후였다.

마당을 팔 때의 두근거리던 기분은 완전히 가셨지만, 휴대 전화에 새로 저장된 '이치다 이치로'라는 글자가 화면에 떴을 때는 또 가슴이 설렜다.

그러나 이제는 그저 뼈를 발견한 일로 이치로의 슬픔이 조금이라도 덜어졌으면 좋겠다고 생각할 따름이었다.

이치로 어머니의 뭐라 말할 수 없이 조신하고 평화롭고 믿음 가는 모습이 떠올랐다.

그냥 거기 있을 뿐인데 공기가 조금 맑아지는 듯한 사

람이었다.

어머니가 내는 소리는 조금도 짜증스럽지 않고, 과민한 상태일 때도 왠지 안심이 되었다. 너무 있기 편했던 그 집에서의 생활을 기억하면 흐뭇한 웃음이 나올 정도였다.

당시의 나는 부모님이 돌아가신 것마저 까맣게 잊은 심정으로 담담하게 지내고 있었는데, 이치로의 집에 머물 때는 다시 불안해져 계속 울기만 했다.

선잠을 자다가 어린 시절 꿈을 꾸고는 울면서 벌떡 일어나기도 했고, 이치로 어머니의 뒷모습만 봐도 울음이 터져 나왔다.

직감이 뛰어나고, 안정적이고, 늘 사람들을 꼼꼼히 살피며 의논 상대가 되어 주던 이치로의 어머니는 그런 나를 있는 그대로 푸근하게 받아들여 주었다.

나는 어머니를 살리기 위해서라면 무슨 일이든 하고 싶었기에 무슨 일이든 했지만, 그래서 오히려 어머니가 내게 뭔가를 좀 더 해 줘야 한다고 생각하는 바람에 나는 그들 곁을 떠났다.

그때 나는 그렇게 할 수밖에 없었다. 아주 슬픈 일이었다. 모든 톱니바퀴가 맞물려 돌아가지 않아 나는 갑갑

해서 더는 거기에 머물 수 없었다.

"돌아왔어."

이치로가 그렇게 말했다. 그 멍한 말투도 정다웠다.

사랑받고 자란 아들의 목소리였다.

"지금도 신사에서 지내? 결혼은 했어?"

나는 물었다.

"아니. 아직 신사 울타리 안에 살고는 있지. 니트족이라고 해야 하나?"

이치로가 말했다.

"그 후에 여러 가지 일이 많았어. 땅도 넓혀서 그 땅 안에 좀 더 큰 사무소 겸 주거 건물을 지었고. 큰아버지 부부도 같이 살고 있어. 아버지는 거기서 일하러 다니고, 동생은 신사를 물려받을 준비를 하면서 어머니가 하던 일을 살짝살짝 거들고 있고."

"살짝살짝이라니 무슨 뜻이야?"

"내 동생이 우수하잖아. 나처럼 건들거리지 않고. 그래서 신사를 이어받은 큰아버지와 큰어머니와 어머니를 돕던 도우미 아주머니와 동생만 있어도 신사는 충분히 돌아가니까 나는 잡다한 일 담당이야."

"여전하네."

"응. 나이만 먹었지. 만나면 아마 어이없어할걸. 나 형의 뼈를 가지러 가도 될까? 문제가 될 것 같으면 우편으로 받아도 되고, 아무튼 지금은 사야카를 만나고 싶어. 잘 지내는지 내 눈으로 확인하고 싶어."

만나고 싶다, 그건 나도 그랬다. 그의 모습을 직접 보고 싶었다.

"나도 만나고 싶어. 만나서 얘기하자. 물론 우리 집에 와도 아무 문제 없어. 여기저기 수리도 하고 2세대 주택으로 개조했으니까, 옛날 같은 부분은 남아 있지 않아서 실망스럽겠지만."

"알았어. 그럼 목요일 밤은?"

이렇게 얘기하고 있으니 시간이 금방 돌아갔다.

우리가 단번에 친밀해졌던 그 무렵으로.

나는 옛날에 그에 대해 이렇게 자연스럽게 친해지고 또 도저히 피할 수 없는 사람은 또 없다고 생각했다. 피차가 신기하게 여겼다. 언제부터 이렇게 같이 있게 되었지 싶을 정도였다.

지금도 그랬다. 옆에 있어서 언제든 얘기할 수 있었던

때처럼 대화가 저절로 앞으로 나아간다. 한 번이라도 가족으로 같이 산 경험이 있으면 몸이 멋대로 그때 상태로 돌아가는지도 모르겠다. 마치 조금 전에 헤어진 것처럼 우리 사이의 분위기는 벌써 훈훈했다.

그리고 이상하게도 나는 그 상태를 좋은 것으로 쓱 받아들이고 있었다.

지금까지의 인생이 있어서 좋았네, 하는 감회마저 느꼈다.

나는 별 하는 일 없이 떠도는 것처럼 보였지만, 사실은 많은 것을 하면서 제대로 걸어온 거야, 하고 생각했다.

"목요일에 괜찮은지 시부모님께 확인해 볼게. 만약 일정에 문제가 있으면 문자 보낼게. 이런 식으로 말하면 시부모님에게 매여서 갑갑하게 산다고 여길지도 모르겠는데, 나 굉장히 여유롭게 지내고 있어."

"안심이다. 뭐랄까, 이렇게 마음이 편해져도 좋을까 싶을 정도로 편해졌어. 그럼 아무 변동 없으면 목요일 7시 좀 지나서 갈게. 장소는 잘 알아."

나는 사물을 접하면 그 주인에 대해 조금 알게 되는 경우도 있지만, 사람을 접할 때는 아예 목석이다.

보는 각도가 다르기 때문에 사람의 마음속에 있는 진흙탕이 전혀 보이지 않는 것이다. 그래서 얻을 수 있는 능력이었는지도 모르지, 하고 생각한다.

여전히 아무런 긴장감 없이 느긋한 이치로에 대해서 역시 조금도 경계심을 품지 않았다.

오히려 변함없는 자연스러움에 놀랐다.

마음에 무언가를 숨기고 있거나 질투가 나는데 웃는 얼굴을 보이거나, 사실은 기분이 암울한데 그걸 얼버무리거나 하는 일이 일절 없는 소박한 사람이었다. 그런 면을 좋아했는데, 그게 변하기는커녕 세월이 지나며 훨씬 강화된 듯했다.

나는 시어머니에게 전화를 걸어서 목요일 밤에 들러 달라고 전했다.

"우리 집에서 무슨 일이 있었는지 상상하면 가슴이 툭툭 뛰는데, 살인 같은 것만 아니면 되겠지. 살인이었다면 몸 전체가 묻혀 있을 테니 말이다. 내 판단이 뭐, 그렇다는 거야. 쇼와 시대에는 여러 가지로 일이 많았거든. 정말 여러 가지로. 그래서 어둠에 묻힌 대로 내버려 두는 편이 좋은 일도 아주 많아. 그런데 파 보라고 해서 파낸 거니까 어쩔 수 없지."

"그래요. 하지만 그렇게 심각한 일은 아니에요. 물론 그쪽에는 정말 슬픈 일이겠지만, 사건성은 전혀 없어요."

내가 그렇게 말하고, 다시 말을 이었다.

"그 뼈에 대해서는 아무것도 몰랐어요. 저 옛날에 살 곳이 없는 시기가 있었는데, 그때 이치다 씨 집에 산 적이 있어요. 이치로 씨는, 솔직하게 말씀드리면 사귄 적이 있는 사람이에요."

시어머니가 놀란 투로 말했다.

"뭐? 그럼 관계있는 얘기니? 우리 집에 뼈가 있다는 것과."

"그게…… 제가 여기 산다는 걸 이치로 씨는 몰랐던 것 같아요. 정말이에요. 믿어 주세요."

나는 말했다.

"저도 뭐가 어떻게 된 일인지 혼란스러워요. 그런데 돌아가신 그의 어머니와는 아주 친하게 지냈어요."

"어머나, 굉장한 일이네. 이건 인연이지, 어디로 보나. 인연이 아니고 뭐겠어. 뭔가가 있는 거다."

한순간에 모든 것을 파악한 직관이 놀라운 동시에 믿음직스러웠다.

"물어봐도 좋을지 망설여질 때는 물어보마. 그리고 말이야, 네 왼손이 불편하게 된 거 그 가족들과 관련이 있는 거니?"

"어떻게 아셨어요?"

나는 깜짝 놀랐다.

"있어요. 이 손가락 때문에 요양한다는 이유로 발리로 도망갔고, 이치로 씨와도 헤어졌어요. 어찌 됐든 폐를 끼치고 싶지 않아서요. 지금의 저는 훨씬 뻔뻔하니까 그런 일을 하지 않을지도 모르고 그쪽이 최선의 선택일지도 모르지만, 당시의 저는 정리가 안 돼서 결국 아주 예의 없이 그들 곁을 떠났어요. 지금도 그 일은 조금 후회스러워요."

"그냥 분위기로 알았다. 그 집 사람들과 네가 인연이 참 깊은가 보다고. 언제 들려 다오. 미치루가 없을 때."

"숨길 일은 전혀 없으니까 지금이라도 괜찮은데, 역시 미치루에게는 좀 더 큰 후에 얘기하고 싶어요."

"치, 난 어떤 얘기를 들어도 아무렇지 않은데."

미치루가 말했다.

"엄마는 엄마고, 평생 내 엄마잖아."

그런 말을 당연하게 이끌어 내기 위해 얼마나 많은 대화를 하고 얼마나 많이 안아 주고 얼마나 큰 사랑이 축적됐는지를 생각하자 나는 그만 웃음이 나왔다.

"음, 좀 암울하고 충격적인 얘기라서 엄마도 미치루에게 얘기할 수 있게 될 때 얘기할게. 약속해. 하지만 엄마 남부끄러운 일은 평생 단 한 번도 하지 않았어."

미치루가 고개를 힘껏 끄덕였다. 그 눈 속에는 사토루가 내게 보냈던 것과 같은 신뢰의 빛이 어려 있었다.

그날 밤 미치루가 잠든 후 나는 그 종이 꾸러미를 손에 들고 다시 한번 의식을 집중했다.

한밤중의 테이블은 많은 것들이 전개되는 장소다.

사토루가 죽어 가는 과정을 지켜보는 날들에도 나는 이곳에서 깊은 밤 많은 생각을 했다.

와인도 마시고, 차도 끓이고, 눈물도 흘리고, 많은 일들이 있었다.

시간이 멈춰 버린 듯도 하고, 흐르지 말았으면 싶기도 한 묘한 시기였지만 절대 불행하지는 않았다.

지금밖에 없는 시간을 아슬아슬한 선에서 무심하게 다루는 데도 익숙해졌다. 시간은 너무 소중하게 꽉 잡고 있으면 움츠러들어 여유롭게 확대되지 않으니까 추억도 만들 수 없다.

같이 살기 위해 사토루의 집에 왔는데 정작 사토루는 없고, 나는 왜 여기 있는 걸까. 병원에 있는 사토루를 생각하며 적막하게 지낸 시기도 있었다.

그때는 사토루가 죽는다는 생각을 하지 않으려 애쓰면서도, 만약 그렇게 되면 뒷일을 전부 거들고 내일이 있는 것처럼 밝은 기분으로 지내다가 상황이 정리되면 바로 집을 떠날 생각으로 언제나 마음을 다잡고 있었다.

입원을 할 때마다 내일은 병원에 가서 만날 수 있지만 사토루가 다시 이 집에 돌아오는 일은 없을지 모른다, 최소한 임시 귀가라도 할 수 있게 하고 싶다는 생각을 했다. 그리고 그런 바람은 사토루가 고비를 넘길 때마다 몇 번이나 현실이 되었다.

미치루는 얌전한 아이였고, 밤에도 거의 울지 않았다.

우유를 먹이면 금방 잠이 들었다. 그리고 쑥쑥 자랐다. 감기에 걸리고 열이 오를 때마다 강해지는 느낌이었다. 사토루가 매일, 끊임없이 미치루에게 생명을 주고 있구나, 하고 생각지 않을 수 없었다.

옆에서 보면서 '내게도 생명과 관심을 좀 줘.' 하는 생각은 조금도 들지 않았다.

부모가 된 거구나, 하고 생각했다.

원래 무심한 면이 있었지만, 사토루가 미치루에게 모든 것을 걸고 있는 데도 전혀 샘나지 않았다.

한밤중에 테이블 앞에 앉으면 힘겨웠던 그날들이 떠오른다.

밤 속에서 빛나는 유리창을 보면 지금 이 집에 혼자 있지 않는다는 게 조금은 고맙게 생각된다.

뼈를 손바닥에 올려놓았다. 역시 갓난아기의 뼈고 이치로 형제의 뼈라는 정보를 느꼈다.

이치로가 쌍둥이로 태어났네, 몰랐는데 그랬구나.

그때 불쑥 깊은 밤 속의 방이 바다 울림처럼 우웅 하고 울린 듯한 기분이 들었다.

공간이 좍 좁아지면서 흐물흐물한 것이 밀려왔다. 뭔지 모르겠지만 기억의 기척 같은 것, 소용돌이치는 뭔가가. 그 소용돌이가 사토루를 잃은 나, 아기를 낳은 적이 있는 나의 마음과 강렬하게 공명했다.

갓난아기를 하나 잃은 이치로의 어머니는 이 장소에서 견딜 수 없는 심정으로 울며 지냈고, 그럼에도 살아 있는 이치로를 위해 필사적으로 울음을 삼키면서 앞으로 나아갔으리라.

뼈를 다 묻지 못하고 한 조각 간직하고 있다가 그걸 흙으로 돌려주려 마당에 묻었지만, 언제나 그 앞에서 두 손 모아 기도했으리라.

흙으로 돌려보냈으니 이곳을 떠날 때도 굳이 파내지 않았는데, 죽음을 앞두고는 마음에 걸렸던 것이리라.

사물에서 오는 정보는 순서가 맞지 않아 조금도 논리적이지 않다. 인류가 이 능력을 결국 채용하지 않은 이유를 잘 알 것 같다.

그런데도 그 슬픔의 촉감과, 그 일이 어머니를 점점 더 강하고 유연하게 만들어 갔다는 사실이 내게는 생생하게 전해졌다.

그렇게 좋아했던 이치로의 어머니에게 나중에 편지를 보냈고, 진심이 담긴 친절한 답장도 받았지만, 끝내 얼굴을 마주 보고 죄송하다는 말을 하지는 못했다.

이치로에게도 말하지 못했다.

젊었으니까, 그리고 나 자신도 힘겨웠으니까 어쩔 수 없었지만, 슬픈 일이었다.

만약 이치로의 어머니가 문득 이 빼를 떠올리지 않았더라면, 이치로와 내가 다시 만나 어색했던 과거에 대해 얘기할 기회는 평생 없었을지도 모른다.

그렇게 생각하자 정말 고마웠다.

발리에 있을 때도 늘 그 가족에 대한 감사의 마음을 품고 있었다.

이치다 집안의 가족이 되지 못한 나 자신을 책망했다.

밤중에 울면서, 또 별이 반짝이는 밤하늘을 올려다보면서 같은 하늘 아래 있는, 어쩌면 가족이 되었을 사람들의 행복을 빌었다.

일본으로 돌아와서도 몇 번이나 그들을 찾아 보려고 했지만, 그러지 못했다.

길에서 우연히 마주치면 마음에 담고 있던 말을 바로 할 수 있도록 연습하기도 했다.

그런데 결혼하고 아이를 낳은 후에 이런 기회가 찾아오다니. 그리고 가장 죄송했던 어머니는 이제 만날 수 없다니.

나는 합장을 하고 다시 뼈를 쌌다.

아직도 무화과 향이 아련하게 떠다녔다.

이치로가 어머니를 그리워한다면 그녀의 손이 닿았을 이 흙 묻은 낡은 종이 역시 소중하리란 생각에 조심조심 다뤘다.

쇼와 시대에는 많은 일들이 있었어. 시어머니가 그렇게 말하던 때의 강한 어조가 기억났다.

또 같은 이미지가 마음에 떠올랐다. 이 세상 어디든, 특히 사람이 밀집해 있는 도쿄 같은 도시는 인류가 생겨난 이후 오랜 세월 동안 죽어 간 많은 사람들이 걷고 또 추억을 겹겹이 쌓았던 장소다.

살아 있는 사람 역시 그 추억 위에 많은 기억을 보태니 이 세상은 이미 추억의 무덤 같은 곳이다.

그런 줄 모르는 채 오늘도 우리는 무덤 안을 걸어 다닌다.

그렇기에 더욱이 지금의 시간을, 자신의 육체를 계속 느끼지 않으면 안 된다고 생각한다. 너무도 많이 쌓인 추억에 이끌려 자신이 엷어진다.

언젠가 내가 그런 인류의 순환을 따라 이 세상을 떠날 때 가능하면 좋은 기억만 남기고 가고 싶다.

사토루처럼.

사토루는 지금 어떤 장소에 있을까. 그 장소에서 평온하게 있을까. 내가 아는 것은 지금도 미치루가 사토루의 따뜻한 기억 속에 안겨 있다는 것뿐.

그렇다고 미치루가 사고를 당하지 않으리라고, 나쁜 생각을 품지 않으리라고, 절벽에서 떨어져 죽는 일은 없으리라고 생각지는 않는다.

다만 혼자 있어도 무언가에 감싸여 있는 것처럼 언제나 미치루를 지켜 주는 것이 있으리라고, 어쩌면 그래서 일찍 자립해 혼자 살거나 외국으로 나가고 싶다고 말할지도 모른다는 생각은 한다. 사토루의 압도적인 힘이 언제나 미치루의 근간을 받쳐 주고 있으니까.

미치루와 함께할 수 있는 지금의 시간을 나는 아주 소중하게 느낀다.

그리고 이치로를 소중하게 여겼던 이치로의 어머니를 생각했다.

이치로의 어머니는 나를 나쁘게 생각지 않았다, 그래

서 이렇게 된 것이다. 늘 내게 미안해하고, 나처럼 하늘을 올려다보며 나를 떠올리고는 내가 무사하기를 기도해 주었다. 그렇게 확신할 수 있었다.

그런 생각을 하자 또 눈물이 흘렀다.

이치로의 어머니에게 받은 편지는 이런 내용이었다.

여학생들이 즐겨 사용하는 귀여운 캐릭터가 있는 편지지와 세트인 봉투, 역시 이치로의 어머니가 좋아한 무화과 향이 났던 소중한 편지.

몇 번이나 다시 읽었고, 같이 잠들고, 어디든 같이 여행했던 그 편지.

사야카 씨에게

사야카 씨가 없으니 하루하루가 정말 쓸쓸하군요.

하지만 이제야 조금 침착해진 나는 억지로 강요할 수는 없다고 생각합니다. 어떻게든 빨리 모든 일을 정리하고 싶었어요. 사야카 씨가 조금이라도 안정된 장소에 있을 수 있기를 바랐습니다. 그러나 그런 바람이 아픈 일을 경험한 사야카 씨에게는 얼마나 부담스러운 일인지를 이제 겨우 알았습니다.

나 역시 진정한 폭력이란 것을 처음 접하고 충격을 받아 제대로 생각지 못한 것이지요.

옛날에 아주 고통스러운 일을 겪은 적이 있기에 이제 더는 무서울 게 없다고 착각했던 나 자신이 부끄럽습니다.

사람들의 상담에 응하고 마치 그 사람들을 구원한 것처럼 우쭐했던 나 자신이 부끄럽습니다. 그래서 어떻게든 수습하려 했던 것이라고 생각합니다.

아무튼 우리는 사야카 씨를 안전하게 보호하고 괴로움에서 벗어날 수 있게 하자고 생각했어요.

그러나 그건 우리가 편해지고 싶어서였다는 걸 지금은 압니다.

얼마나 어리석은 일이었는지요.

나는 화가 나지 않았고 그저 미안한 마음과 지금 내가 살아 있는 것은 오직 사야카 씨 덕분이라는 감사의 마음으로 가득합니다.

나 자신이 얼마나 안이했는지도 잘 알아요.

마음속에 명확한 두려움이 있는 한 알지 못하는 사람의 상담에 응할 수 없는 법이지요.

사물과 얘기할 수 있는 사야카 씨는 그 점을 잘 알았던 것이지요.

신사는 곤경에 처한 사람들이 많이 오는 곳이니 그저 맛있는 차와 과자를 대접하고, 하고 싶은 얘기가 있는 사람의 경우에는 그 얘기를 느긋하게 들어 주고, 또 오시라고 인사하는 정도가 내 능력에 맞는 일이라는 것을 사야카 씨 덕분에 알게 되었습니다.

지금은 그런 사람들이 다소나마 힘을 얻을 수 있도록 아름다운 정원을 만들고 있어요.

이치로와도 자연의 힘을 빌리는 것이 최선이라는 얘기를 했습니다.

매일 몸을 움직여 즐겁게 일하고, 놀러 오는 사람들의 얘기를 들어 주다 보면 시간이 금방 흘러갑니다.

사야카 씨가 몸으로 가르쳐 준 것이지요.

자칫하면 나는 '선'의 얼굴을 한 지옥에 무책임하게 발을 들여놓을 뻔했어요.

사야카 씨의 웃는 얼굴도, 조금은 덜렁거리고 순진해 보이는 성격도 정말 좋아합니다.

처음 만났을 때부터 딸 같다고 생각했어요.

사야카 씨를 만나 즐거운 시간을 보낼 수 있었던 것, 정말 행복한 일이었어요. 그런데 내가 부주의해서 지켜 주지 못하고 결국은 잃어버리게 되어 너무 서운하고 안타깝습니다.

하지만 언젠가 다시 만나리라고 믿고 있어요.

이치로의 애인이나 내 며느리가 아니어도 나는 사야카 씨를 좋아합니다.

그리고 무엇보다 발리의 자연 속에서 사야카 씨가 그 상처를 치유하고, 한껏 울고 마음껏 웃고, 별도 많이 보고 논밭도 많이 보면서 걷고, 헤엄치고…… 그렇게 지낼 수 있기만을 바라고 또 바랍니다.

고마웠어요, 사야카 씨. 미안해요, 사야카 씨. 또 만나고 싶어요.

이치다 사치코

목요일 저녁 나와 시어머니는 가슴을 두근거리며 이치로의 방문을 기다렸다.

시어머니는 남편에게 나도 잘 아는 지인이 올 거니까

2층에서 차를 마시고 오겠다고 하고 올라왔다. 시아버지는 의심을 하거나 자기도 올라가 보겠다고 하는 섬세한 사람이 아니니 별말 없이 아내를 보냈을 것이다. 시아버지는 등산 장비와 위기관리에 관해서는 세심하고 잘 아는 반면 일상적인 일이나 인간관계에 대해서는 무척 관대한 사람이었다.

간단하게 저녁을 먹고, 방을 정리하고, 환기도 하고, 차와 과자를 준비하느라 몹시 분주했다. 그런 분주함은 무척 즐겁다. 우리는 가슴이 두근거린다기보다 들떠 있었다. 나 역시 이치로와의 과거 인연을 까맣게 잊고 즐겁게 임했다.

미치루 혼자만 비교적 침착했다.

7시에 현관 벨이 울렸다.

"엄마의 전 남친치고는 의외로 잘생겼는데."

미치루가 화면을 보면서 말했다. 내가 미치루의 머리를 콩 때렸다.

"아무튼 2층으로 올라오라고 하자."

2층은 나와 미치루가 사는 공간인데, 시어머니가 마치 자기 집인 것처럼 그렇게 말했다.

상대에 따라서는 몹시 불쾌할 수도 있는 말이었는데, 나는 기쁜 나머지 가슴이 뜨끈해졌다.

이 역시 사토루가 이미 없어서인지도 모른다.

미치루의 어깨선, 시아버지의 울퉁불퉁한 손, 시어머니 목소리의 울림.

그런 것들 속에 사토루가 있음을 느낄 때면 나는 얽매여 있는 게 아니라 오히려 포근하게 감싸여 있는 듯한 기분이 든다.

짧은 시간에 휙 지나가고 말았지만, 좋아하는 사람이 생겨서 다행이었다고 생각한다.

게다가 나야말로 아이를 키우면서 어린 시절을 차근차근 되찾고 있다.

일찍이 부모님을 여의었으니 그런 포근함 속에서 자라지 못한 것은 당연한 일이었다. 혼자서 행동하고 앞으로만 나아가는 삶이었고, 그걸 당연시했다. 없는 게 당연한 일을 아쉬워하지 않았고, 어두운 게 당연한 세상을 슬퍼하는 일도 없었다.

다만 최근의 내 마음속에는 무언가가 내려와 쌓여 가고 있다. 눈처럼, 날개처럼 가볍고 부드러운 무언가가.

집에 돌아오면 언제나 같이 사는 사람들의 기척이 있고, 나는 무엇과도 싸울 필요가 없다. 싸울 필요가 없다는 생각조차 하지 않는다. 그런 느낌이 너무 신선해서 나는 이대로 마냥 세뇌당하고 싶다고 생각한다.

늘 그랬다. 모든 일의 흐름을 내다보는 것으로도 모자라 그 끝까지 어렴풋이 보고 만다. 그만 예상하고 만다.

미치루처럼 애지중지 사랑받으면서 자라다 갑자기 부모님을 잃은 내 마음의 버릇인지도 모르겠다.

그런 경향이 있었기에 이치로와의 관계에서도 끝만 봤을지 모른다.

문을 열자 호리호리하고 눈이 옆으로 길쭉한 이치로가 서 있었다.

조금도 변하지 않아 그는 내 마음속에 있는 한 장의 그림 그대로였다.

여전히 유연하고, 세상사를 초월한 듯하고, 어린애처럼 천진했다. 나는 옛날부터 그가 탐정 같다고 생각했다. 늘 관찰하고, 머리가 좋고, 자기 생각에 따라 행동하고, 말도 많이 하고. 그런 그와 함께 있으면 따분할 일이 없었다.

어느 의미에서는 사토루와 정반대되는 사람이었다.

그러나 내가 좋아하는 사람들인 만큼 공통점도 있었다. 굉장히 철저한 면이 있고, 그래서 그들을 이해하는 사람이 적다는 점.

어른이 된 그는 흐리멍덩한 그늘이 없고, 눈도 반짝거리고, 존재감도 확실했다. 나는 안도했다.

내가 저지른 사건이 그의 생명력에, 성장에 아무런 영향을 주지 않았던 것이다.

"어서 와요."

뒤에서 시어머니가 환하게 웃으며 말했다.

미치루를 보니 신기하다는 눈빛으로 이쪽을 보고 있었다. 투명한 눈, 아무 감정도 어리지 않은 눈이었다. 내가 사물과 얘기할 때와 똑같이 관찰하는 눈.

이치로가 나를 보고서 말했다.

"잘 지내고 있는 거지, 정말 사야카 맞지."

그리고 내 굽은 왼손 엄지손가락을 보고는 뭐라 말할 수 없이 슬픈 표정을 지었다.

"그 후에 우붓에 있는 너의 고향집 같은 곳, 그러니까 네 부모님의 친구들이 하는 게스트하우스에 찾아갔는데,

너는 없었어."

"그때는 누가라에 있는 아는 사람 집에 머물고 있었어. 당신을 만나면 마음이 해이해질 것 같아서. 미안해. 난 재기하는 걸 무엇보다 우선 하고 싶었어.

누가라는 시골인 데다 일본 사람이 거의 없어서 마음이 편했어. 우붓에 있을 때는 상처가 심해서 열도 많이 나고, 그래서 줄곧 누워 지냈는데, 겨우 일어났다 싶으니까 아저씨와 아주머니가 얼마나 신경을 쓰는지, 그런 상황에서 벗어나 어떻게든 혼자이고 싶었어.

우붓에 돌아간 후에 당신이 찾아왔었다는 얘기는 들었지만, 뭐라고 연락하면 좋을지 몰라서 그냥 시간만 보냈어. 이 손을 보면 내가 무슨 말을 해도 당신이 후회할 것 같아서."

"괜찮아. 정말 여러 가지로 미안했어. 부담 줄 마음은 없었어. 다만 어떻게든 그 손을 고쳐야 한다는 생각밖에 없어서 네 마음을 아무도 헤아리지 못했던 거야."

"일본 사람은 뭐든 빨리 해치우니까, 그리고 흔적도 없이 바로 고쳐 놓으니까……. 나 그 속도를 따라갈 수가 없어서 혼란스러웠어. 정말 미안해. 그리고 그때는 젊기도 했고."

"사야카 딸이야?"

이치로가 미소 띤 얼굴로 미치루를 보았다.

정말 자애로운 눈빛이어서 기뻤다.

"저 미치루라고 해요. 아저씨, 저 할머니랑 잠시 아래층에 가 있을 테니까 엄마랑 얘기 나누세요. 지금 할머니랑 그러기로 의논했어요."

미치루가 말했다.

이치로가 미소를 머금은 채 대답했다.

"그럴 필요 없어, 지금 다 알았으니까. 너랑 할머니가 있어서 엄마가 행복하다는 걸."

그리고 시어머니에게 머리 숙여 인사하고, 구두를 벗어 가지런히 놓은 후 집 안으로 들어왔다.

이치로가 여기 있다, 내 집에 있다.

정말 신기한 느낌이었다. 그리고 이치로는 옛날에 여기 산 적이 있으니 이 공간이 이치로를 알고 있다. 뼈가 된 형제에 대해서도 알고 있다.

시간도 공간도 뒤죽박죽이 된 기분이었다.

이치로는 이치로대로 먼 곳을 보는 것처럼 아련한 눈

빛으로 나와 내 집과 가족을 보았다.

"아저씨…… 저 있죠, 음."

미치루가 말을 더듬었다.

시어머니도 표정은 굳었지만 미소를 머금고 있었다. 그리고 미치루와 눈을 맞추고 고개를 끄덕였다.

"왜? 무슨 말이든 해."

이치로가 밝게 웃었다. 양 볼에 보조개가 생기고, 가는 눈썹이 위로 찡긋 올라갔다.

"내가 좀 이상하니? 남대문이라도 열렸어?"

미치루가 웃으면서 고개를 저었다.

물을 끓이러 가면서 나는 그 모습을 가만히 관찰했다.

"저 있죠, 이건 굉장히 하기 어려운 말인데, 제 머리가 이상하다고 생각할지도 모르지만."

미치루가 말했다.

"할머니도 그렇게 생각한다, 미치루. 말해도 괜찮아."

시어머니가 말했다. 이번에는 무언가를 받아들이는 것처럼 진지한 표정이었다.

미치루가 침을 꿀꺽 삼켰다. 그 소리가 팔팔 끓는 물소리에 섞여 똑똑하게 들렸다.

"아저씨 주위가 반짝반짝 빛나 보여요. 눈이 부실 정도로."

나는 조금도 그런 느낌이 없어서 더욱 놀랐다.

시어머니도 여전히 진지한 표정으로 고개를 끄덕였다. 그러니 시어머니에게도 그렇게 보였다는 뜻이다.

잠시 동안 그 공간에 물 끓는 소리만 울렸다.

그 침묵이 너무 무거워 멀리서 지나가는 차 소리까지 들렸다.

이치로는 눈썹을 찡그리고 생각에 잠겼다. 나는 이해할 수 있었다. 그는 재빨리 생각하고 있었다. 이 아이에게 어디까지 어떤 식으로 말해야 할지를.

"그런 말을 간혹 듣기는 하는데. 글쎄, 왜 그럴까?"

이치로가 평소 말투대로 대답했다.

발리에서는 사람이 빛나 보이거나 어둡게 보이는 것이 일상의 일부였다.

죽은 사람이 만나러 왔다는 둥, 커다란 항아리가 깨졌는데 죽은 아버지가 장례식이 마음에 들지 않아 그런 모양이다, 아무도 손대지 않았는데 떨어졌다는 둥, 좋지 않은 장소에 갔다가 악귀가 붙었으니 떨어내야 한다는 둥, 누가 흑마술을 걸었는데 그걸 풀어야 한다는 둥, 백마술을 쓰는 사람은 빛나 보인다는 둥 하는 얘기에는 익숙했다.

하지만 일본에서의 무미건조한 날들 속에서는 사토루의 혼조차 찾아오지 않는다. 기껏해야 꿈속에서 좋아했던 정식집을 가르쳐 주는 정도의 미미한 신비감만 있을 뿐이다. 그래도 에너지를 조금 집중하면 사람은 이렇게, 마치 숲속에 있는 것처럼 수많은 이미지와 신비와 함께 살아갈 수 있는 것이리라.

"그런데 지금은 없어졌어요. 눈에 익은 건가. 그냥 아저씨예요."

미치루가 태연하게 말했다.

이렇게 말수가 적으면서도 분명하게 말하는 점은 사토루를 꼭 닮았다.

"사랑에 빠진 거 아닌가? 한눈에 반해서. 그럴 때는 주위가 빛나 보인다고 하잖아. 아, 할머니도 그렇게 보이셨다고 하니까 연적이네요."

이치로가 웃었다.

"그건 아니죠."

미치루가 딱 잘라 말했다.

나는 웃음이 나왔지만, 그 웃음을 얼버무리려 얼른 차를 우리기 시작했다. 차를 우릴 때는 정말 마음이 차분해진다. 천천히 가장 맛있게 차를 우려야지, 하고 생각했다.

이치로가 금방이라도 울음을 터트릴 것처럼 감회에 젖은 표정으로 나를, 그리고 집 안을 돌아보았다.

마치 바로 이 장소에 오는 것이 목적이었다는 것처럼.

무언가를 소중하게 음미하듯이.

"우리 일단 앉아서 차라도 마셔요."

시어머니가 나의 기분을 헤아렸다는 듯이 말했다.

고개를 끄덕이며 넷이 회의라도 하듯 테이블에 둘러앉았다.

나는 과자와 차를 천천히 차렸다. 모두의 기분을 차분하게 가라앉히려는 것처럼 침묵한 채로.

누가 먼저 말을 꺼낼지 이 상황에서는 알 수 없었다. 그러나 이제 먼저 입을 여는 사람이 흐름을 결정하리라는 것은 명확했다.

이런 때 서둘러 입을 여는 사람이 리더십이 있는 사람이다.

나는 안심하고 이치로를 바라보았다.

조금 야위고 어른이 된 이치로의 얼굴을.

이치로가 한숨을 쉬었다. 그리고 말했다.

"무슨 말을 어디서부터 하면 좋을지."

그래서 금방이라도 입을 열 듯했던 미치루와 시어머니는 입을 다물었다. 그 타이밍이 정말 절묘했다.

"그 뼈는 제 쌍둥이 형의 뼈입니다. 우리 둘 다 미숙아로 태어났는데, 저만 이렇게 살아남았죠. 형은 태어날 때부터 심장에 결함이 있어서 수술을 받았지만, 한 살이 되기 전에 결국 죽고 말았습니다. 뼈는 무덤에 다 묻었는데, 어머니가 한 조각을 얻어 늘 지니고 다녔답니다. 그러다 동생이 생겼을 때 마당에 묻었다는군요. 이 조그만 뼈 한 조각을 무덤에 다시 묻을 수는 없으니 어떻게 할까 생각하다가 아무튼 흙으로 돌려보내자는 생각에 어머니가 좋아하는 마당에 묻었다고 합니다."

뼈가 내게 했던 말과 똑같았다.

"옛날에는 그런 사람이 아주 많았어. 많은 아이들이 죽었으니까."

시어머니가 말했다.

그 애틋한 말투에 무게가 있었다.

아직도 내게는 무슨 일이든 혼자 움직이는 버릇이 잔뜩 남아 있다.

귀찮으니까, 그리고 혼자 하는 편이 가벼우니까.

그러나 상황이 이럴 때는 각각의 반응으로 흐름이 형성되니 여럿이 있을 때도 나름대로 좋은 점이 있다. 나는 팀으로 움직이는 것도 배워 갔다. 그러는 편이 여러 면에서 훨씬 자연스럽게 빨리 움직여지니까.

"어머니가 돌아가시기 전에 이 뼈가 흙으로 잘 돌아갔는지 갑자기 염려가 되신 모양이네요. 이번에 파내길 잘했다 싶어요. 뼈를 싼 종이도 깨끗하고, 뼈는 물론 거기에 그대로 있었고. 사야카가 파냈을 때 히비스커스 뿌리에 감싸이듯 묻혀 있었다는군요. 식물은 무차별하게 뿌리를 뻗는 법인데, 무슨 의지가 있는 것처럼 그렇게 감싸고 있었다니 뭉클하지 뭐예요."

시어머니가 그렇게 말하자 이치로는 고맙다고 대답했다.

"대충 예상했던 대로였지, 뭐. 우리 엄마 슈퍼 사이코메트러거든요. 수사에 협력해서 어려운 사건을 해결한 적도 있어요!"

"쉿!"

내가 말했다.

"그건 전체적으로 얘기가 과장된 거야."

나는 일어나 종이에 싸인 뼈를 가져와 이치로 앞에 놓고서 말했다.

"형님이 이제야 이치로의 품으로 돌아왔네."

무척이나 만져 보고 싶은 듯 몸을 앞으로 쑥 내민 미치루를 살며시 제지하며 그걸 보는 시어머니의 자애로운 눈길이 감동적이었다.

이치로가 보물을 보는 듯한 눈빛으로 종이를 펼치고 뼈를 바라보고는 살살 쓰다듬으며 말했다.

"저는 살아남고 형은 죽어서 늘 형이 어디선가 지켜주는 듯한 기분이 들곤 했습니다."

"쌍둥이는 좋겠다. 「바스켓 케이스」처럼."

미치루가 말했다.

"그런 말 마."

"뭔데? 그 「바스켓 케이스」가."

이치로가 물었다.

그것은 과연 쌍둥이 형제라고 할 수 있을지 의문스러

운 이상하게 생긴 형제가 끔찍한 짓을 저지르는 얼토당토 않은 영화의 제목이었다. 형은 거의 인간이 아닌 모습을 하고 있다.

하지만 미치루의 말이 어떤 의미에서는 옳을지도 모른다. 이치로의 어머니가 사람들의 고민거리를 들어 주고 곤경에 처한 사람들을 보살펴 준 것은 아기를 잃은 다음의 일이니까.

"옛날에 했던 이상한 영화야. 아무것도 아니니까 그냥 잊어버려."

나는 두 손을 흔들면서 말했다.

"소중한 사람을 잃으면 사람은 거기에서 무슨 깊은 의미를 찾고 싶어 하니까."

시어머니가 말했다.

그 눈의 깊은 반짝임에 아, 이 사람 역시 많은 일을 겪어 왔구나, 하고 생각지 않을 수 없었다. 그녀의 아들은 이미 세상에 없다. 압도적인 양의 슬픔이 그녀의 인생을 짓누르고 있다.

즐거워 보인다고 해서 괜찮은 것은 아니다.

그저 즐거워 보이지 않는 자신이 싫어서 그렇게 처신

하고 있을 뿐 슬픔은 언제나 크고 무겁게 존재한다. 이치로의 어머니 또한 그런 슬픔을 줄곧 껴안고 살았으리라.

어른이 된 지금의 이치로는 우리 시어머니를 마쓰자키 씨, 나를 사야카, 그리고 미치루에게는 나를 엄마라는 호칭으로 말한다. 언뜻 예의 바르지 않아 보일 수도 있지만 예나 지금이나 변함없이 심지가 단단해 안심했다.

"그런데 아저씨네 집은 무슨 일을 해요? 빛나 보일 정도로 고귀하게 자란 건가요?"

미치루가 물었다.

이치로도 나도 시어머니도 웃었다.

모두 한꺼번에 웃을 때 우리는 아주 멋진 무언가에, 장미꽃 향기 같은 좋은 것에, 빛나는 구름 같은 것에 감싸인 듯한 느낌이 들었다.

아니, 그 조그만 뼛조각이 우리 안에 있는 밝고 좋은 것을 받쳐 주고 있다는, 그런 느낌이 들었다.

네 사람 모두 그 느낌을 조용히 음미했다.

사람이 있다가 없어지고, 헤어지고, 다시 만나고. 그 과정에서 생기는 갖가지 좋은 일들을 생각한다. 그 여운이 모두를 따뜻하게 하고 있는 것이다.

"우리 집은 옆 동네에 있는 아주 조그만 신사야. 내가 빛나는 건 천국에서 형님과 어머니가 지켜 주기 때문이겠지. 그리고 매일 아침 신사를 청소하기 때문인지도 모르겠군."

그리고 이치로가 시어머니를 향해 설명했다.

"거기가 원래 아버지의 고향 집이었어요. 한동안 다른 사람이 관리하고 있었는데 그 사람도 떠나 비어 있다가 큰아버지가 결국 대를 이어 신사를 관리하게 되었습니다. 부지가 넓어서 우리도 거기로 이사했지요. 지금은 집도 지어서 완전히 안착했습니다. 그래도 어머니는 이 집에 줄곧 감사했어요. 어머니는 예전부터 여러 사람들의 상담에 응하는 일을 했습니다. 곱게 자란 데다 아무 사람에게나 마음을 여는 느긋한 성격이었죠. 그래서 찾아오는 사람들을 곧잘 재워 주기도 했습니다. 그렇다 보니 늘 도움이 필요해서 저도 다른 데서 아르바이트를 하면서도 들고나며 최대한 일을 거들었죠. 사야카 씨도 한때 우리 집에 살았습니다."

그러고는 또 옛 생각에 잠기는 눈빛으로 천장을 올려다보았다.

"엄마는 만날 남의 집에 사네."

미치루가 말했다.

"지금은 그러지 않지만."

나는 그렇게 덧붙였다.

그 말을 들은 시어머니가 풋 웃음을 터뜨려 정말 안심했다.

"나는 할머니랑 할아버지랑 엄마가 있으니까 지금은 괜찮지만, 언젠가 그렇게 곤란한 처지에 놓이면 모르는 사람 집에 얹혀살게 될까."

미치루가 말했다.

"혼자서만 괜찮을 수는 없으니까. 어떤 사연이 있어서 절이나 신사 혹은 카운슬링을 하는 사람이나 친절한 주위 사람에게 도움을 받게 될지, 그건 아무도 알 수 없잖니. 주위에 친구가 없으면 더욱이 모르는 사람 집에 갈 수밖에."

미치루는 할머니의 말이 아직 실감 나지 않는 표정을 지으면서도 고개를 끄덕거렸다.

만에 하나 사토루가 살아 있을 때 누군가가 미치루의 몸에 상처를 입혔다면 보통 일이 아닐 것이다. 그런 생각을 하자 그의 살아 있는 육체가 미치루의 안전망 가운데 하나로 이 세상에 존재하지 않는다는 사실이 몹시 불안하게 느껴졌다. 무슨 일이 생기면 총알처럼 달려오고, 안아 올리고, 병원까지 운전해 주고, 그런 구체적인 일을 하는 사토루의 모습을 나는 모른다.

미치루가 생긴 후로 불안이라는 것을 조금은 알게 되었다.

예전에는 그렇게 좋아했던 태풍 치는 밤 유리창이 깨져라 흔들리는 나뭇가지를 보고도 별 감정이 없었다. 깨지면 깨지는 거지 뭐, 그 정도로 생각했다. 지금은 조금 불안해진다. 조금이라도 다른 일이 생기면 두려워하는 사람들의 심리를 약간 이해할 수 있게 되었다.

"이 뼈는 가져가서 어머니 무덤에 묻겠습니다. 어머니는 우리 신사의 마당을 누구보다 사랑했기 때문에 외가의 산소에 묻지 않고 새로 산소를 써서 그곳에 매장했거든요.

한번 놀러 오시지요. 다과를 대접하겠습니다. 지금까지 이 뼈와 함께 지낸 분들이니까요. 어머니가 아마 남들 모르게 이 뼈를 묻은 곳에 꽃도 바치고, 얘기도 하고 그랬을 겁니다."

이치로가 그렇게 말하고 미소 지었다.

"나도 아빠가 돌아가셔서 아저씨 기분 이해해요."

미치루가 말했다.

"그렇군, 아빠가 돌아가셨구나."

이치로가 놀란 표정으로 말했다.

"난 아들이 운이 없어서 죽었다고는 생각지 않아요. 사람에게는 수명이란 것이 있고, 이렇게 손녀를 남겨 주었으니. 하지만 그즈음부터 신이 있다고는 생각해도 소원을 빌지 않게 되었어요. 그래도 신의 조화 같은 게 있기는 하나 보네요. 이 뼈가 다행히 그쪽 품으로 돌아가게 되었으니 말이에요."

"꿈만 같습니다. 어머니의 소원을 이뤘더니 이렇게 사야카 씨도 만나고, 여러 가지 일이 술술 풀려서."

이치로가 말했다. 그리고 시어머니에게 무슨 질문을 하려다 말았다.

"저……."

"뭔데 그래요?"

시어머니가 환한 표정으로 이치로를 똑바로 쳐다보

았다.

화창한 날에 항구에서 배를 기다리는 것처럼 아련하고 빛나는 눈길이었다.

"신이 있다고는 믿지만, 소원은 빌지 않게 되었다고 하셨죠."

이치로가 부드러운 눈빛으로 말했다.

"그 말에 관해서입니다."

"아, 그렇군요."

아들을 둔 여자는 남자를 볼 때 아들을 보는 듯한 눈길을 준다. 그 눈길에서 사토루를 보던 때의 시어머니가 떠올랐다.

"아들이 죽었을 때 신은 있다고 생각했어요. 그 아들을 낳았을 때처럼 하얀 빛이 방 안을 가득 채웠죠.

참 묘한 일이죠, 사람이 죽을 때 사방에 생명의 빛이 넘친다는 게. 죽었는데. 울고 있는 우리 모두도 그 힘찬 빛에 싸여 있었어요. 이 뼈도 비슷한 느낌이 드네요. 사람이 이 세상과 저세상을 오갈 때는 엄청난 빛을 뿜어내는 거겠죠.

이 뼈도 아직 절반은 이 세상에 있을 거예요, 그쪽의

몸을 사용해서.

그리고 그런 것에서 난 어떤 위대한 존재를 느꼈어요. 신이랄까, 부처님이랄까 하는 존재. 그래서 두렵지도 슬프지도 않았고, 아들 역시 외롭지 않았을 거라고 느껴요. 가족이 있는 정도로는 메울 수 없는 커다란 힘이 있었어요.

하지만 왜 그런지는 몰라도 우리의 사정으로는 움직여 주지 않는 힘이에요. 아무리 기도하고 빌어도 닿지 않아요. 살다 보면 그런 일이 종종 있어요. 그렇다고 원망하고 싶지는 않아요. 많은 사람들이 다양한 형태로 이 세상에는 우리가 가늠할 수 없는 계율이 있다고 책에다 썼는데, 정말 그런 거겠죠."

시어머니가 차를 한 모금 마시고 얘기를 계속했다.

"나는 그야말로 피를 토할 정도로, 내 목숨은 필요 없으니 아들의 목숨을 구해 달라, 기적을 보여 달라고 수도 없이 기도했어요. 그러나 그 기도는 이뤄지지 않았죠. 그래도 그동안에 얼마나 좋은 일이 많았는지 몰라요. 신이 주었다고밖에 여겨지지 않는 타이밍, 아들의 진심을 알기도 했고, 건강했다면 절대 없었을 가족끼리의 단란한 시간, 마지막 날까지 정말 많은 일이 있었어요.

그래서 아들이 죽은 다음부터는 저세상으로 간 아들과 함께 있는 게 아니라 신과 함께 있게 되었어요. 특정한 종교를 갖고 있지는 않으니까 내가 말하는 신은 예로부터 있는 온갖 자연신이라는 의미예요. 아무튼 나는 신이 여기 있다고 생각하게 되었어요.

……내가 젊은 시절에는 운동선수여서 무슨 일이든 몸의 판단에 맡겨요.

아무튼 내 몸이 그렇게 느끼게 되었어요. 아들이 죽는 걸 보면서 내가 죽는 것보다 얼마나 무섭든지. 그러니 무서운 일이 더 많아졌어야 하는데, 왜 그런지 그다음부터 무서운 일이 조금 줄어든 기분이에요."

이치로가 소리 없이 고개를 끄덕거리고 말했다.

"어머니 말씀 이해가 갑니다."

"돌아가신 어머니가 지니고 있었든 땅에 묻었든 이 뼈를 소중하게 기억하면서 줄곧 사람에게 도움되는 일을 해 오셨으니 그녀 안의 신에게 죽은 아기의 이름을 붙였을 뿐이겠죠."

뼈의 행복까지 생각해 줄 수 있어야 비로소 인류구나…… 하고 나는 어렴풋이 생각했다.

뼈의 행복을 생각한다는 것은 근원적으로는 자신의 행복을 생각한다는 것과 거의 같다.

모르는 사람의 행복도 시어머니처럼 생각한다는 것은 중요한 일이다.

나는 어릴 때 부모님을 따라다니며, 또는 부모님이 쓴 책을 읽으며 여러 문화의 다양한 풍습에 대해 알았다.

이도저도 아닌 과도기의 문화도 있었지만, 대개는 시신을 정중하게 매장하고 일가족의 정신적 지주로 삼았다. 매장하는 방법은 다양했지만, 어느 문화에서나 시신에 최대의 경의를 표했다.

그처럼 사토루가 자란 집에서 이치로 형의 일부가 편안히 잠들어 있었다.

그렇게 생각하자 내가 혼자만의 생각으로 자신의 인생을 좌지우지할 수 있다 믿고 이러니저러니 했던 일들이 모두 하찮게 느껴졌다.

"사람에 따라서는 불쾌하게 여길 수도 있는 것을 어머니가 여기에 멋대로 묻고 더구나 그걸 이렇게 가지러 왔는데도 오히려 제가 위로를 받는군요. 정말 감사합니다."

이치로가 말했다. 솔직한 말이었다.

"다 같이 꼭 놀러 오시죠. 조촐하게 파티도 하고요."

"가든파티?"

미치루가 신이 난 듯이 말했다.

"뭐 가든이라고 할 수도 있지. 신사지만."

이치로가 웃었다.

원래가 당당하지 않은 사람은 아니었지만 조금 전보다 한결 빛나고 기운차 보였다.

사람의 말이란 이렇게나 직접 사람의 기운을 북돋는다.

이렇게 이상한 밤, 이상한 모임인데, 온갖 일들이 아주 자연스러웠다. 마치 예전부터 준비되어 있었던 것 같은 신기한 느낌이었다.

공간이 반짝거리는 것으로 채워져 내 과거의 후회도 조금은 누그러졌다.

그때 나는 그럴 수밖에 없었다는 기분, 과거의 자신을 용서할 수 있겠다는 감각이 희미하게 나의 안쪽을 비췄다.

"이치다 씨는 아직 독신?"

시어머니가 물었다.

"네, 그렇습니다."

"우리 사야카, 어때요? 다시 시작해 보는 게."

시어머니가 말했다.

"어머니, 무슨 말씀을 하세요."

나는 당황스러웠다. 도쿄 사람은 급해서 탈이다. 생각난 것을 아무튼 모두 말해 버린다.

"저 말이죠, 어머니와 아버님이 생각하는 것보다 사토루 씨를 무척 사랑했어요. 없어진 후에는 더더욱 그렇게 생각하고요."

"그거야 잘 알지. 그래도 내가 어떻게 이런 말을 안 할 수 있겠니. 젊은 시절은 금방 지나가. 이대로 이 집에 눌러 있는 거 원치 않는다."

"와, 제가 눌러 있나요?"

"말이 그렇다는 거지. 그래도 봐라, 나와 아버지가 이사 가고, 미치루도 어른 되고 나면 네가 걱정이지. 그게 부모 마음이라는 거야. 네게 부모님이 안 계시는 만큼 두 배로 마음을 써야 하지 않겠니."

시어머니가 웃었다. 나도 웃었다.

이치로와 미치루도 웃었다.

"남편이 죽고, 옛날에 아쉽게 헤어진 남자 친구가 집으로 찾아왔으니 이제 밥상이 다 차려진 셈이니까 순가

락만 없으면 된다. 그런 게 아니잖아요. 이치로도 그렇게 생각하지?"

내가 솔직하게 물었다.

"제가 사야카 씨를 무척 좋아했다는 걸 나중에야 안 건 사실입니다. 정말 좋아했는데, 그때는 그저 좀 별나고 대단한 사람이라서 압도된 심정으로 이끌리는 거라고 생각했죠."

이치로가 담담하게 말했다.

늘 이랬다. 예상치 못한 장면에서 침착함을 보이는 그에게 남자다움을 느꼈다.

"사야카와 사귀는 동안에는 나도 격동기여서 온갖 일이 다 있었던 터라 혼란스러웠어. 없어진 후에야 당시의 내가 얼마나 행복했는지 알았어. 날이 갈수록 더욱 절감했고."

"엄마는 몰라도 우리는 처음 만나는 것치고 얘기가 너무 깊어지는데."

미치루가 끼어들었다.

"괜찮겠네 뭐, 친구부터 다시 시작하면 되잖아."

"좋은 방법인데."

이치로가 말했다.

"나는 오히려 미치루에게 녹아웃당한 기분인걸."

"기다려 주면 결혼해도 좋아요."

미치루가 말했다.

"뭐라는 건지."

"여러분과의 인연은 죽은 형이 맺어 준 셈입니다."

이치로가 말했다.

"자기 안에 얼마나 많은 고집과 착각이 있고, 그것에 얼마나 얽매여 있는지는 편견이 없는 사람을 접해 보지 않고는 알 수 없는 법이죠. 저는 아직 어릴 때여서 형의 얼굴은 기억하지 못하지만, 누군가가 옆에 누워 있었다는 느낌만큼은 기억하고 있었어요. 앞으로 이 사람과 죽 같이 살아간다는 안심감도요. 어머니 배 속이었는지, 아니면 밖으로 나와서인지, 그것도 아니면 제가 만든 기억인지도 모르겠지만, 아무튼 저와 똑같은 크기의 따스한 누군가와 함께 침대에 꼭 붙어 잤다는 걸 기억하는 느낌입니다."

이치로는 좋겠네, 하고 생각했다. 세상사를 초월한 듯한 점은 조금도 변함없다.

연애 감정이거나 사랑, 그런 것이 아니다. 그 순박함에 아, 그 이치로 맞네, 하면서 한없는 그리움을 느꼈다.

인도네시아에서는 언제나 남국 특유의 느긋하고 천진하고 게으르면서 귀여운 사람들에 둘러싸여 있었는데, 일본으로 돌아온 후에는 그저 소박하거나 순수한 사람들을 좀처럼 접할 수 없었다. 이치로만 예외였다.

그리고 마쓰자키 집안사람들도 그랬다.

나는 저 그립고 정겨운 옛 일본의 고치 같은 푸근함에 감싸이듯 이 집에서 치유되었다.

그게 없었다면 이렇게 성격에 맞지 않는 일은 하지 않았으리라.

희로애락이 분명하고 갖은 경험을 쌓았으며 나이도 먹은 손윗사람들이 지켜 주는 환경은 부모가 있던 시절을 생각나게 했다.

나는 혼자 살아가기 위해 잃어버린 여러 가지 소박함을 이 집에서 미치루와 함께 되찾아 갔다.

가령 그 뼈에 어떤 사연이 있든 자신의 근본을 무너뜨리거나 걸어온 길에서 빗나가지 않으면서 다른 사람에게 좋은 일이라면 자기 잇속을 차리려 숨기지 않고 확실하게 실행하는…… 사토루는 그런 좋은 면을 물려받은 사람이었다. 그래서 나는 그와 오래도록 친구로 지낼 수 있었고, 또 늘 존경하기도 했던 것이다.

"여러 가지로 의외였고, 생각하게 되는 일도 많았습니다. 감사합니다. 또 뵙고 싶군요."

이치로는 그렇게 말하고 일어섰다.

"그런 의미에서 이 집이 서 있는 곳이 아주 멋진 땅인지도 모르겠네요."

시어머니가 말했다.

"형님이 죽고, 부모님이 이사 와 유골을 묻기 전에 이미 이 땅이 우리 모두의 인연을 이어 줬는지도 모르는 일이죠."

"그렇군요, 기분이 참 묘합니다. 유명을 달리한 아드님과 제가 똑같이 이 집에서 성장했으니까 말이죠. 둘 다 인생에서 가장 중요한 시기를 이곳에서 지냈습니다."

이치로가 말했다.

"지금은 내가 자라고 있고. 살아 있는 한은 제대로 살고 싶네."

미치루가 그렇게 말했다.

그 말을 나도 가슴속으로 곱씹었다.

살아 있는 한 제대로 산다. 그것은 단순히 말이 아니라 사토루가 미치루에게 전하고 싶었던 것. 죽는 순간까지 나는 살아 있다, 그러니 죽는 순간까지 나 자신으로 살겠다고 사토루는 말했다.

마지막에는 살이 빠져 깡말랐지만 손은 여전히 커서 그 큰 손으로 미치루의 머리를 감싸 쥐듯 쓰다듬었다. 그런 모습 하나하나에 사토루가 지금 여기 있다는 것을 확실하게 느꼈다.

마지막 순간까지 거의 약한 소리를 하지 않은 사토루.

"사야카는 정말 대단해. 천사 같아."

모르핀을 맞아 몽롱한 사토루가 했던 그 말을 기억하고 있다.

"왜?"

나는 사토루의 손발을 온 힘을 다해 쓰다듬고 있었다. 그 목숨을 붙잡아 두려는 듯이.

멍한 눈길로 병원 창문 밖 하늘을 보면서 사토루는 말했다.

하늘은 파랗고, 저 멀리 부옇게 보이는 산의 윤곽이

아름답고, 숨이 막힐 정도로 슬펐다.

"불쑥 나타나서 솔로몬처럼 무슨 일이든 해결해 주었으니까."

"그건 천사 같은 게 아니잖아. 그냥 솔로몬 같은 거지."

그렇게 말하면서 잘 모르겠지만 아무튼 나는 기뻤다. 얼굴이 붉어지자 눈물이 흘렀다. 사토루가 웃었다.

그리고 그 순간 사토루를 사랑하게 되었다.

이제 남은 시간이 얼마 없는데. 모든 게 이미 늦은 것인지. 아니, 아슬아슬하게 때를 맞춘 것인지.

나는 사토루가 없는 사토루의 세계, 사토루의 부모님과 자식의 추억이 가득한 집에 있으면서 무척 행복했다.

사토루가 죽었다는 사실도 잊고, 지금도 함께 살아가는 느낌.

그리고 헐벗은 몸으로 세상에 나가 혼자만의 시간을 갖는 때를 다시 한번 연기하고 싶은 느낌.

이치로를 보고 있으니 마치 나 자신을 보고 있는 듯한 기분이 들었다.

어중간한 상태에 있지만, 그 상태가 조금도 싫지 않다. 오히려 이대로 시간이 마냥 흘러 인생이 끝나도 후회하지 않을 만큼 지금이 행복하고 추억 속에 살고 싶다. 추억을 기반으로 한 미래가 아니면 인정하고 싶지 않은 기분을 내 손바닥 보듯 알 수 있었다.

"이치로는 조금도 불행하지 않네. 다행이야. 나 자신의 어린애 같았던 태도를 계속 후회하고 있었어."

"과거 탓으로 돌린 부분이 조금은 있었을지도 모르지. 그래도 다시 태어난 기분이야. 이제 후련하다."

"아직 남은 인생이 긴데, 여유를 갖고 다시 시작해도 되지 않을까?"

시어머니가 말했다.

우리가 앞으로 어떻게 될지는 몰랐지만, 적어도 내 인생에서 애매한 것은 사라지고 분명한 것만 눈앞에 남았다.

"얘야, 이치로 씨를 바래다주지 그러니. 나가서 커피라도 마시고 와."

"어머니 생각이 뻔히 보이네요. 하지만 저도 하고 싶은 얘기가 좀 있으니까 그렇게 할게요. 삼십 분 정도 있다 돌아올게요."

"더 천천히 와도 돼."

미치루가 말했다.

"그래도 뽀뽀는 아직 이르지. 시간을 두고 천천히, 아직 친구니까."

"아, 네네."

나는 휴대 전화와 열쇠만 들고 샌들을 신고, 인사를 하고 나서는 이치로와 함께 밖으로 나갔다.

문이 탁 닫히자 그 순간 시간이 되돌아간 느낌이었다.

둘 다 다소 후줄근한 30대가 되었지만, 이치로와 있을 때의 그 불가사의한 안도감은 그대로였다.

"차라도 마실까?"

"정말 사야카 맞구나. 게다가 이렇게 가까이 있었다니. 나 아직도 못 믿겠어."

"나도 그래. 어디선가 우연히 만날 거라는 생각은 했지만, 이렇게 묘한 형태로 만나다니."

하늘에는 여름날의 별이 드문드문 빛나고 있었다. 멀리서는 빌딩의 빨간 램프가 별에 섞여 반짝인다.

"차는 됐고, 조금 걷자. 다시 만날 수 없는 것도 아니니까."

이치로가 말했다.

"발리에 왔을 때 얼마나 기다렸어?"

"이 주일. 사야카 없는 사야카 방에서 이 주일. 그리고 그 아저씨와 아주머니와 아주 친해졌지. 기분도 점차 건강해졌고. 처음에는 사야카를 데리고 가도 결혼 같은 거 하지 않고 지금처럼 그냥 사귀면 되지 하고 낙관적으로 생각했어. 그랬더니 꿈에 무서운 것들이 잔뜩 나타나서 그렇게 간단한 문제가 아니라는 걸 알게 되었지. 애당초 가족 단위로 너를 접한 게 무리였어. 그래서 일단 돌아간 거야."

이치로가 마치 어제 일을 얘기하듯 말했다.

"사야카 마음속에는 사야카 자신이 생각하는 것보다 훨씬 크고 도저히 어떻게 할 수 없는 상처가 있는데, 몸의 상처가 그 마음의 상처와 똑같아지고 말았다, 그렇게 생각했어."

"미안해. 나 그 무렵에 태평하게 누가라에서 바소 먹고, 친구 집에서 제트스키 타고 그랬어. 아까도 말했지만, 막 돌아갔을 때는 상처에 고름이 생기고 열도 많이 났어. 고열이 계속돼서 이제 정말 죽나 보다 했어. 그리고 정말 우울하기도 했고. 그런데 상처가 나으니까 금방 기운도 나서 가만히 있을 수가 없었어. 아저씨와 아주머니는 걱정하면서 지켜보고. 그래서 자유롭고 싶었던 거야."

나는 말했다.

"부모님을 일찍 여의면 빨리 어른이 되는 면이 있는가 하면 언제까지나 어린아이에 머무는 면도 있나 봐."

"그 행동은 어린아이가 강아지를 구하려고 무턱대고 강물로 뛰어드는 것과 비슷한 거였다고 생각하지만, 그래도 상처가 너무 컸지. 왜 자신을 희생한 거지? 이 얘기는 오래도록 하지 못했는데."

이치로가 물었다.

키가 큰 이치로의 옆얼굴 너머로 밤하늘이 보인다.

그 풍경은 그 무렵의 내게 가장 소중한 것이었다.

역의 불빛이 보여 또 만나자고 하고서 헤어지려 했는데, 이치로가 다시 데려다주겠다고 했다.

"괜찮아, 이 동네는 안전해."

"그런 손을 하고 밤길을 혼자 걷게 하고 싶지 않아. 당시에 못한 일을 한 가지라도 하게 해 줘."

이치로가 그렇게 말하고 나를 집까지 데려다주기 위해 발길을 돌렸다.

"우리 참 미련하다. 왔다 갔다."

나는 웃었다. 조금 싸늘한 밤바람이 나의 얼굴과 어깨를 쓰다듬었다.

"아까의 질문에 대한 대답인데, 나 정말 사람은 언제 죽을지 모른다고 생각해. 간간이 잊을 때도 있지만. 그러니까 누가 나와 우리 가족을 공격하면 죽느냐 사느냐 둘 중 하나잖아. 그런 판단 아래 팔을 다치는 정도는 아무것도 아니었어. 나는 공격을 받고서도 별 탈 없을 거라고 생각할 만큼 낙천적이지도 않고, 그 정도로 사람을 믿는 것도 아니니까."

"그 현장에 나는 없었잖아. 그것도 정말 화가 나. 어째서 학교에 갔을까. 웃기지. 결혼을 하느냐 마느냐 하는 단계에 태평하게 수업을 들으러 가다니."

이치로가 말했다.

"부모님은 어떻게든 결혼을 진행하려 했지만, 사야카는 가족을 원할 뿐이라고 했잖아. 그래서 난 딱히 안 해도 된다고 생각했어. 사야카를 평생 싫어하지 않을 자신이 있었으니까."

"정말 낙천적인 가족이었지. 그러니까 그렇게 사람을 위로할 수도 보살펴 줄 수도 있는 거겠지만."

내가 웃으며 말했다.

"남 돌보기를 좋아하는 어머니가 돌아가시고 나니까 우리 일이 확 줄어서 매일 뒤처리만 하고 있어. 아까 사야카가 진짜 가족과 마주 웃는 모습을 보고, 다행이라고 생각하는 동시에 조금 샘도 났어. 왜 여기 있는 사람이 우리 어머니가 아닐까, 내가 아닐까 하고 말이야."

"다 지나간 일인데, 뭐."

"물론 그건 알지. 좋은 사람들이어서 정말 기쁘기도 하고. 하지만 내가 본 사야카의 마지막 모습이 우는 거여서. 아니지, 우는 모습도 아니었어. 왜 몰라 주는 거지? 그런 표정을 마지막으로 봤기 때문에, 이제 그게 마지막 모습이 아니어서 가장 기뻐."

이치로가 말했다.

"우리 친구부터 다시 시작할까."

"생각해 볼게. 너무 갑작스러워서, 너무."

"남편과의 사랑은 이제 끝났다는 거 알고 있겠지?"

가슴이 찡하게 아파 왔다.

"나도 매일 뒤처리를 하고 있어. 깔끔하게 마무리되지 않는 일이 많아서."

나는 미소 지었다.

이치로도 미소 지었다.

"있지, 사야카. 만약 지금 같이 사는 사람들에게 위험이 닥치면 그때처럼 자기가 어떻게 되든 돌아보지 않고 행동할 거야? 그 마음 변하지 않았어? 아니면 생각이 달라졌나?"

이치로가 물었다.

나는 잠시 생각했다.

아픔과 피와 공포와…… 자신을 이해해 주지 않는 괴로움 같은 것들이 머릿속에서 빙빙 맴돌았지만, 나는 대답했다.

"응, 그때 이상으로 몸이 움직일걸. 지금 가족이라면 그때 이상으로."

이치로가 웃어 보였다.

"그래, 그럼 됐어. 후회하지 않으면 됐어. 나는 사야카의 그런 점을 가장 존경했어, 사실. 젊을 때는 자신이 부족했다는 생각밖에 없어서 제대로 말하지 못했는데. 하지만 나 사야카가 단연 옳았다고 생각해."

그 말을 듣고 나는 안심했다.

이제 곧 집이다. 무척이나 좋아하는 집의 불빛이 기다리고 있었다. 고마워, 하고 나는 말했다.

나란히 걷는 우리를 별이 내려다보고 있었다.

돌아온 집의 분위기가 왠지 개운했다. 있어야 할 장소에 있어야 할 것이 돌아온 것처럼 후련한 기분.

무엇보다 내가 달라져 있었다.

긴긴 악몽에서 겨우 깨어난 것처럼 시원한 느낌이었다.

"애야."

시어머니가 진지한 표정으로 말을 꺼냈다.

"미치루 잠들면 나랑 얘기 좀 하자. 난 궁금하고 답답한 거 딱 질색이야. 그래도 이치다 씨 정말 좋은 사람이더구나. 나 그 사람이 좋아졌어."

"알겠어요. 미치루 잠들면 내려갈게요."

그 입에서 금방이라도 나올 듯한, 다시 사귀면 어떻겠니? 하는 말을 가로막으며 나는 말했다.

"우리 서방도 재워 놓으마."

시어머니가 웃었다.

미치루는 목욕을 하고 이를 닦고 나와서 잠이 쏟아졌

는지 불을 어둡게 하자 이내 콜콜 잠이 들었다. 나는 바깥 계단을 내려갔다.

벌써 공기가 여름밤의 냄새로 충만하고 후끈했다.

후덥지근한 밤이면 늘 발리가 떠오른다. 하지만 이곳에는 그런 벌레 소리도 없고, 눈이 시릴 정도로 별이 빛나는 하늘도 없다.

나는 약간 굽은 내 왼손을 살며시 쓰다듬었다. 그래, 지금까지 자세하게 묻지 않은 게 이상한 일이지, 하고 생각하면서 아래층 문을 노크했다.

"어서 와라."

들어가 문을 닫고 거실로 향하니 시어머니는 테이블에 묵직한 야마자키 위스키 병을 놓고 기다리고 있었다. 그리고 얼음이 든 잔을 가져왔다.

시아버지가 무척 좋아하는 술이다.

"사야카, 자, 이제 말해 봐. 대체 이치다 씨 집에서 무슨 일이 있었는지."

시어머니가 그렇게 말하고, 잔에 위스키를 절반쯤 따랐다.

나는 시어머니와 마주 앉아 입을 열었다.

"무슨 얘기부터 하면 좋을지……."

"무슨 얘기부터든 상관없어. 말하기 힘든 일이나 하고 싶지 않은 얘기는 하지 않아도 된다. 시시콜콜 다 듣겠다는 건 아니야."

시어머니가 말했다.

"그 이치로 씨란 사람, 전에 사귀던 사람이지?"

"네. 아주 젊었을 때, 20대 초반이었어요. 그때 저는 있을 곳이 없어서 지금 이치로 씨처럼 이치로 씨 어머니 집에 살면서 일을 거들었어요.

그 어머니는 정말 친절하고 차분하고, 곤경에 처한 사람들이 찾아오면 의논 상대가 되어 주곤 했어요. 이치로 씨 아버지 집이 신사이기도 해서, 가출한 여자아이를 사무소나 결혼식 대기실에 재워 주기도 하고, 집이 없는 사람을 위해서 식사를 제공하기도 하고, 바자회도 열고, 가정 폭력으로 고통을 겪는 부인들을 보호하기도 하고, 그런 일을 했어요.

저는 처음에는 아무것도 몰랐는데, 친구에게 처지가 곤란한 여자들을 며칠씩 재워 주는 곳이 있다는 말을 듣고 찾아갔어요. 그때 빌리려던 방을 계약하려면 좀 기다려야 했거든요.

가족분들이 저를 무척 예뻐해서 숙박비 대신 잡다한 일을 거드는 이 주일 사이에 정도 많이 들었고, 이치로 씨와는 거의 한눈에 반한 사람처럼 자연스럽게 사랑에 빠져서…… 방을 계약한 후에도 아르바이트식으로 자주 드나들었어요. 하지만 정말 사귀게 될 때까지는 시간이 많이 걸렸어요. 서로 부끄럼을 많이 탔고, 아직 젊었는데도 좋아하는 사람이 가까이에 있다, 하는 정도로 지내는 기간이 꽤 길었어요."

"무슨 말인지 알겠구나. 아주 자연스럽게 그렇게 된 거겠지. 스무 살쯤에는 네가 훨씬 더 바람 같은 존재였을 테니 말이야."

시어머니가 웃었다.

"이쪽저쪽에 친구가 있어서 일정한 인간관계를 만들지 않았지만, 식사 제공이나 청소도 그렇고 이불 말리기 같은 일은 익숙한 터라서 즐거웠어요. 어릴 때부터 도우미 아주머니나 정원사 같은 사람과 시끌시끌하게 일하면서 컸거든요. 우리 부모님은 자식을 그렇게 잡다한 환경에서 놀게 하기를 꺼리는 사람들이 아니었어요.

일본에는 넓은 장소에서 몸을 움직여 일하는 시설이 별로 없으니까 신사가 그 역할을 하기에 제격이었죠. 저는 이치로 씨와 사귀면서는 완전히 들떠서 아이도 일찍 낳고 싶고 바로 결혼해야겠다고 진지하게 생각하고 있었어요. 다들 일찍 결혼하는 발리에서 자랐으니까요. 어머니와도 사이가 좋았고요. 지금 생각하면 정말 철이 없었죠. 아무 생각이 없었어요."

"그래그래, 안다. 나도 그랬거든, 결혼할 때. 조건 같은 건 생각할 틈도 없었어."

"그런데 스물두 살 때 그 사고랄까, 사건이 있었어요."

나는 말했다. 생각만 해도 눈앞이 아득하고 어질어질하다.

하지만 말해 버리고 싶었다.

그 손은 왜 그런 거야? 하고 물을 때마다 사고를 당해서 그렇다고 얼버무려 왔기 때문에 사실은 찜찜했다.

"그때 신사 사무소가 있는 건물에 30대 여자가 한 명 묵고 있었어요. 남편과 남편의 어머니에게 폭력을 당해 도망쳐 나온 사람이었죠.

전날 밤에 와서 경찰을 부르고, 다음 날 아침 오기로

한 여경을 기다리고 있는데, 어떻게 된 일인지 신관과 무녀의 눈을 피해 그 여자의 남편과 시어머니가 신사로 난입하고 말았어요.

이치로 씨의 아버지는 회사에 가고 없었고, 이치로 씨의 큰아버지는 어느 단체를 위해 기도를 올리고 있었고, 이치로 씨는 동생과 학교에 가고 없었어요.

저는 옥상에서 빨래를 널고 있었고, 이치로 씨 어머니는 아래층에서 온몸에 상처가 난 그 여자 옆을 지키고 있었고요.

무슨 소리가 나서 경찰이 왔나 하고 사무소 입구로 뛰어갔더니 남편과 시어머니가 그 여자를 끌고 나가려고 하고 있지 뭐예요. 이치로 씨의 어머니는 테이프로 빙빙 묶여 있었어요.

큰일 났다 싶어 경찰이 올 때까지 어떻게든 시간을 벌려고 저도 그들을 막고 나섰는데, 그 남자가 어찌나 힘이 센지 금방 제 팔을 비틀어 수갑을 채우고 한쪽은 현관 옆의 대합실 난방기 파이프에 채우고 말았어요.

이 사람 폭력 전문가다 싶었죠. 아무튼 뭐가 어떻게 되든 지금밖에 없다, 내가 꼼짝할 수 없어 그들이 안심한 틈에 무슨 수를 써서든 경찰을 불러오려고, 그 여자가 저항하면서 남편에게 얻어맞는 동안 저는 제 손목을 난방기에 쳐서 뼈를 부러뜨려 억지로 수갑에서 빼냈어요. 그리고 저를 지키고 있던 호피 무늬의 희한한 옷을 입은 요란한 시어머니를 옆에 있는 항아리로 힘껏 내려치고 두 사람이 놀라 어리둥절해하는 틈에 있는 힘을 다해 뛰었어요."

"네 손, 그렇게 되기까지…… 정말 아팠겠구나."

시어머니가 놀란 표정을 하고 큰 소리로 말했다.

아아, 이런 말을 듣고 싶었던 거야. 나는 넘쳐흐르는 눈물을 참을 수 없었다.

그저 그렇게 말해 주기를 바랐다. 책임이나 상처나 장애가 어떻다느니 하는 말이 아니라.

"아픈 정도가 아니었죠. 하지만 그때 제 몸에서 나온 그 힘을 뭐라고 설명하면 좋을지, 정말 꼭 해야 한다고 생각한 일을 위해 많은 것을 뒤로할 수 있었다, 그런 느낌이었어요.

바스러진 엄지손가락 뼈가 안쪽으로 파고드는데도 수갑에서 손을 뺐어요. 손이 온통 피범벅이 된 채로요. 어디서 그런 힘이 나왔는지 정말 모르겠어요. 그 할머니는 죽지는 않았지만, 아마 부상이 컸을 거예요. 남자도 더는 여자를 때리지 않았지만, 결국 늑골이 몇 대 부러졌고 부러진 뼈가 내장에 손상을 줬다고 들었어요. 그리고 그 사람들 지금도 다 살아 있어요. 여자는 변호사의 힘을 빌려 무사히 이혼해서 이사했고, 그 나쁜 사람들은 큰 벌은 받지 않았지만 그래도 죗값을 치렀고요.

아무튼 그때 저는 현관으로 뛰어가 놀란 사람들을 흘겨보면서 담을 뛰어넘어 탈출했고, 신사 뒤에 있는 집에 도움을 청해서 경찰을 불렀어요.

그들은 급히 출동한 경찰에게 체포되었고, 원래 오기로 했던 여경도 뒤늦게 나타났고요. 왜 전날 밤에 연락하지 않았느냐고 말이 많았지만, 아무 일도 없는데 연락해 봐야 무슨 조처를 취했겠어요. 사건이 벌어진 현장에 출동했으니 그 일이 끝날 수 있었던 거예요."

"얘야…… 너 정말. 슈퍼 히어로 같은 일을 했구나."

시어머니가 말했다.

"사토루는 그 일에 대해 알았니?"

"네, 알았어요."

나는 웃었다.

"저더러 진짜 대단한 여자라고 하더군요."

"그래, 진짜 대단한 여자다. 난 너무 걱정되고 너무 슬퍼서 너의 그 행동을 잘했다 칭찬할 수는 없지만 자랑스럽게 생각한다."

"당시 저는 지금의 어머니 같은 반응을 원했어요. 저 역시 폭력을 휘두르거나 당하는 건 싫어요.

하지만 이 세상에는 그런 일도 생기잖아요. 대처하지 않으면 안 되는 일도 있잖아요. 그뿐이라고 생각해요."

"얼마나 놀랐겠니, 그 모든 일에."

시어머니가 한숨을 쉬었다. 그리고 말했다.

"게다가 사야카 너를 무슨 공작원 같은 사람으로 여기지 않았겠니? 보통 사람은 그렇게 행동하지 않으니까 말이야."

고개를 끄덕이고서 대답했다.

"네, 맞아요. 그 일이 있은 직후에는 모두들 흥분해서 칭찬해 주더군요. 동네 사람들도 가족도. 그런데 훈련을 받은 여자 스파이 아니냐, 전에 혹시 경찰이 아니었느냐, 한국 드라마 「더 킹 투 하츠」에 등장하는 김항아의 모델일 것이다, 하는 얼토당토않은 소문이 동네에 퍼지면서 손에 붕대를 감은 저를 모두 무슨 괴물 보듯이 힐금거리게 되었어요. 그러다 보니 이치로 씨 가족이 더욱 신경을 쓰고 저를 감싸게 되었는데, 더 마음에 안 드는 건 이치로 씨가 그런 일들을 전부 웃어넘긴 거였어요.

저도 인간이잖아요. 이치로 씨의 그런 태도에 마음이 많이 상했어요.

어머니는 몸져누웠지, 아버지와 동생은 저의 경력을 의심하면서 조심스러워하지, 손은 아파서 잠도 못 자겠는데 낫지는 않지, 경찰에서는 과잉 방어라느니 뭐라느니 말이 많지. 지금의 저라면, 혹은 다치지 않은 상태였다면 언젠가는 알아줄 테니 관계를 회복해 가야겠다고 생각할 수 있었겠지만, 그때는 몸도 마음도 약해져서 정말 힘들었어요.

저 평소에는 어리어리하고 별 쓸모도 없는 인간이지만, 무슨 일이 닥치면 적절한 행동을 취하기도 하고, 침착하게 대처하기도 해요. 그게 제 성격이니까요. 남들은 이해하기 어렵겠지만, 궁지에 몰린 사람을 돕고 싶다거나 그런 게 아니에요.

솔직히 말해서 이치로 씨의 어머니가 세상 물정을 모

른다고 생각한 적도 있어요.

그렇잖아요. 곤경에 처한 사람은 일본에도 발리에도 얼마든지 있다고요.

아는 사람의 상담에 응하는 정도로 충분하지 않을까, 그 이상 뭘 할 수 있다고 생각하면 착각이라고 생각했어요. 물론 그런 말을 직접 한 적도 있고요. 그런데도 이치로 씨의 어머니는 그 일을 그만두지 않았고, 모르는 사람도 아무렇지 않게 집에 재웠어요. 얼마나 걱정스러웠는지 몰라요.

이치로 씨의 어머니는 제 손이 이렇게 된 것도 그렇지만, 그때 본 광경, 그런 사람들이 몰려온 일, 저의 폭력성, 그 모든 것에 충격을 받아서…… 애당초 그 모임도 자식을 잃은 사람들의 얘기를 듣는 것에서 시작되었으니, 폭력에 관계될 일은 없으리라 생각했겠죠. 그다음에 사람을 재우거나 보호하는 일에는 주의하게 되었다는 편지를 받고 안심했지만요.

다만 그 일로 이치로 씨와의 관계가 어색해지기 시작했어요. 그럴 수밖에 없죠. 불과 20대 청년이 그렇게 무겁고 겁나는 일을 어디 쉽게 받아들일 수 있겠어요. 집에 돌아온 이치로 씨의 아버지와 이치로 씨 그리고 동생은 집을 경찰차와 구급차가 에워싸고 있는 광경을 보고 놀란 데다 저는 병원에서 수술 중이라고 하니 더욱 놀라고, 어머니가 쓰러져 몸져누운 것에도 놀라고, 아무튼 엄청나게 죄책감을 느꼈어요.

그런 일들이 모두 우리 관계를 암담하게 만들었어요. 저는 살아만 있으면 손이야 조금 굽어도 아무 상관 없었고, 지금도 그렇게 생각해요. 그렇다고 무섭지 않았던 것도 아니고 상처에 충격을 받지 않은 것도 아니어서 그냥 가만히 내버려 둬 주었으면 했어요. 그런데 그렇게 되지 않았죠. 책임지고 이치로와 결혼을 시키겠다느니, 치료비 외에도 돈을 지불하겠으며 보상도 하겠다느니, 얘기가 그렇게 돌아가서 저는 숨이 막힐 것 같아서 발리로 도망쳤어요."

그날 아침 이제 혼자가 된다는 생각에 눈물을 주룩주룩 흘렸던 기억이 난다.

많지 않은 짐을 정리하고, 부동산에 연락해서 조그만 옷장과 냉장고를 처분해 달라고 부탁한 다음 나리타로 향하는 길이 아침의 강한 햇살에 넘실거렸다.

폭력에 굴하지 않았는데, 폭력이 나의 풋풋하고 평화로운 연애를 파괴하고 말았다.

친절하고 명랑했던 이치로의 집안사람들이 나의 행동 탓에 어둡고 침울해지고 말았다. 저녁을 먹는 자리에서 조심스럽게 나를 돕는 그들은 여전히 웃고 있었지만, 바로 얼마 전까지 그렇게 순수한 웃음으로 가득했던 식탁은 두 번 다시 돌아오지 않았다.

언젠가 돌아온다 해도 얼마나 시간이 걸려야 할까. 그런 생각을 하면 젊은 나는 그저 까마득하기만 했다.

아무튼 본능이 자연의 품으로 돌아가라고 외쳤다.

물과 산과 바람과 폭포가 있고 흙냄새가 있는 곳으로 가지 않으면 마음까지 병들고 만다. 그렇게 생각했다.

어쩌다 이렇게 되었을까, 발리에 가는 것은 반갑지만 이치로와 헤어지는 것은 조금도 반갑지 않았다. 바로 지난주까지 같이 웃고 움직이고 일하면서 와글와글 지냈는데. 이치로와 손을 잡고, 서로를 껴안고 키스하고, 사랑의 열매를 마음껏 음미했는데.

나는 폭력을 증오하고, 불행한 가정이 무책임하게 뿌리는 의존의 냄새를 증오했다.

하지만 더는 증오를 늘리고 싶지 않아서 발리의 자연을 만나러 가야겠다고 결심했다.

공항으로 가는 리무진버스 안에서 나는 이치로의 동그랗고 예쁜 눈과 오랜만에 가족다운 사람들과 함께했던 저녁을 생각하면서 울었다.

젊음의 힘이 모두 슬픔을 향해서만 쏠리는 느낌이었다.

아픈 손으로 든 짐은 더없이 무겁고, 슬픈 마음으로 기다리는 비행기는 여느 때보다 몇 배는 더 오래 출발하지 않는 심정이었다.

하얀 빛으로 가득한 휑한 나리타 공항에서 나는 정말 외톨이가 된 기분이었다.

그날의 내 눈부신 자유와 한없는 슬픔을 생각하면 지금도 눈앞이 아득해진다.

나는 가족을 원한 나머지 이치로의 집에 온몸으로 뛰어들었다. 아무 생각 없이 있는 그대로의 나로, 그리고 엄청난 속도로.

그러니 어긋남이 생기지 않을 수 없었다.

시어머니는 충분히 이해하고 잘 알았다고 말해 주었다.

그리고 늘 하던 대로 잘 자라고 인사하고 헤어졌다. 나를 보는 눈에도 아무 변화가 없었다. 비교할 마음도 없었다. 당시 이치로의 어머니는 젊고 이상에 불타고 있었으니 피비린내 나는 광경을 보기는 처음이라는 것도 알았다.

그런데도 나는 역시 감동했다.

세상일을 담담하게 받아들이고 또 흘려보내는 시어머니의 차분함은 박력 그 자체였다. 아무 생각이 없었을 리 없는데, 바로 내면에서 나름대로 조정하고 소화하는 그런 어른이 되고 싶다고 생각했다.

아직도 길은 멀겠지만, 희망 같은 것이 샘솟았다.

다음 날 아침 시어머니가 마당에서 환한 얼굴로 손을 흔들었다.

나도 그 표정에 이끌려 마당으로 내려갔다.

"이 히비스커스 나무가 얼마나 고마운지 모르겠다. 나는 모르는 사람의 뼈보다 이 나무가 소중해."

시어머니가 웃었다.

"기억하니? 사토루가 여행 가방이 아니라 큼직한 아웃

도어용 가방을 들고 여행 다녔던 거. 여행 가방을 사라고 그렇게 말하는데도 우리 회사에서 만드는 가방을 내가 사용하지 않으면 누가 사용하겠느냐면서 말을 듣지 않았지. 아르헨티나에서는 가방을 누가 칼로 찢고 안에 든 걸 훔쳐 갔는데도 똑같은 걸 다시 사서 사용했단다."

"그런 역사가 있는 가방인지는 몰랐어요."

성실한 사토루다운 일화였다.

성실하게 일하면서 살고, 성실하게 죽어 간 사토루답다.

그런 성실함을 어디서 누가 봐 주는 것일까. 신이? 가족이? 그를 사랑했던 사람들이?

이름도 없이, 머지않아 바로 잊힐 그 인생이 이렇듯 많은 것을 남겼다는 사실에 나는 안도했다.

우리 부모님 얘기를 하면 부모님 친구들은 모두 이렇게 말한다. 연구도 많이 했고, 논문도 많이 썼고, 딸이 그걸 책으로 만들어서 세상에 남겼으니 그만하면 좋지 않으냐고.

하지만 나는 그렇게 남은 것들이 어느 정도일까 종종 생각하곤 했다.

내가 아는 아버지와 어머니의 가장 좋은 부분은, 그

모습과 평상시의 언행과 판단의 절묘함은 어디에도 남아 있지 않다.

내 기억 속에만 있다. 그리고 그것이 나의 말과 행동과 유전자를 통해서 미치루에게 아주 조금 전해진다.

사람이 살고 죽는다는 것은, 어떤 사람이든 이 히비스커스 나무처럼 우연에 좌우되면서도 땅에 뿌리를 내리는 정도의 일이기 때문에 좋은지도 모른다.

"그 가방 안에 비닐에 싸인 선물이 들어 있었지. 시들시들한 묘목이었는데, 너무 맥이 없어서 어떻게 뿌리를 내릴까 했는데, 이렇게 큰 나무로 자랐어.

정말 굉장하지, 사는 힘이. 그런 작은 일을 떠올리면 행복해진단다. '어머니, 이거 공항에서 사 왔는데, 살아날 수 있을까요? 힘들까요? 보통 식물은 검역에 걸리는데, 공항에서 산 나무는 괜찮다고 해서 가져왔는데.' 그러면서 마카다미아 초콜릿이랑 같이 꺼냈어. 그 아이가 가방에서 꺼낸, 라벨이 구깃구깃해진 히비스커스도, 그때 그 웃음도 나는 꼭 품고 살 거야. 살아 있는 한 언제나 이 가슴에 꼭 안고."

시어머니가 말했다. 히비스커스 나무 옆에서 미소를

머금고.

빼를 파냈는데도 변함없이 그 나무에는 오늘도 꽃이 피어 있었다.

꿀을 찾아 꽃을 향해 기어가는 개미의 행렬도 보였다.

나는 아무 말 없이 고개를 끄덕거렸다.

인간의 슬픔은 치유되지 않는다. 거듭 쌓여 갈 뿐. 죽을 무렵에는 큼지막한 경단이 되어 있다.

그래도 역시 자신의 슬픔은 자신이 꼭 품고 싶은 법이지, 하고 나는 생각했다.

"사야카 너는 부모님을 일찍 여의었잖니. 그래서 내 심정이 족히 전해지지 않을까 싶구나. 네가 이 집에 있어 줘서 얼마나 위로가 되는지 몰라. 위로 정도가 아니지, 너희가 없었으면 과연 이겨 낼 수 있었을지……. 아버지와 둘이서 어떻게든 헤쳐 나갔겠지. 친구들도 있으니까. 하지만 친구들과 헤어져서 집에 돌아오면 아무도 없잖니. 그런데 지금은 미치루가 집 안을 돌아다니고, 사야카 너는 그런 미치루를 쫓아다니고. 투닥거리는 큰 소리도 들리고. 손녀가 가까이에 있는 행복을 한껏 누리고 있어."

사토루가 없는 이 집의 노부부에게 만약 미치루가 없

었다면.

위층에서 들려오는 조그만 발소리가 없었다면.

둘 다 강한 사람이니 고양이와 조용히 지내면서 산에도 오르고 산책도 했으리라. 하지만 미치루가 곁에 없는 두 사람을 생각하면 마음이 얼어붙을 것 같다.

고마워, 미치루. 와 줘서.

나는 이제는 미치루가 들어 있지 않은 배를 살며시 쓰다듬었다.

"어머니, 그 신사, 옆 동네에 있는데 정말 가실 거예요?"

"나는 됐다. 그 사람에게 전할 것은 이미 다 전했어."

시어머니가 단호하게 대답했다.

"너는 다녀와, 미치루 데리고."

"이치로 씨는 어머니도 다시 만나고 싶을 거예요."

"그야 그렇다만. 그래도 그 사람 이제 스스로 강해져야지. 사야카 너도 다시 만났으니까 젊은 시절에 멈춘 시계를 움직여서 똑바로 살아야 하지 않겠니? 아직은 좀 맥이 없더구나."

시어머니가 웃었다.

"언제든 놀러 오라고 전해 줘."

"그럼 성묘라도 하러 다녀올게요."

"그래그래, 너 성묘는 꼭 다녀와야지. 후련해질 거다. 미치루도 가든파티에 가고 싶다고 했고."

"네, 가서 분명하게 사과할게요."

"사과할 일이 뭐 있다고. 너는 아무 잘못 없다."

시어머니가 또 웃었다.

"극단적인 일이 벌어져서 극단적인 행동을 하고 그 결과도 극단적이었을 뿐이지. 우리는 이제 나이가 들어서 두루 조건이 갖춰지지 않으면 눈 쌓인 산에 가는 계획에는 참가하지 않지만, 산에서 동상에 걸려 손가락을 잃는 사람도 많아. 그 사람들이 산에 가지 않고 집에 있었더라면 지금도 손가락은 무사하겠지. 나는 그런 얘기에는 이골이 났다. 그렇게 되고 싶은 마음이 없는데도, 최선을 다했는데도 그렇게 되고 마는 사람들이 얼마든지 있어."

점점 더 마음이 가벼워졌다.

더 빨리 털어놓을걸 그랬다고 생각했다.

그리고 사토루가 사랑한 정식집에 다 함께 가는 멋진 계획을 구체적으로 짰다.

초록이 무성한 조그만 마당 한가운데에서.

그 평온한 기간에 한 일 중에서 가장 기억에 남는 것은 시부모님과 미치루와 넷이 평일 낮에 사토루의 회사 근처에 있는 정식집에 간 일이다.

토요일로 할까 했지만, 회사가 쉬는 날이면 인사를 할 수 없다는 시아버지가 애처로웠다. 시아버지는 우선 사토루의 회사로 걸음을 옮겼다.

당시 사장은 투병 중이라 새 사장이 친절하게 대응해 주었지만, 그는 사토루를 몰랐다.

사토루와 사이가 좋았던 영업부 동료도 지금은 노르웨이로 연수를 떠나 없었다.

"불과 몇 년 사이에 한 사람이 있었다는 흔적조차 없어지는구나."

시아버지가 서운한 듯이 말했다.

각지고 단단한 어깨가 쓸쓸해 보였다.

"어쩔 수 없죠. 사회는 쉬지 않고 돌아가는데."

시어머니가 말했다.

느긋한 말투였지만, 마음속에 크나큰 허탈감이 숨겨져 있다는 걸 알 수 있었다.

아들의 부재를 부정하면서 사는 것은 아니었지만, 사

토루가 없으면 가지 않을 장소를 찾을 때면 그의 부재가 한결 두드러진다.

"그래도 스즈키 씨가 아직 회사에 있어서 다행이죠 뭐, 연수 가서 없기는 하지만. 틀림없이 사토루 몫까지 열심히 일하고 있을 거예요."

나는 장례식장에서 엉엉 울던 그 스즈키라는 친구의 모습이 떠올라 가슴이 뜨끈해졌다.

"역시 사토루 씨는 사라지지 않았어요. 다들 늘 기억하면서 그리워하고 있잖아요. 표면적으로야 없는 것처럼 보이지만, 그게 무시한다는 뜻은 아니에요."

내가 시아버지의 어깨에 손을 올리고 말했다.

시아버지가 고개를 끄덕였다.

"내가 있으면 되잖아. 아빠에게 바통을 이어받은 내가 있는걸."

미치루의 그 말에 시아버지가 흐뭇하게 웃었다.

넷이 정식집에 들어서자 어서 오세요, 하고 젊은 요리사가 인사를 건넸다.

"얼마 전에도 오셨죠, 오늘은 가족이 다 같이?"

나는 미소 지으며 고개를 끄덕거렸다.

"감사합니다."

미치루는 오므라이스를 주문하고 우리 셋은 생강돼지고기볶음을 주문했다.

"돼지고기볶음을 좋아하시나 보네요."

접시를 들고 나온 젊은 부인이 말했다.

"앞서 간 아들이 이 가게를 좋아했다고 해서 먹으러 왔어요."

시어머니가 말했다.

"아드님 성함이 어떻게 되는데요?"

젊은 부인이 상냥한 눈빛으로 물었다.

"마쓰자키 사토루입니다."

"아, 마쓰자키 씨."

그리고 주방을 향해 큰 소리로 외쳤다.

"이분들 마쓰자키 씨 가족이래요!"

주방 안에 있던 요리사가 음식을 만들다 말고 이쪽으로 나왔다.

"마쓰자키 씨가 돌아가셔서 정말 안타깝습니다."

요리사가 말했다.

"평일에는 거의 매일 오셨죠. 늘 맛있다고 말씀해 주

셨고요. 신메뉴를 맛보시라고 드리면 돌아가는 길에 꼭 한마디 해 주셔서 큰 힘이 되곤 했습니다."

"저희야말로 신세를 많이 졌네요. 감사합니다."

시어머니가 공손하게 머리를 숙였다. 시아버지도 이어서 머리를 숙였다.

"그리고 이 생강돼지고기볶음을 가장 좋아하셨습니다. 소스 맛이 딱 적당하다고 하시면서요."

요리사가 희미하게 웃었다.

"네, 오늘은 그걸 먹으러 왔어요."

요리사가 인사를 하고 주방으로 돌아갔다.

시어머니의 눈에 눈물이 그렁그렁했다.

마치 사토루의 흔적을 찾듯 애틋한 눈길로 가게 전체를 구석구석 돌아보았다.

여기에 사토루가 있었다는 것을 마음에 새기려는 듯.

"분위기가 괜찮은 가게로구나. 녀석이 밖에서도 사랑을 받은 모양이야."

시아버지가 말했다.

물론 그 가게는 체인점에 비하면 가격이 좀 비쌌다.

사토루처럼 부모 집에 사는 넉넉한 형편이 아니면 드

나들기 어려울 것이다. 그러나 사토루는 사치를 부리고 싶었던 게 아니라 이 가게를 응원하고 싶었던 것이리라.

반짝거리는 밥과 함께 나온 돼지고기볶음을 보고서 미치루가 환성을 질렀다. 우리는 다 함께 맛을 음미하면서 먹었다.

그저 밥을 같이 먹음으로써 키워지는 것을 하나 더 키우기 위해, 자잘한 구실은 다 빼고.

"맛있는데, 음, 아주 맛있어."

시아버지가 말했다.

"밥도 고슬고슬하게 아주 잘 지어졌고."

시어머니가 말했다.

"우리 사토루가 밖에서도 즐겁게 지냈나 보네. 이런 곳에 와 보지 않고는 그런 생활이 있었다는 걸 알 수가 있어야지."

모두가 즐거운 표정이라서 나도 싱글벙글하며 밥을 먹었다.

그들이 살아 있고, 매일 가게를 열고, 사토루를 기억하고, 그걸 전해 준 조그만 행동으로 이 동네에서 미아처럼, 다른 세계에서 온 사람들처럼 튀었던 우리는 시름을 거뒀다.

사람이 하는 일이란 그 정도로 충분하다고 생각한다.

칠판에 적혀 있는 오늘의 메뉴는 손으로 직접 쓴 글씨다. 사토루가 기대에 차서 저 칠판을 봤겠지, 하고 생각했다. 그 무렵과 똑같은 칠판이고, 똑같은 글씨체이리라.

요리사가 디저트로 포도를 서비스해 주었고, 소스도 조금 싸 주었다.

"만들어서 불단에 올릴게요."

그렇게 말하며 시어머니가 웃었다.

오후의 길을 다 같이 여유롭게 걸었다.

미치루가 편의점에서 시아버지에게 과자를 사 달라고 했다. 일본에서 어린 시절을 보내지 않은 나는 그런 습관이 모두 새로워 보였다. 지금은 인도네시아에도 편의점이 있지만, 당시에는 한 군데도 없었다.

이 생활이 좋아지면 좋아질수록 나는 다른 곳에서 온 떠돌이고 이 사람들과는 임시로 지내고 있을 뿐이라는 기분이 들 때가 있다.

문틈으로 스미는 바람처럼 불현듯 떠나고 싶어진다고 할까, 미치루와 손잡고 흥미롭다는 표정으로 과자를 고르는 시아버지의 모습에 감격하면 할수록 나 자신이 과거에서 온 어린애의 유령이라도 된 기분이다.

그래도 이 기분을 씻어 주는 시어머니의 박력과 지혜가 있으니 그런 것도 보고 싶어 매일이 즐겁다.

나는 마쓰자키 집안사람들과 살면서 현지 조사를 하고 있는 셈이니까 우리 부모님의 삶과 그리 다르지 않다.

사람은 변하지 않는다, 태어날 때부터. 그렇게 생각했다.

그러니 그 갓난아기의 뼈에도 성장해 갔을 멋진 정보가 담겨 있었던 것이리라.

미치루와 이어진 시부모님의 손을 듬직하게, 또 애처롭게 바라보다가 나는 가로수를 올려다보았다. 나뭇가지 사이에서 낮달이 빛나고 있었다.

아련하고 허망하게, 둥실 하늘의 색에 녹아 있다.

내가 태어나기 전에도, 그리고 죽은 다음에도 달은 언제나 저기 있다.

죽은 후에도 회사는 돌아간다는 사실보다 왠지 그쪽에 안도한다.

오늘도 좋은 날이다. 미치루가 태어난 후로, 사토루가

죽은 그날도, 나쁜 날은 하루도 없었다. 살아 있음을 축복이라 여기지 않은 날은 없었다.

사람이 있다는 건 좋은 거네, 하고 생각했다.

이어져 있지 않은 삶은 좋지 않아, 최소한 우리와 이어져 있으렴, 하고 시어머니는 늘 말한다.

자유로운 것은 좋지, 아주 좋은 일이야. 그러나 아무와도 이어져 있지 않거나 언제 끊길지 모르는 만남만 있는 인생은 진정 자유롭다 할 수 없어.

부모님이 돌아가셔서 혼자 살아온 네게는 그런 면이 좀 있어. 혼자 어둠 속에 있다가 사라져 버릴 것만 같은 불안정함이. 그게 어쩌면 매력으로 이어질지도 모르지. 하지만 그런 매력은 버려도 괜찮다. 번거롭더라도 이어져 있으렴.

시어머니는 늘 내게 그렇게 설교한다.

하지만 조금도 귀찮지 않다.

그 말을 들을 때마다 나는 눈물이 난다.

정말 신뢰할 수 있는 반응을 보이는 어른을 만났고, 기대를 저버리지 않는다. 이런 사람은 정말 많지 않은데,

그러니 나도 어떻게든 살아갈 수 있겠다고 생각한다.

그 후 바로 이치로에게서 가족끼리 조촐하게 파티를 하니까 일요일에 놀러 오라는 메일이 왔다.

신사지만 가든파티를 한대, 하고 말했더니 미치루는 정말 신이 나서 시어머니와 옷을 사러 나갔다. 그리고 할머니와 함께 시크하고 귀여운 드레스를 사 들고 돌아왔다.

시아버지는 일요일 오후에 등산 동호회의 트레이닝 때문에 집에 없고 시어머니는 시간이 있다고 하자 미치루가 열심히 졸라서 셋이 나란히 가게 되었다.

그런 일이 있었던 장소에 딸을 데리고 다시 가다니, 꿈에도 생각지 못했다. 나는 나 자신의 인생을 참 감개무량하게 생각했다.

3 소중한 것

새로 산 드레스를 입고 신이 난 어린 여자아이의 모습을 보는 것은 인생의 많은 기쁨 중에서도 꽤 급이 높다.

여성의 권리가 어떻다느니, 치장은 곧 아양이라느니 하는 얘기도 많이 들어 왔고, 술집에서 아르바이트도 해 봤기 때문에 그런 말을 하는 쪽의 심정도 잘 안다.

하지만 아무튼 사실이 그렇다.

미치루가 쇼핑백에서 조심조심 새 옷을 꺼내 비닐 커버를 살며시 벗겨 낸 다음 옷걸이에 걸어 놓고 한참을 바라보다가 자기 방에 들고 들어가 갈아입고 나왔을 때의 웃는 얼굴.

두 볼은 발그레하고 몸짓은 가볍고 방긋방긋 웃고.

여자아이가 새 옷을 입었을 때의 모습은 정말 최고, 여자아이 낳기를 정말 잘했다고 생각지 않을 수 없다.

우리 엄마는 내가 귀여운 옷을 입을 나이가 되기도 전에 돌아가셨고, 나도 사춘기 때는 데님만 입어 조금도 귀여운 모습이 아니었지만, 어린이 레공 댄스[1] 연습에 가기 위해 옷을 차려입으면 귀엽다고 꺄악꺄악 소리치며 사진을 마구 찍던 엄마의 기분을 지금 겨우 알겠다.

"길이가 좀 짧지 않아?"

"아니, 다리가 보여서 귀여워."

나는 휴대 전화 카메라로 사진을 찍었다. 천국에 있는 사토루에게도 보이기를 기원하면서.

"엄마, 나 얇은 타이즈 사 줄래? 이 옷하고 어울리는 거로."

"알았어. 귀여운 물방울무늬로, 아니면 줄무늬나. 토요일에 백화점 갈까?"

---

1 발리의 궁중 무용으로 화려하고 우아한 것이 특징이다. 5~6세부터 15세 사이의 소녀들이 춘다.

"와, 신난다!"

이렇게 솔직한 아이로 자라 줘서 고마웠다. 평소에는 보통 스포티한 차림이어서 여자애다운 차림은 싫어하나 했는데, 어느 쪽이든 즐기는 아이로 자라 주었다.

미치루가 귀여운 분홍색 우주복을 입으면 눈물을 흘리며 기뻐했던 사토루. 그 광경이 미치루의 혼에 스며 있는지도 모른다.

"정말 너무 귀엽다. 미치루를 낳길 잘했어."

내가 말했다.

미치루는 그런 말에도 전혀 어색해하지 않고, 그렇지, 정말 그렇지, 하고 조잘거렸다.

평상복으로 갈아입어 마법이 풀린 후에도 미치루는 어딘가 모르게 들떠 있었다. 평범한 나날 가운데 가든파티가 작은 빛을 선사해 준 것이다.

작은 행복에는 조금도, 아니, 아예 관심 없던 나인데 이렇듯 크게 변하다니, 역시 살아 있는 편이 좋다.

창밖에 펼쳐진 별이 뜬 넓은 하늘을 올려다보며 나는 조그맣게 중얼거렸다.

사토루의 죽음만큼 안타까운 일에는 그저 안타깝다

고 말하는 수밖에 없다. 논리나 후회가 통하지 않는 완벽한 안타까움이었고, 본인도 그렇게 여겼을 것이라고 생각한다.

안타까운 일이 정말 있는 거네.

만약 내게 그런 일이 생긴다면 어떻게 처신할까, 죽을까.

부모님은 사고로 돌아가셨으니 그런 생각을 할 여지가 없었다. 날씨가 어땠다느니 운이 어땠다느니 하는 얘기가 얽히기 때문이다.

착륙 실패는 종종 있는 일이지만, 대개 부상자가 생기는 수준에서 끝난다. 그때는 조그만 공항에 거의 세스나[2]급 크기의 비행기가 착륙했으니 도리가 없었다.

파괴된 비행기의 압도적인 광경을 보자 그들을 결박한 죽음의 힘이 안타까움의 수준을 넘어 오히려 묘하게 납득이 갔다. 이렇게 충격이 엄청났으니 도저히 피할 수 없지 않았을까 싶었다.

훗날 몇 번이나 그런 생각을 했지만, 동시에 만약 그

---

2 미국 캔자스주에 설립된 항공기 제작 회사 세스나(Cessna)의 경비행기를 말한다.

비행기에 타지 않았더라면 지금쯤 어떻게 지내고 있을까, 하는 생각도 종종 했다.

부모님은 밤중에 나이가 들면 일본에 살면서 일 년에 한 번 인도네시아에 조사하러 오고, 또 한 번은 다른 장소에 가면 재미있겠다고 말하곤 했다.

뱀에게 물리든, 말라리아에 걸리든, 거머리에게 피를 빨리든, 촌충이 들끓든 늘 펄펄했는데. 아버지는 초기 위암에 걸린 적도 있고.

그러나 그 무지막지한 힘 앞에서는 맥을 못 추었다.

이치로네 집을 떠나 발리로 갔지만, 손은 마음처럼 잘 회복되지 않았다.

일본에서 출발할 때까지는 그래도 잠잠했는데 우붓에 도착하자 손이 띵띵 부어올라 화끈거리기 시작하더니 온몸에 이상하게 열이 올랐다.

동네 병원에서 절개를 하고, 게스트하우스의 아저씨 부부가 우리 부모님의 친구였던 이다 씨를 불러 자무라는 한방약을 처방받았다. 약도 처방하고 치료도 하는 이다 씨는 발리안[3]으로, 그의 약을 먹고 자기를 이 주 이상이나 계속한 후에야 겨우 조금씩 회복되었다.

열에 시달리면서 이상한 꿈을 많이 꾸었다.

나는 혼란스러웠다. 나 자신이 취한 행동이 끔찍하고 살벌한 짓은 아니었을까 하는 생각에서 벗어날 수 없었다.

그러나 같은 장면을 몇 번 상상해 봐도 내 몸은 역시 삶을 향해 움직였다.

둥그런 달과 압도적인 계곡의 경치를 바라보면서 나는 점차 회복해 갔다.

특별하게 뭘 하지 않고 그저 자연 속에 잠겨 있을 뿐인데도 어떤 유의 섬세함은 사라지고 다른 유의 섬세함이 자라나는 것을 느낄 수 있었다.

아무도 나를 심각한 의미에서는 이상하다 여기지 않았고, 나도 이상하지 않았다. 다만 모두가 나를 통해서 현실 속에 있는 틈을 봤을 뿐이다.

가령 길가에서 성기를 드러내고 있는 아저씨나 묻지마 사건, 교통사고 현장, 무자비한 상처 같은 것들은 직접 볼 기회는 많지 않아도 확실하게 있는 것이다. 그럴 때 인

---

3 발리의 주술사.

간은 이 세상의 행복이 얼마나 위태로운 것인지를 피부로 느낀다.

그리고 쓱 외면하고 싶어진다.

그런 일이 생겼을 뿐이라고 생각했다.

나는 나와 그리 친밀하지 않은 사람들에게 지나치게 마음을 열었다. 연애 관계이던 이치로는 그렇다 치고 그 가족까지 끌어들여서는 안 되는 거였다. 좀 더 천천히, 사토루나 시부모님과의 관계처럼 지나치다 싶으리만큼 시간을 두었어야 했다.

아니, 앞으로 그러려고 했는데 운명의 장난으로 어긋나고 말았고, 나는 토라져 있었을 뿐이다. 어린애처럼 왜 나를 봐 주지 않느냐고. 토라질 상대가 없어서 내가 어떤 모습을 하든 받아들여 줄 사람을 멋대로 상정하고 토라져 있었을 뿐이다.

그런 사기꾼 같은 사람들에게 공격당한 정도는 아무 일도 아니다.

그렇게 생각하고 있어도 진짜 수갑의 감촉은 손목에서 사라지지 않았다. 그래서 약이 올랐던 것이다.

그렇다는 걸 알았지만, 나는 이치로에게 돌아갈 마음

이 도무지 생기지 않았다. 가족 간에 그렇게 친밀하니 똑 같은 일이 또 생길 것이라고 생각했다. 이건 운명으로 받아들이고 다른 일을 하자고 젊은 나는 결단을 내리고 말았다.

상대방이 저지른 단 한 번의 실수를 용서하지 않고 자신의 조급한 판단을 관철하고 싶은 젊은 날의 오만함 때문에 나는 이치로를 완전히 떠나고 말았다.

그 정도로 완벽하고 철저한 사랑이었다.

이치로의 집은 예전 모습과는 아주 달랐다.

신사 앞과 뒤로 부지를 넓혀 아담한 공원처럼 쉴 수 있는 공간이 마련되어 있었다.

특히 신사의 기둥 문 앞쪽에 마치 식물원이나 정원처럼 멋진 마당이 조성되어 있었다.

이치로의 어머니가 얼마나 공들여 그곳을 꾸몄을지 생각하자 가슴이 뭉클해졌다.

일본 식물이 많았지만 한가운데 조그만 연못이 있고 분수가 솟고 있어 일본 정원보다는 영국 가든 분위기였다. 흔히 있는 로코코 시대의 이상한 조각상은 없는 아주 단순한 분수였다.

상쾌하고 정말 좋았다. 생명이 여기저기에서 톡톡 터지는 듯한 공기, 풀과 나무 냄새 속에서 보호되는 듯. 시어머니와 미치루도 커다란 나무 아래서 즐겁게 수다를 떨었다.

그러나 이렇게 평화로운 분위기 또한 절대적인 것이 아니다.

한번 어긋나면 그 어긋남이 일상에 섞이기 때문에 알 수 없어진다. 마치 우리가 신원을 안다고 해서 안심하고 사람의 뼈를 뒤적거리는 것과 마찬가지다.

평범한 일상에 그런 일이 흔하지 않다는 걸 알면서도 이해만 되면 받아들이고 만다.

그렇게 어긋나다가 어느 날 타인의 도움 없이는 벗어날 수 없는 장소에 와 있다는 걸 알게 된다. 그것은 보통 있는 일이다.

넝쿨장미 아치와 등나무, 알로에와 삼백초, 로즈마리 등의 약용과 식용 허브류, 선인장과 신기한 다육식물, 동백과 비파와 모과나무, 여러 나라의 수많은 식물이 빈틈없이 소박하게 심겨 있었다. 히비스커스는 없었지만, 부겐

빌레아가 햇볕이 잘 드는 벽을 타고 한껏 뻗어 있었다. 그 옆에는 시계초도 있었다. 그런 여름 식물들이 앞으로도 풍성하게 자랄 생명력을 가득 품고 꽃을 피우고 있었다.

이치로가 싱글거리며 다가왔다. 마당에 녹아 있는 것처럼 보였다.

이곳에 있을 때의 이치로는 느낌이 좀 조용하네, 하고 나는 생각했다.

주변의 색감에 맞추는 사람이다.

이치로가 미치루의 옷을 침이 마르도록 칭찬한 후에 시어머니에게 인사했다.

"마당이 참 멋지네. 색다르기도 하고."

내가 말했다.

막상 와 보니 아무렇지 않네, 하고 생각하면서.

여기에 오는 것이 내게는 훨씬 큰일인 줄 알았다.

"대학 시절 친구 중에 유명한 정원사의 제자가 된 녀석이 있는 덕분에 그 정원사가 어머니의 희망 사항을 충분히 반영해서 아주 싸게 만들어 줬어. 어머니도 흙을 옮기고 고르기도 하고, 또 식물도 옮겨 심고 공을 많이 들였어. 우리도 거들고. 분수 주변에 있는 모자이크는 다 같이 붙였고, 안에 화단도 만들고, 조그만 밭도 있어. 함께 할 수 있는 일이 있으니까 건강해지더라, 역시. 다들 내일은 여기까지 한다는 생각 말고 다른 생각은 할 필요가 없었대."

"그래, 우리 시어머니도 그런 말씀 종종 하셔. 마당을 가꾸는 행복은 거기에 있다고."

시어머니가 미소 지으며 고개를 끄덕이고는 말했다.

"아무 생각 않고 몸을 움직일 수 있고, 그 결과도 나오고. 또 바로 결과가 나오지 않아 잊을 무렵 결실이 맺어지는 게 얼마나 좋은지 몰라요."

"저도 여기 일을 거들고는 있지만, 사실은 거의 안 해요. 동생이 대단하죠. 경영에 관해서도 아주 딱 부러지게 거들고. 저는 잡다한 일과 힘쓰는 일이나 합니다. 그래서 마당에 있는 시간이 많아요. 어머니가 마당에 정성을 많이 들이셔서 그걸 잇고 싶어서 말이죠."

이치로가 말했다.

"잘 유지되고 있네."

내가 말했다.

"도시에는 누구든 올 수 있는 이런 곳이 있는 게 좋

아. 하지만 여기는 정말 잠시 시간을 보내는 장소니까. 언제 오든 상관없고, 또 매일 놀러 와도 좋지만, 눌러살거나 오래 있을 수 있는 곳은 아니지. 성묘 겸 우리 가족을 보러 놀러 오는 방식이었어. 지금은 그런 사람도 많이 줄었지만. 그래도 그렇게 적당한 방식이어서 오히려 적당히 잘 돌아갔지. 어머니가 살아 있던 때에는 다들 어머니를 두고 쟁탈전을 벌이는 느낌이었어."

"나도 어머니는 정말 훌륭한 사람이었다고 생각해. 잊을 수 없어. 마음이 약해지면 만나고 싶어지는 사람이었으니까. 천사 같고, 그 푸근하게 웃는 얼굴을 보면 기분 나쁜 일도 잊을 수 있었어."

"사야카도 훌륭한 엄마야. 요즘 같은 세상에 그렇게 환하고 밝게 웃는 여자애는 잘 없잖아."

시어머니의 손을 잡고 마당 저쪽을 보러 간 미치루를 쳐다보면서 이치로가 말했다.

"그러게. 밝은 게 저 아이 장점인지도 몰라. 갓난아기 때부터 저렇게 밝았어."

"자기가 사랑받고 있다는 걸 아는 거겠지."

이치로가 미소 지었다.

"그런 의미에서 미치루는 축복받은 아이야. 모두가 지켜 주는 가운데 자기가 있다는 것, 이 세상에 살아도 된다는 것에 아무런 의문을 품지 않아. 그게 의외로 드문 일이라는 것도 잘 알아. 특히 요즘 세상에는."

이치로가 고개를 끄덕였다.

우리는 이치로를 따라 신사의 본전으로 가는 오솔길을 걸었다. 새들이 지저귀고 아름드리나무가 몇 그루나 서 있었다.

깔끔하게 손질된 조그만 기둥 문이 보였다. 기둥 문 너머에 계단이 있고, 계단 위에 또 기둥 문이 있었다. 올라가니 조그만 본전 지붕이 반짝반짝 빛나고, 해묵은 기둥과 바닥은 검게 빛났다.

"아주 깔끔하고 소중하게 사용하고 있네. 옛날보다 깊이가 있어 보여."

내가 본전을 보면서 말했다.

지금 있는 곳이 도쿄가 아닌 것처럼 상쾌한 바람이 불었다. 짙은 풀 냄새에 안겨 고원에 있는 기분이었다.

본전에 참배하고 계단을 내려오자 이치로가 예전에는 없던 뒤쪽 마당으로 안내해 주었다. 거기에 개축된 사무소는 노송나무를 사용한 현대적이고 더 큰 건물로 변모해 있었다.

전에는 쇼와 시대의 단독 주택 같더니, 하고 나는 생각했다.

"저 조그만 돌이 어머니 무덤이야. 지난주에 저기에 형의 뼈를 같이 묻었어."

이치로의 손이 가리키는 쪽을 보니 사무소 마당 한쪽에 조그맣고 하얗고 동그란 비석이 서 있었다. 마치 봉분처럼 보이는.

비석에는 말 대신 조그만 꽃 그림이 새겨져 있었다.

"어머니가 그린 꽃이야."

요즘 세상에 이렇게 무덤과 함께 생활하는 사람은 흔하지 않지, 하고 나는 생각했다. 어쩌면 행복한 일일 수도 있지만.

나는 두 손을 모으고 생각했다.

그 뼈에서 배어 나온 소량의 칼슘이 히비스커스의 영양분이 되어 그 예쁜 분홍색 꽃의 일부로 피어나 매일 우리에게 미소를 선사해 주었다.

꽃은 매일 땅으로 떨어져 또 땅의 영양분이 되었다.

그렇게 함께 있었던 것. 이곳에서도 그렇게 있을 수 있기를. 석실 안에 있어 흙으로 돌아갈 수는 없어도, 이 안에서 평안하게 이 사람들과 함께 지낼 수 있기를.

우리는 꽃을 바치고 다시 합장했다.

이치로의 생활은 상당히 차분해 보였다.

나를 잃고, 대학을 졸업하고, 집안일을 거들고, 이곳에 자리 잡고.

그렇구나, 어떤 역할을 진심으로 받아들이면 이렇게 차분해지는구나, 하고 생각했다. 이 안에서 그가 한껏 살아가고 있다는 느낌이 들었다.

그리고 지금 그의 인생에 변화가 오려 하고 있다. 내가 다시 나타나서가 아니라 어머니를 잃고 나와의 오해가 풀리고, 형제의 뼈도 제자리로 돌아와 어떤 흐름이 시작된 것을 옆에서도 볼 수 있다.

이치로도 멀리까지 갈 수 있으면 좋겠네, 하고 미치루에게 그러기를 바라는 것과 똑같이 생각했다.

자신의 인생이 정말 시작되는 순간이니까 가뿐하게 날아가기를, 더는 나를 돌아보지 않아도 좋으니까.

마음을 다해 그렇게 생각했다. 마치 부모 같은 기분이

었다.

비석 앞에서 눈을 감고 있는 짧은 시간에 나는 사토루를 회상했다.

내가 '그 사람의 아이를 낳고, 한 아이의 부모가 된다.'라는 결심을 했을 때다.

나는 그날 밤 바에서 사토루의 얘기를 듣고 엉엉 울면서 내가 할 수 있는 일이면 뭐든 하겠다, 발리에 가서 몸에 좋은 자무를 처방받아 오겠다, 그러니 죽지 마라, 나는 친구가 많지 않으니까, 하는 말을 했다.

거짓말이었으면 좋겠다고, 눈앞에 있는 사토루는 건강하고 기운도 넘쳤으니까.

하지만 자세히 보니 안색도 좋지 않고, 술 대신 탄산음료만 마셨고, 그렇게 좋아하는 치즈에도 손을 대지 않았다. 그의 몸속에서 무슨 일인가가 벌어지고 있다. 정작 그에게서는 잘 전해지지 않았지만, 그의 재킷을 옷걸이에 걸려고 들고 갔을 때는 절박하게 전해졌다.

사물은 언제나 내게 있는 그대로 가르쳐 준다.

아, 이 사람 병이 깊네, 사실이었어, 사토루는 병을 앓고 있어.

나는 경악하면서 생각했다. 눈물과 혼란 너머로 보이는 진실을 겨우 인정했다.

어떻게든 아이를 남기고 싶은데, 지금 특정한 여자 친구가 없어서 그래. 도와줄 수 있을까. 그 말을 들었을 때 입으로는 이런저런 대꾸를 했지만 그에게 힘을 보태겠다고 바로 결심했다. 그것이 나 자신의 역할이라고 직감했던 것이다.

비현실적인, 마치 미팅이라도 하는 기분으로 혼인 신고와 같이 사는 얘기를 하는 내내 나는 몇 번이나 이게 전부 꿈이 아닐까 생각했다.

아이를 만든다는 얘기도, 사토루가 죽어 가고 있다는 얘기도.

"알겠어요. 아무튼 해요. 지금 당장 시작해야지. 이러고 있을 때가 아니야."

내가 스툴에서 내려와 말했다.

"하자고요!"

사토루가 웃었다. 저 그리운 얼굴로.

"순서가 뒤죽박죽이군."

"순서가 뒤죽박죽인 건 사토루죠."

나는 울면서 말했다.

이제 이 사람이 없어진다니 믿을 수 없었다.

"우선 해야 할 일은 중매결혼 같은 거지만, 결혼을 하는 거겠지. 나와 결혼해 줄래요?"

평소 같으면 그다음에 이어졌을 갖가지 농담은 없었다. 그 점에서 그의 품격을 느꼈다.

산 위에서 단둘이 있는데 왜 하필 사야카야, 토요일 밤에 같이 있는 사람이 사야카라니, 늘 그렇게 농담을 했는데.

언제나 그렇게 말해 줘서 친구로 지낼 수 있었는데.

나는 울면서 생각했다.

"언제든 괜찮아요. 몸에 부담이 될 테고 시간도 없으니까 식은 생략하죠. 아이가 생기면 바로 혼인 신고 하고. 아이는 안 생길지도 모르니까 생긴 다음에요."

"우리 부모님은 이해심이 많은 사람들이니까 별 문제 없을 거야. 게다가 지금 나 때문에 완전히 넋이 빠져 있으니까 무슨 말을 해도 반가워할걸. 사야카 부모님이 아직 살아 계신다면 몰라도 그렇지도 않으니까 화를 낼 가능성은 아주 낮아."

눈앞에 있는 내 잔에서는 스카치 위스키가 동그란 얼음과 함께 예쁜 색으로 빛나고 있었다. 간혹 얼음이 유리에 부딪쳐 맑은 소리가 날 때마다 그 고운 울림에 귀 기울이면서도 나는 모든 것이 악몽이라고 생각하고 싶었다.

사토루 앞에는 라임 탄산수와 얼음이 든 예쁜 잔이 놓여 있고, 그 톡톡 튈 듯한 초록색이 사토루의 생명이 아직 여기 있다는 것을 강경하게 주장하고 있었다.

바텐더들은 내가 엉엉 우는 데다 우리 얘기가 너무 심각해 보여 가만히 내버려 두려는 뜻인지 카운터 반대쪽 손님과 대화를 나누고 있었다.

그런 주변 환경은 아랑곳 않고 우리는 결혼 얘기를 이어 나갔다.

"여자는 정말 어쩔 수가 없네."

내가 말했다.

"난 결혼하고 싶은 생각 조금도 없었는데. 혼자 사는 게 마음 편해서. 그리고 아이를 낳겠다는 생각도 별로 없었어요. 그리고 사토루의 병은 낫지 않는다는데, 결혼하자는 말을 들으니까 왠지 기뻤어요. 그런 면이 있나 봐요,

인류에게는 역시."

"그렇게 거창한 생각까지는 못 하겠고."

사토루가 웃었다.

"그래도 상대가 사야카여서 다행이야."

"그러니까 오늘부터 사토루랑 키스도 하고 섹스도 하게 되는 거예요? 와, 생각도 안 해 봤는데. 정말 믿을 수가 없네."

"나도 아직 안 믿겨. 내가 죽는다는 것도 아직."

사토루가 약간 떨리는 목소리로 말했다.

"희망은 버리지 말아요. 어쩌면 치료가 잘돼서 몇 년 더 살 수 있을지도 모르니까. 그동안 사토루가 다른 여자와 사랑에 빠질 수도 있고. 그럼 나를 쫓아내고 좋아하는 사람과 또 지내면 되고."

"그럴 일은 없어. 있을 리가 없지."

나는 그 밤 아이를 만들기 위해 하는 섹스는 연인과 하거나 어떤 사람을 알게 되어 서로를 더 알기 위해 하는 섹스와 전혀 다르다는 것을 알았다.

생물로서의 섹스는 즐거움을 위한 섹스와는 다르다.

훨씬 더 진지하고 가혹하고, 부드러웠다.

우리는 농담조차 잊은 채 신주쿠에 있는 멋진 호텔 방에서 온밤을 섹스로 지새웠다.

사토루가 이런 사람인지는 몰랐네, 싶은 일도 많았다.

정말 성실하고 좋은 사람이고, 또 남자로서 멋진 사람이라는 게 몸으로 전해졌다.

우리의 몸은 자석처럼 서로를 잡아당겨 딱 들러붙어 있었다.

어딘가 모르게 서먹하고 거리감이 있는 사람과의 섹스와 아주 달랐다. 이치로를 제외하고.

아이를 만들겠다는 의지로 하는 섹스는 진검 승부라는 것도 알았다. 그 안에 거의 숨이 넘어갈 듯한 박력을 숨기고 있으면서도 한없이 보호되는 듯한…… 그런 느낌이었다.

물체로 변해 버린 것 같기도 하고 동시에 여신처럼 추앙받고 있는 듯도 한.

같이 자고 같이 일어났더니 아침 햇살이 비쳤다. 왠지 시큼한 시트 위에서 우리는 어떤 의미에서 이미 연인이랄까 부부로 변모해 있었다.

부끄러워서 피차 그런 말은 하지 않았지만.

아쉽게도 그때는 임신하지 않았지만, 몇 번 그런 밤을 거듭하다 임신했다.

사토루는 감정이 북받쳐 울었다.

떨리는 목소리로 고맙다고 말했다.

천만에요, 하고 나는 생각했다.

그렇게 이상한 순서로 남자를 좋아하게 된 일은 없었고, 이 세상에 있을 시간이 많지 않은 시한부 환자와의 섹스이니 가능하면 좋기를 바라면서, 그러기 위해 자신의 몸이 필요하다면 얼마든지 써 달라고 생각한 것도 처음이었다.

겁낼 것도 전혀 없었는데, 하고 생각했다.

사토루를 회상하면서 마음이 편안하고 따스해진 것은 처음인지도 모르겠다.

시간이 흘러서일까, 신사의 힘일까.

인도네시아가 연상되는 후끈한 공기로 가득하고 울창한 숲의 힘일까.

미치루를 얻은 것을 비롯해 그 일 전체가 나를 급격하게 성장시켰다고 생각한다. 폭력에 폭력으로 맞서 놓고 오히려 화를 내며 도망쳐 버린 젊은 날의 파괴적인 나로부터 조금은 타인을 헤아릴 수 있는 나로.

"정말 좋은 곳이 되었네, 시간을 다 잊겠어."

일어나 내가 말했다.

"그리고 마음의 공간에 여유가 생긴다고 할까, 조용해서 느긋하게 이런저런 기억을 떠올리고 정리하기에 딱 좋네. 놀러 온 것도 아닌데."

예전에 여기서 물건을 옮기고 청소를 하다가 신이 가까이에 있는 것 같다고 느꼈던 일이 기억났다.

조용하고, 혼자 있는데도 누가 함께 있는 듯한 기분이었다.

이치로가 시어머니에게 말했다.

"이곳은 『1Q84』에 나오는 것처럼 멋진 장소는 아니죠. 그렇게 재원이 넉넉하지도 않고, 암살자도 없고, 다마루 같은 건장한 경호원도 없고, 그저 마당이 있는 조그만 신사일 뿐이죠.

그런데도 여기 놀러 오면 행복이나 행운 같은 것들의 감촉이 떠올라요. 편안함을 느낀다면 이해가 가요. 조용하고 나무도 많으니까요. 그런데 모두들 여기서 잠시 지내다 보면 활기가 생긴다고 합니다. 그게 가장 중요하지 않을까 합니다. 신사는 그런 곳이길 바라니까 옛날에 쇠락했을 때는 기능하지 못했던 그 중요한 부분이 우리가 이사 온 후로 기능하게 되어 무엇보다 기쁩니다."

"그래요. 신사에 있으면 명상을 하는 것 같고, 와서 참배만 드려도 마음이 정갈해지고 말이야. 사람에게는 그런 장소가 필요한지도 모르지. 사람이 언제나 있고, 몸을 움직일 수 있고, 잠시 대화를 나눌 수도 있는데 돈은 들지 않는. 있어 마땅한 장소인데 없어야 그 중요함을 아는지도 모르겠네. 아버님의 형님이 뒤를 잇게 되어 정말 다행이었네요."

사람들이 지푸라기라도 잡는 심정으로 찾아오는 낡은 신사에서 지금은 도시의 쉼터가 되었다. 나는 이쪽이 더 좋다고 생각지 않을 수 없었다.

무엇보다 공기가 가볍고, 아이들도 뛰어놀고, 조깅하는 길에 참배하러 오는 사람들도 많고, 이곳은 일상에 완전히 녹아 있다.

이치로의 어머니도 우선은 사람들의 마음을 느긋하게 풀어 주려 정말 무심히 일했으리라, 하고 생각했다.

그렇게 다 함께 만든 공간은 신성한 빛에 싸여 있어

신도 틀림없이 돌아오지 않을까.

누구 한 사람이 일방적으로 상담에 응하는 공간보다 모두가 조금씩 힘을 합해 조성한 공간이 더 강하다. 사토루를 잃은 후에는 더욱이 그렇게 생각하게 되었다.

사토루를 사랑했던 사람들이 찾아와 힘을 보태 주었다. 알게 모르게 사람들이 모여들고, 얘기를 나누고 또 침묵하고. 그러면서 흘러간 시간이 마침 적당히 숙성되어 슬픔을 거둬 갔다. 야생 동물처럼 혼자 상처를 핥는 시간과 그냥 사람과 있는 시간이 번갈아 꼭 필요하다는 것도 새롭게 배웠다.

"정말 그래요. 사람에게 가장 필요한 것은 그런 거죠. 활기와 사소한 목표와 미래가 기대되는 마음 같은 거요."

내가 말했다.

"사무소 볼래? 많이 변했는데."

이치로가 말했다.

내 피로 얼룩졌던 그 공간…… 눈앞이 어찔했지만 나는 고개를 끄덕였다.

시어머니가 내 손을 꼭 잡고, 아무것도 모르는 미치루는 늘 그러듯 내 옷자락을 꼭 잡았다. 내게는 든든한 현재가 있다. 그런 자신감이 내 걸음을 인도해 주었다.

예전 사무소를 철거했는지 이 층짜리 번듯한 건물이 서 있었다.

"1층에는 손님방과 사무소가 있고, 2층은 큰아버지 부부와 동생과 아버지가 사는 집입니다."

"구조가 신기하네."

시어머니가 말했다.

"원래 건물을 철거하고 다시 지어서 그런가 봅니다."

"그렇네. 당시의 흔적이 조금도 없어."

사무소는 물론 옆에 있는 손님방도 전혀 기억에 없는 새 공간이어서 나는 마음을 놓았다.

단 하나, 손님방의 소파만 옛날 것이었다.

우리 둘 다 살아남았군, 하고 소파가 말하는 듯한 기분이 들었다.

모든 게 꿈만 같았다. 하지만 그때 기분만은 남아 있었다.

그때 나 자신의 내면에서 강한 힘이 소리 없이 솟구쳐 이 방에 있는 사람들을 어떻게 해서든 구하려 했던 그 기분.

젊은 내가 무턱대고 힘을 써서 마치 닌자처럼 재빨리 움직일 수 있었던 불가사의함.

시간이 멈춘 것처럼 보였다. 사람들의 움직임도 다 느릿해 보이고, 무엇을 해야 할지 무의식적으로 알았다.

그래서 나는 지금도 손에 대해서 별로 개의치 않는 것이다.

교통사고, 절벽에서 떨어지고 개에게 물린 사람, 발리에서 온갖 광경을 다 봤다.

인생에는 그런 일도 있을 수 있다고 생각했다.

그러나 평화의 맛에 절어 있는 일본에서는 반향이 훨씬 컸다. 마치 내가 나쁜 짓을 한 듯한 기분이 들었다. 그게 가장 슬펐다.

없는 게 당연하지만, 잘했다고 말해 주는 사람은 없었다. 그런 사람이 동네에 한 명 정도는 있어도 좋은데, 하고 당시의 나는 생각했다.

유치하고, 타인을 헤아리지 못하고, 난폭한 행동을 한 것처럼 보이는 느낌이었다.

그러나 모두 지나간 일, 이렇게나 시간이 흘렀다. 돌아가려 해도 돌아갈 수 없을 정도로.

아무것도 모르는 미치루의 조그만 손을 잡고 있었더니 그렇게 생각되었다.

이 아이에게 무슨 일이 생기면 나는 역시 주저 없이 그때와 똑같은 행동을 하겠지. 사람의 머리를 깨져라 때릴 수도 있다. 끔찍한 감촉이었고, 가능하면 하고 싶지 않은 일이지만, 그렇게 생각했다. 그러니 후회는 하지 않는다, 역시 하지 않는다.

"2층은 사람 사는 곳이라 복작복작해서 안내하지 않을 거야. 대신 사무소 마당에 자리를 마련해 놨어."

이치로가 미치루에게 말했다.

미치루가 신이 난 듯이 고개를 끄덕였다.

사무소 뒷문을 지나 마당으로 나가자 아름드리 은행나무 아래 하얀 테이블보가 덮인 귀여운 테이블이 있고 갖가지 음료가 주르륵 놓여 있었다.

"다케나카 씨."

이치로가 주방을 향해 말을 건넸다.

내가 주로 지냈던 주방은 완전히 바뀐 모습이었지만 장소는 그대로였다.

흰머리의 고상한 아주머니가 주방에서 나와 인사했다.

"어서들 오세요. 간단한 오르되브르와 샌드위치가 준비되어 있습니다."

"이미 설명했지만, 이쪽은 마쓰자키 씨 가족. 우리 형의 뼈를 마당에 잘 보존해 주신 분들입니다. 미요 씨, 사야카 씨, 미치루 양.

그리고 사야카 씨는 전에 우리 어머니 목숨을 구해 준 사람. 다케나카 씨는 줄곧 어머니 조수로 일했던 사람입니다."

이치로의 말에 나는 그렇지 않다는 뜻으로 손을 살랑살랑 흔들었다.

"아, 이분이!"

다케나카 씨라 불린 사람이 눈물을 글썽이며 나를 가만히 쳐다보았다.

"사모님이 말씀 많이 하셨어요. 그 사람이 구해 줘서 지금 내가 있는 거라고요. 얼마나 만나고 싶어 하셨는지 몰라요."

"살아 계실 때 찾아뵈었어야 했는데, 제가 의리 없이 처신해서 찾아뵐 결심을 못 하고 편지만 주고받았어요.

죄송합니다. 성묘를 하면서 사과드렸어요."

이치로의 어머니가 정말 그렇게 생각했으리란 걸 족히 알 수 있었다.

"괜찮아요. 지금 이렇게 찾아 주셨잖아요."

다케나카 씨가 그렇게 말했다.

내가 떠난 후에도 이치로의 어머니를 옆에서 보좌한 사람이 있었다는 게 나를 무엇보다 행복하게 했다. 내가 없어진 큰 구멍, 깊은 상처를 잘 메워 준 이 사람의 반생을 생각했다. 나는 머리를 숙이며 말했다.

"감사합니다."

마당에서 스파클링 와인과 오렌지 주스로 건배를 하고, 예쁜 나무를 올려다보면서 우리는 한가롭게 샌드위치와 햄을 먹었다.

"가든파티가 너무 조촐해서 미안하군. 게다가 이 샌드위치는 나와 다케나카 씨가 직접 만든 거고."

이치로가 미안해하며 말했지만, 미치루는 밖에서 피크닉을 할 수 있다는 것만으로도 신이 나고 기분 좋아했다.

시어머니는 연배가 비슷한 다케나카 씨와 벤치에 앉

아 이 동네에 관한 얘기를 하고 있어서 나와 미치루는 주변을 산책했다.

오후의 햇살이 뜨거워 시원한 음료가 한층 맛있게 느껴졌다.

나무 그늘이 많아서 레이스처럼 너울거리는 빛을 살짝 취한 눈으로 그저 바라보았다.

이곳에 다시 오게 될 줄은 정말 몰랐네, 하고 생각하면서.

"저 오두막 뭐야? 비밀의 방?"

미치루가 물었다.

마당 한구석에 허름한 판잣집으로밖에 보이지 않는 조그만 목조 가옥이 있었다. 나는 창고라고 생각했는데, 미치루는 아주 궁금한 눈치였다.

"어떻게 알았어, 미치루. 대단한데. 저거 내 비밀의 방이야. 남자 어른에게는 비밀의 방이 필요하거든. 언제까지 부모님 집에 얹혀살 수는 없으니까 말이야."

이치로가 말했다.

"에이, 여긴 거의 부모님 집이네요. 나 들어가 보고 싶어요."

미치루가 치맛자락을 팔랑거리면서 말했다.

이치로가 오두막 앞으로 가서 주머니에서 꺼낸 열쇠로 문을 열었다.

"여기가 내 집이야. 멋지지?"

나와 미치루는 성큼 안으로 들어갔다.

나무로 만든 아동용만큼이나 작은 침대와 커다란 책상.

안에 샤워기가 있는 화장실일 듯한 조그만 문.

소파와 관엽식물. 조그만 부엌과 커피 메이커.

그리고 천장까지 닿는 책꽂이에는 책이 가득했다.

그게 전부인 작은 집.

나는 예전에 내가 놀러 가곤 했던 이치로의 방을 떠올렸다. 개축하기 전의 사무소 안에 있는 작은 방이었다. 장소는 달랐지만 분위기는 대개 이런 식이었다. 미치루만큼은 아니어도 다시 한번 젊은 시절로 돌아가 이 방에서 생활하고 싶다고 생각했다.

"와, 귀엽다. 진짜 마음에 들어. 좋겠다, 나 이런 곳에서 살아 보고 싶어."

미치루가 말하면서 침대에서 뒹굴었다.

"가족이 다 저쪽에 있는데 여기서 지내는 거야? 이상

한 사람이네."

"거리를 두고 싶었어. 온 가족이 신사에 뒤엉켜 지내는 것도 좀 그렇고 해서."

그런 이치로의 어린애 같은 면모도 새삼 정겨웠다.

아무래도 자기 손으로 한 장 한 장 널을 깔았는지 여기저기가 들쭉날쭉하고 부엌의 타일은 삐뚤게 붙어 있었다. 게다가 벽에는 빈틈이 있어 밖이 언뜻언뜻 보였다.

"여름에는 덥고 겨울에는 춥겠다."

"맞아. 오늘 같은 날은 그나마 괜찮지만. 그래도 이 좁은 데다 억지로 에어컨을 설치해서 꽤 시원해."

당시 여기는 이치로의 방이 아니라 정말 다 쓰러져 가는 창고였다.

그 시절 정말 작고 침대밖에 없던 이치로의 방 창문으로 이곳이 보였다.

사무소 2층에 있는 이치로의 방에 올라가 침대에서 늘 껴안고 들러붙어 지냈다. 껴안고 책을 읽고, 얘기를 하거나 조용히 있거나, 디브이디로 영화를 보고, 뭐든 침대에서 했다. 둘이서 조그만 배에 타고 있는 것처럼.

남자에 주린 것은 아니었지만, 그 육욕이 그리웠다. 젊은 날의 욕망은 두 번 다시 돌아오지 않는다.

얼핏 보기에는 똑같은 두 사람이지만, 그 자석 같은 힘은 이제 어디에도 없다.

오래도록 혼자 지낸 내게는 여러 나라에 다양한 친구가 있다. 그들 중에는 찾아가면 언제든 할 수 있는 사람도 물론 있다.

재워 줄 수 있지만, 피차 자유로운 상태라면 그런 일도 있을 수 있는 사이인 채로 십몇 년이나 만나지 않은 사람도 있다. 피차 자유로운 상태가 아니면 그냥 친구로 시간을 보낼 수 있는 넉넉한 관계의 사람들.

그런 사람이 있어 그러면 됐지 싶어진다. 아직 사토루가 죽은 충격도 몸속에 남아 있었다. 무언가가 뜯겨 나간 듯한 감각이 사라지지 않는다.

그러니까 이 애틋함은, 이대로 이치로의 침대에 파고들고 싶은 기분은 여운이나 잔영 같은 것이지 직접적인 것이 아니다. 몸이 그렇게 말했다.

"여기도 숲이 우거진, 신이 사는 낙원은 아니니까."

이치로가 말했다.

"날마다 온갖 안 좋은 얘기들이 그냥 밀려와. 뭐, 그게 인생이니까 어쩔 수 없지. 그나마 다행인 것은 여기가 방파제이면서 전혀 든든하지 않다는 거야. 바구니처럼, 또는 스펀지처럼. 오고 싶으면 언제든 오세요, 이것도 저것도 다 사용해도 좋습니다, 하지만 자기 손으로 하세요, 그런 식으로."

"그래서 잘 돌아가는지도 모르잖아."

"그때 어머니가 곤란에 처한 사람들을 계속 재웠더라면 어떻게 되었을지, 생각만 해도 끔찍해. 사람의 고민을 들어 주고 상담에 응하는 것은 나쁜 일이 아니지. 그러나 어느 정도 선을 긋는 성격이 아니면 힘들어.

어머니의 친절은 작위가 없었던 만큼 얼마든지 위험해질 수 있었어. 우리도 그런 말을 자주 했지만, 어머니가 듣지 않았지. 사야카가 없었더라면 여기가 이렇게 초록이 넘치는 장소가 되지 못했을 거야. 너도나도 살겠다고 몸부림치는 지옥 같은 장소였겠지. 고마워, 늘 감사하고 있어."

"고맙기는. 어머니도 아셨을 거야. 장소가 중요하지 사람이 중요한 게 아니라는 걸.

나는 매일 아침 신에게 공물을 바치는 문화 속에서 자

랐잖아. 흑마술로 가득한 그런 섬에서도 성스러운 신에게 공물과 춤을 바치고, 장소의 힘도 빌려 겨우 균형을 유지하고 있어.

'아무나 와서 잘 수 있는 장소가 있다.'라고 공개적으로 선전을 했다면 경비 문제나 스폰서 등 이상한 방향으로 흘러서 기둥 문이고 본전이고 힘을 잃지 않았을까? 이 나무들도."

나는 말했다.

"역시 이치로의 형님이 죽었을 때 사람들에게 받은 도움 때문에 어머니가 과도하게 남을 돕고 싶어 한 게 아닐까 해.

하지만 그때 도움을 준 사람들은 숙련된 프로들이었을 테니까 그렇게 되기 전에 어머니가 공개적으로 자선사업을 하려 했다면 역시 위험했을 거야. 어머니, 인생의 마지막에 행복하셨어?"

"응, 평온했어. 상담에는 자주 응했지만, 모르는 사람을 함부로 재우는 일은 없었고, 마당을 손질하고, 오늘처럼 조촐한 가든파티를 열거나 식사 제공도 했지만, 사전에 날짜를 정해서 사람을 불렀고, 인간관계도 신사에 관련된 사람들로 좁아졌으니까."

이치로가 말했다.

"그리고 빌려 봤어. 「바스켓 케이스」."

"어머나."

"얼마나 웃었는지. 미치루가 감각이 좋던데. 나 어쩌면 그 영화처럼 죽은 쌍둥이 형을 늘 의식하며 살았는지도 모르겠어.

어머니가 수시로 얘기하기도 했고. 동생이라 아무 생각 없이 태평하게 자랐지만, 나 역시 형을 생각하면 조금 엄숙해졌어. 지금도 만약 형이 있었더라면 어땠을까? 그런 생각 자주 해. 사야카에게는 말한 적 없지만."

이치로가 웃으면서 말했다.

"형이 뼈로만 남아 있어서 그 영화가 떠올랐나 봐."

미치루가 오렌지 주스를 마시면서 웃었다.

"그 영화를 보고 그렇게 생각하는 사람도 요즘은 많지 않으니까."

내일이든 오늘 밤중이든 놀러 와서 이 창문으로 얼굴을 쏙 들이밀고 이치로, 들어가도 돼? 하고 말하고는 창문으로 들어갈 것만 같은 기분이었다. 그리고 젊은 시절의 그 날처럼 서로를 껴안고 있거나 차를 마시고, 별을 보러 가고, 늦은 밤 카페에서 나폴리탄[4]을 먹고, 와인을 마시고, 그런 일이 금방이라도 다시 시작될 것만 같았다.

하지만 아니다.

우리는 이미 그런 행동으로 충족되고 즐거울 수 있는 나이가 아니었다.

모든 것이 변했다는 사실에 나는 안도의 한숨을 내쉬었다.

창문으로 보이는 마당은 풀과 나무로 가득하고, 사람들은 저마다 자유롭게 시간을 보내고 있었다. 마치 평범한 공원에서처럼.

지나가는 이치로의 아버지가 보였다. 나는 몸이 약간 긴장하는 것을 느꼈다. 지금은 만나지 않는 게 좋을까…… 하고 생각했다. 하지만 이치로의 아버지는 나를 보자 웃는 얼굴로 손을 휘휘 흔든 다음 이리 오라고 손짓했다.

아, 모든 게 정말 과거가 되어 버렸네.

---

4 토마토 케첩을 이용한 대중적인 일본식 스파게티.

이치로의 방에서 내 딸과 함께 이 신사의 마당을 내다보다니, 그런 날이 오다니.

나는 오두막에서 나와 이치로의 아버지에게 인사하러 갔다.

하나씩 무거운 짐을 내려놓는 기분이었다.

나는 미치루의 엄마나 마쓰자키 집안의 며느리로서가 아니라 그저 한 여자로 거기 있었다. 그 모든 것이 그립고 애처로운 느낌이었다.

시간은 돌아오지 않는다, 많은 것을 뒤로하고 왔다는 감각이었다.

사토루를 떠나보내고, 미치루를 키우느라 여념 없는 매일을 보냈다.

이치로를 떠올리는 일도 없었고, 그 사건의 희미한 기억도 이제 거의 없어지고 말았다.

자신이 외톨이라고 느끼는 일도 훌쩍 줄었다. 그러나 그게 삶의 자연스러운 형태라고 생각한다. 여럿이 모여 기대고 서로 도우면서 살아가는 것이.

그 무렵 고독한 늑대 같았던 나는 여러 의미에서 뒤틀려 있었을 것이다. 하지만 훨씬 더 끔찍한 일이 생기기 전에, 혹은 생기지 않았을지도 모르지만 이치로의 어머니를 구하는 데 일조할 수 있어서 다행이었다.

이 장소에 오니 이치로 어머니의 부재만이 절실하게 느껴졌다.

아직도 그녀의 기척이 감돌았다. 모두들 아직도 그녀의 죽음을 추모하면서 그리워하고, 또 허전해하는 기운이 공간을 채우고 있었다. 가슴이 먹먹해 올 정도로.

이곳에는 단순히 이치로의 어머니를 기리기 위해 드나드는 사람과, 떠났다가 일이 잘 풀리지 않아 다시 몸을 의지하게 된 사람과, 그래서 기가 죽거나 인생을 포기하고 싶어 한 사람도 물론 있었을 것이다.

그러니까 이치로는 인생 바로 옆에 늘 그런 사람들이 우글거리는 생활을 해 온 거네, 하고 생각했다.

어머니가 타인에게 너무 사랑받는 것도 문제다.

아닌 게 아니라 이 장소는 세상의 축소판이지 안심할 수 있는 낙원이 아니다.

"왜 그렇게 멍하니 있어? 우리 아버지도 많이 늙었지?"

이치로가 물었다.

"우리 부모님도……."

불쑥 기억이 떠올랐다.

"인상이 평범하고, 아이들을 좋아해서 부부 인류학자로 텔레비전에 종종 출연했어. 어린이들을 가르치는 프로그램도 있었고, 아이들이 볼 수 있는 퀴즈 프로그램도 있었고, 그래서 동업자들 사이에서 험담을 많이 들었어.

어떤 모임에서 다른 집 아이에게 '너희 집 본업이 아닌 일로 먹고산다면서.' 하는 말을 듣기도 했고, 대놓고 괴롭힘을 당해서 화가 난 엄마가 집에 돌아와 가방을 바닥에 내던지기도 하고, 흑마술에 걸려서 발리안이 풀어 주기도 하고 그랬어. 그래서 나 늘 사람들은 왜 그럴까 하고 생각했고, 그건 지금도 변함없어."

이치로가 씩 웃었다.

"그래. 그런 질투심을 털어 내지 못하는 것도 인간이지. 그래서 나는 이 일을 하면서도 내가 하고 싶은 것만 해. 아버지는 주말에만 관여하고, 동생이야 언젠가 더 깊게 관계하겠지만 신에 관한 일로 한정되어 있고, 나는 지금은 잡일만 하면 되니까.

다른 사람에게 어떻게 해 줘야 한다거나 의무감에서는 계속할 수 없어. 우리가 할 수 있는 일은 장소를 정비하는 것뿐이니까.

그래도 아이들이 이 안에서 깔깔거리며 노는 모습을 보면 꽤 흐뭇해. 우리 가족이 늘 지켜보고 있으니까 안전한 장소라는 걸 그들도 알고 그들 부모도 알고. 그러니까 신나게 뛰어노는 거지. 어머니도 나중에는 그런 장소를 만드는 것으로 충분하다는 걸 깨달았어. 우리 다음에 그 집에 산 사람이 마쓰자키 씨 가족이어서 정말 다행이지."

"이 도시에 당신 같은 사람들이 드러나지 않게 있다는 건 희망이야."

"그런가. 그래도 시간을 두고 친숙해진 경우도 있고, 무엇보다 마쓰자키 씨 가족은 등산을 하면서 목숨을 걸고 자연과 교류하고 있었으니까 이쪽과 친근해질 기회가 없었는지도 모르지."

"팀의 구성원이 저마다 대단해서 문제 해결 능력도 뛰어나. 멋진 팀이지만 그렇다고 아무 문제가 없는 건 아니야. 그래도 그런 힘겨운 문제를 다 같이 풀어 나가다 보면 연대가 굳건해지고 커지나 봐."

"우리도 그래. 이런 곳에 있으면 슬프게 생각하는 경우를 많이 보게 돼. 그래서 나는 더욱 단련되고. 그 사람들로서야 그럴 수밖에 없을 테고, 남의 생각을 바꿀 수는 없으니까 뭐라고 비난할 생각은 조금도 없지만. 그런 안타까운 사람들을 보면 어떻게 생각해야 외롭지 않은지, 일이 잘 풀리는지를 더 잘 알게 돼.

그런데 가끔 엄청난 문제를 껴안고 있는 사람들 중에 굉장한 사람이 있어. 그런 사람들이 내 마음을 북돋아 주고 깨달음을 얻게 하는데, 마쓰자키 씨 가족이 딱 그래. 사야카가 그 사람들과 함께하고 있다는 게 얼마나 나를 행복하게 하는지 몰라.

거짓말이 아니야. 저번에는 기쁜 반면 솔직히 말해서 좀 서운하기도 했어. 왜 우리와 같이 있지 않고 그 사람들과 있나 싶어서 말이야. 이제는 질투 안 하지만.

아무튼 잘됐어. 어디서 어떻게 지내는지 줄곧 마음이 쓰였는데 이제 그러지 않아도 된다는 게 얼마나 후련한지 모르겠어."

"고마워."

미치루가 두 볼이 발그레해서 뛰어왔다.

"햄이 새로 나왔어!"

하늘은 높고 공기는 맑고, 어떤 일이 제자리에 자리

잡았을 때 특유의 안도감이 내게도 전해졌다.

이렇게 해서 이 흙과 우리 집 히비스커스 나무도 친척이 된 듯한 기분이었다.

우리 집에서 생긴 많은 일이 여기에 제자리를 잡아 추모를 받은 듯한.

문득 돌아보니 시어머니가 울고 있었다.

손수건으로 닦지도 않은 채 눈물을 그냥 흘리고 있었다.

"어머니, 왜 그래요?"

미치루에게 하는 것처럼 천진하게 물으면서 시어머니의 손을 잡았다.

"내내 행복했다 싶구나."

시어머니가 말했다. 뜻밖의 말이었다.

나는 조금 놀라 시어머니의 얼굴을 쳐다보았다.

"이 뼈는 우리가 그 집에서 사는 시간을 보고 있었잖니. 그렇게 생각하니 내내 즐겁고 행복했겠다고, 사토루는 죽었지만 마지막까지 불행하지는 않았겠다 싶구나. 그야 물론 슬픈 일도 많았지. 사람은 다 그렇잖니. 하지만 그 히비스커스 나무 그늘에서 보면 그런 우리도 내내 행복하게 보였을 것 같아."

시어머니의 수가 놓인 조리와 소박한 색감의 기모노 허리띠와 버선을 쳐다보았다. 머리칼이 짧게 정돈된 목덜미도 보았다. 이 작은 몸으로 테니스를 치고 산에 오르고, 쇼와 시대를 꿋꿋하게 살아온 거네, 하고 생각했다. 내가 슬렁슬렁 시간을 보내는 사이에 시대를 굳건하게 걸어온 사람의 모습이었다.

"가장 좋았던 때는 사야카 네가 산원에서 어그적어그적 돌아왔던 날. 미치루를 데리고. 사토루도 아직은 운전을 하던 때였으니까 바구니에 담은 갓난아기를 조심스럽게 안고 왔지."

"그랬죠. 아래를 여러 바늘 꿰맸으니까……."

내가 쑥스럽게 웃었다.

아이를 낳고 어그적어그적 시부모님 집으로 돌아왔다. 그 전의 나였다면 어떻게 그럴 수 있지, 촌스럽게, 했을 텐데.

그날은 나도 내 인생에서 최고로 행복했다. 시어머니가 끓여 준 미역국을 먹고, 아기에게 젖을 물리고. 갓 태어난 아기의 몸에서는 마치 레이저빔 같은 새하얀 행복의 빛이 사방팔방으로 뿜어 나왔다. 이렇게 빛나는 건 처음 보네, 하고 생각했다.

빼앗기만 하는 생물인데, 시간도 장소도 젖도. 그런데 아기는 어째서 한결같이 주기만 하는 존재인 걸까.

돌아가는 길에 우리는 다시 한번 비석 앞에서 합장했다. 그러지 않을 수 없었다. 나는 두 손을 곱게 모은 미치루의 모습을 마음에 새겼다.

요즘 생긴 묘한 일이 일단 막을 내렸다. 우리 가족에게 갖가지 기억을 떠올리게 한 멋진 일이었다.

이치로의 동생과 큰아버지도 돌아왔다. 나는 꽤 사이가 좋았던 그의 동생과 포옹으로 감동적인 재회를 했다. 당시 큰아버지와는 그다지 교류가 없었는데도 반갑다고 말해 주었고, 모든 것을 이미 다 아는 상태에서 신관다운 당당하고 온화한 분위기로 우리를 대해 주었다.

파티는 생각보다 오래 계속되었고 사람들과 함께하는 것도 그리 나쁘지 않았다. 나는 당시의 엉뚱하고 유치한 사야카가 아니라 마쓰자키 집안의 며느리로서 웃을 수 있었다.

그럼 또, 하면서 모두와 악수를 나누고 이치다 집안의 신사에서 떠난 것은 해가 기울 무렵이었다.

여름의 해 질 녘 빛에 신사 건물의 윤곽이 더욱 아름다웠다.

여전히 신묘한 장소였어…… 하고 나는 생각했다. 벌써 꿈처럼 여겨졌다. 마음속으로 몇 번이나 찾아갔던 장소에 실제로 가는 것은 정말 신기하고도 묘한 일이다.

울면서, 또는 몸을 떨면서, 용서를 구하면서, 또는 나는 아무 잘못도 하지 않았는데 왜 일이 이렇게 되었는지 자책하면서. 또는 의외로 밝게 웃으면서 머릿속으로만 그곳을 찾았더랬다.

기억 속의 이치로와 미소를 주고받고 포옹하고, 관계를 회복하거나 영원히 결별하거나, 당시에는 잠 못 이루는 밤의 끝에 온갖 꿈을 꾸었다.

오늘 일도 그 꿈 가운데 하나에 지나지 않는 듯한 기분이 들었다.

거리로 나오니 갑자기 소리가 되살아난 것 같았다.

나무숲 안은 그만큼 조용한 것이다.

거리의 소리가 한꺼번에 우리를 에워쌌다. 사람들은 웅성거리고, 차들은 시끄럽게 오가고, 가로수는 소음 속에 가만히 서 있었다. 해 질 녘의 정체된 공기가 거리를 감싸고 있었다.

첫 가든파티에 크게 만족한 미치루와 시어머니와 셋이 역 앞에서 차를 마시기로 했다.

예전부터 그 자리에 있는 테라스 딸린 가게에서 미치루는 파르페처럼 생긴 안미쓰[5]를 주문했다.

"와, 앙금도 크림도! 요즘은 어마어마하구나."

시어머니가 웃었다.

셋이 밖에서 차를 마시는 일은 별로 없기 때문에 살짝 취한 상태에서 그 분위기가 신선하게 느껴졌다.

가게는 휑하게 비었고, 점원들도 쉬고 있었다. 테라스에는 늦은 오후의 흐릿하고 따스한 빛이 쏟아졌다.

큰길에도 오가는 사람이 별로 없어서 마치 여행지 같은 한가로운 풍경이었다.

"이치로 씨가 아직 사야카 너에게 미련이 있을 거야."

---

5 팥, 과일, 아이스크림 등이 들어간 일본식 디저트.

시어머니가 말했다.

"남녀 사이의 감정은 없을 거예요."

"응, 맞아."

미치루가 맞장구를 쳤다.

"그렇긴 한데……. 그 사람 인생, 저래서야 유배나 다름없잖니. 그래도 균형감에 있어서는 바깥세상도 마찬가지지. 다소 마음 돌릴 거리가 많을 뿐."

"그 말도 맞네요."

정말 그렇다고 생각했다. 그리고 말했다.

"하지만 어머니, 신사에 신세를 질 수밖에 없는 사람과 제가 무슨 차이가 있겠어요. 저도 사귀는 상대나 하는 일이 조금만 달랐더라도 언제 저렇게 될지 알 수 없는 상황이었고, 가령 미치루를 데리고 다시 결혼을 한다 해도 상대가 언제 폭력을 휘두르는 사람으로 변할지 사실은 모르는 거잖아요. 사회나 일 같은 우리를 둘러싼 상황에 따라서는요. 아주 얇은 막이지만, 그래도 막 같은 것이 있어서 저는 그곳에 신세 지는 상황에 빠지기는 어려울 거라고…… 그런 상황이 절대 없을 거라고는 생각하지 않으니까 하는 말이기도 하지만, 아무튼 어려울 거예요."

"역시 너는 냄새를 잘 맡는구나."

시어머니가 아무렇지 않게 말했다.

"어떻게 그런 말을."

나는 풋, 웃음을 터뜨리면서 말했다.

"달리 어떻게 말하겠니. 위험한 냄새가 나면 철수한다, 그런 감이 있다는 뜻이야. 그거 아주 중요한 거다."

"어머니가 그렇게 말하니까 하는 말인데, 저 철수 직전이에요. 보면 볼수록 멋진 장소지만, 저는 그런 일을 도울 수 있는 성격이 못 되거든요. 게다가 전 아직도 많이 슬퍼서 다른 사람을 좋아할 수 없어요."

"그렇게 말해 주면 나야 고맙지. 상상하면 얼마나 허전한지 몰라. 이치로 씨와 네 사이가 다시 좋아져서 결혼하고, 미치루까지 데리고 그쪽에 가서 살면 얼마나 허전할까 싶어서 앞이 캄캄해지더구나.

그리고 말이야, 이렇게 말하기 좀 미안한데 그 가족이 지금은 아주 달라졌는지 모르겠지만 당시 너의 행동을 좋게 평가하지 않았잖니. 그게 뭐랄까, 체면치레라고 할까, 남 좋은 일이라고 할까, 아무튼 네가 고생하는 건 싫다. 그런 일은 없다는 거 잘 알지만, 좀 분했어."

시어머니가 말했다.

"하지만 그래도 역시 난 괜찮다. 네가 자유롭게 살기를 바라니까. 사토루의 몫까지."

"네. 그런 일은 없을 거예요. 그리고 저 결혼 같은 거 이제 됐어요. 단순하지 않은 행동은 하고 싶지 않아요. 연애는 할지도 모르지만…… 그걸 인생 설계와 연관 짓는 취미는 없어요. 상대가 원하든 어쩌든 적어도 미치루가 어른이 될 때까지는 있을 수 없는 일이에요. 불치의 병에 걸린 사람이 아이를 낳아 달라고 해도 이번에는 거절할 거예요. 사토루 씨였으니까 받아 줬지, 그렇게 슬프고 멋진 일은 인생에 한 번이면 충분해요. 그런데 어머니는요?"

내가 물었다.

"사실은 바닷가나 산에 가까운 곳에 살고 싶은 거 아닌가요? 두 분은 자연을 좋아하니까 우리 때문에 계속 이쪽에 사는 건 아닌가 싶어서 늘 죄송스러워요."

"미치루는 할머니랑 계속 같이 살고 싶어. 엄마가 이치로 아저씨랑 사이가 좋아져도 난 그 집에서 살고 싶어. 원한다면 엄마만 가. 내가 놀러 갈게."

"어머니도 그렇고, 미치루 너까지. 둘 다 멋대로 날 신사의 그 너저분한 오두막에 살게 하고."

나는 웃었다.

같이 있고 싶어서 밀쳐 내는 말이라는 걸 알기에 웃을 수 있다.

"사람은 왜 죽어? 죽 같이 살다가 하나, 둘, 셋 하고 같이 천국에 갈 수는 없는 거야? 꼭 죽어야 한다면 나는 할머니랑 조금이라도 더 오래 같이 살고 싶어."

그 말을 듣고 시어머니가 눈시울을 붉혔다.

"오늘은 왜 이리 눈물이 많은가 모르겠다. 할머니도 미치루랑 계속 같이 살고 싶고, 미치루가 어떻게 크는지 보고 싶다. 어른이 돼서 결혼할 때까지 살고 싶어."

두 사람의 그 대화를 듣자 내 안에 남아 있던, 어딘가로 가고 싶고 이사해서 느긋하게 살고 싶은 마음, 무언가에 한정되고 싶지 않은 마음의 마지막 한 조각이 깨진 기분이 들었다.

이치로와는 다시 만날 것이라고 생각한다.

하지만 나 역시 그 집에 조금이라도 더 오래 있고 싶다. 간절하게.

"저도 언제까지고 지금처럼 살 수 있어요. 이치로가 아니더라도, 언젠가 만약 연인이 생겨도 밖에서 만날게요. 아무 상관 없어요. 저는 다른 남자와 결혼해서 아이를 더 갖고 싶은 생각 조금도 없어요. 미치루가 어른이 될 때까지 저 그냥 이대로도 괜찮아요. 다만 거의 얹혀살고 있는 셈이라서 그게 좀 마음에 걸리지만요."

"무슨 소리니, 집세는 위자료 대신이야. 지금은 쇼난에서도 언제든 오라고 할 만큼 우리가 인기가 있지만, 움직일 수 없게 되면 얘기가 다르지. 이제 슬슬 뒷마무리를 해야 할 나이야."

"그건 때가 되면 생각하기로 해요. 저도 거들 수 있고, 돌보미 아주머니나 방문 요양사를 부르는 방법도 있고, 그때그때 함께 생각하면 좋은 생각이 날 거예요."

"그래. 같이 살면 정도 깊어질 테고."

그리고 시어머니는 이렇게 말했다.

"누구면 어떠니. 아들이 없는데 며느리라고 할 것도 없지. 사이좋은 친구이자 손녀의 엄마라고 생각하면 되겠구나."

"저도 그게 좋겠어요. 처음부터 정상적인 관계가 아니었으니까 그래도 괜찮아요. 여름휴가 때는 발리에 가겠지만 꼭 돌아올게요. 그러니까 절대 없어지지 마세요."

어젯밤 너무너무 슬픈 꿈을 꾸었다.

나와 미치루가 발리에 갔다가 선물을 잔뜩 껴안고 돌아왔다.

어린 시절의 나처럼 까맣게 탄 미치루는 집으로 돌아가는 것이 기뻐서 조잘거렸다.

오랜만이라 하고 싶은 얘기도 많다.

둘이 설레는 기분으로 시부모님 집의 벨을 눌렀다. 그러나 아무도 나오지 않았다.

집 안이 고요했다.

이상하네, 오전에는 대개 집에 있는데, 게다가 오늘 돌아온다는 것도 미리 알렸고. 우리는 고개를 갸우뚱한다.

선물이라도 두고 갈까? 그렇게 말하고 내가 보조 열쇠로 문을 연다.

평소에는 그러지 않는데(간혹 비가 와서 빨래를 걷어 들이라고 부탁하는 전화가 올 때가 아니면), 서랍에 들어 있는 보조 열쇠를 꿈속이라 그런지 아무렇지 않게 꺼내 문을 열었다.

거기에는 아무것도 없었다.

덩치 큰 가구가 몇 가지 있을 뿐 집 안이 텅 비어 있었다.

주전자도 시아버지가 늘 앉아 있던 흔들의자도 관엽식물도 하나도 없었다. 불도 켜 있지 않았다.

미치루가 울음을 터뜨렸다.

나는 살금살금 집 안으로 들어가 책상 위에 놓여 있는 것을 본다.

토지 대장과 "어서 오너라. 사야카 네가 행복하길 바라며 쇼난으로 이사를 간다. 괜찮으면 이 집에 계속 살아 다오."라고 쓰인 메모가 있다. 시어머니 글씨다.

"할머니 할아버지, 우리 인생에 걸림돌이 될까 봐 우리가 없는 사이에 이사 가 버렸나 봐!"

미치루가 엉엉 운다.

시어머니가 쓴 글자는 언제나 정보만 친절하게 전한다. "버섯밥을 너무 많이 지어서 덜어 주마." "다음 주에 미치루 학부모 참관일이 있는데, 내가 다녀 오마." "모퉁이에 있는 슈퍼마켓에서 채소를 엄청 싼 가격에 직판하고 있더구나." 그렇게 신나고 친절한 정보. 그런데 이렇게 슬픈 알림이 적혀 있다니!

어린애처럼 엉엉 울다가 잠에서 깼다.

정말 슬픈 꿈이었다.

가슴이 절박하게 욱신욱신 아팠다.

"애는 무슨 소리니. 당연히 기다리지. 할아버지랑 같이."

시어머니가 웃었다.

그건 꿈이야, 현실이 아니고. 그렇게 생각하고, 지금나 자신의 행복에 또 경악했다. 어쩌다 이렇게 좋은 장소에 있는 것일까. 어린아이와 손잡고 내일이 있는 생활을 하고 있다. 갑자기 없어지거나 의지할 사람이 사라지지 않는다.

그런데도 그 꿈을 꾸었을 때의 생생한 외로움은, 만약 현실에서 그런 일이 생긴다면 훨씬 더 심하지 않을까 하고 생각지 않을 수 없을 만큼 가혹했다.

나는 몇 번이나 말했다.

"부탁이에요, 절대로 없어지면 안 돼요. 저 집도 돈도 다 필요 없어요. 두 분이 이사를 하는 것도 원하시면 그렇게 하세요. 하지만 말없이 가시는 건 싫어요. 그거 하나는 꼭 피해 주세요."

"안 그런다니까 그러네. 누가 집을 준다고 했어."

시어머니가 웃었다.

정말 엄마처럼 그렇게 말했다. 나는 울었다. 바보처럼.

시어머니가 나를 꼭 안아 주었다.

"너도 부모님을 잃었고, 나도 아들을 먼저 저세상으로 보냈잖니. 이 세상 구석에서 홀로 남은 사람끼리 부모자식지간이 되었으니 이제 괜찮다. 이 세상을 떠날 때까지는 아직도 한참 동안 가족으로 지낼 수 있어.

어디에 있든 말이다. 사야카 너야말로 미치루랑 발리에서 영원히 살겠다는 말일랑 하지 말거라. 뭐, 해도 상관없다만, 아무튼 일단은 꼭 돌아와야 해.

우붓에 가면 멋진 그림도 사 오고. 새와 숲이 있는 걸로. 현관에 걸어 두련다. 우리 집에서는 잘 없던 일이지, 그림을 걸어 둔다는 거. 즐겁게 그런 상상을 하고 있는데, 왜 없어진다고 그래."

나는 도무지 눈물을 거둘 수 없었다.

내가 우리 부모님에게 듣고 싶었던 말을 시어머니가 전부 해 주었기 때문이다.

사토루가 죽고, 이 사람들에게는 우는 모습을 한껏 보였다. 그래도 부끄럽지 않았다.

오래도록 사람들 앞에서 울지 않았는데. 부모님이 돌아가셨을 때도 사람들 앞에서는 울지 않았는데.

생활이 편해져서 나약한 인간이 된 것은 아닐까? 오랜 세월 키워 온 예민한 감각을 잃은 것은 아닐까? 하고 생각한다.

그러나 그렇지는 않았다. 잃고 싶지 않은 것을 얻은 후 나의 얄팍했던 강함은 진정한 저력으로 변했다. 그렇게 생각한다.

미치루가 나를 보고 웃으면서 물었다.

"엄마, 왜 그래? 시어머니한테 혼났어?"

"그럴 리가 있니. 너무 자상하게 해 주셔서 눈물이 난 거야."

"우리 엄마 진짜 울보라니까."

미치루가 태연하게 말했다.

"예전에는 울지 않기로 유명했는데."

"순 거짓말."

미치루가 고개를 저으며 말했다.

내가 어린아이의 마음에 울보로 새겨져 있어 반가웠다.

그래, 미치루가 태어난 후로 엄마가 예전과 달라졌어. 그렇게 말하고 싶었다.

"엄마는 괜찮아."

시어머니가 말했다.

"엄마가 울보라도 미치루를 울리는 일은 절대 하지 않잖니. 그게 대단한 거지. 우리 사토루가 참 잘도 찾아 왔지. 내가 엄마라서 아는데, 사토루는 처음부터 널 좋아했을 거다."

"설마요. 그 조난당할 뻔했을 때는 단둘이었으니까 그렇다 치고, 언제나 현지 친구들이랑 같이 산에 올랐는걸요. 마지막에야 둘이서 귀국했지만, 정말 아무 일도 없었어요."

"그거야, 네가 아무 감정도 없어서 그랬던 거지."

시어머니가 폭소를 터뜨렸다.

"눈치를 못 챘던 거야."

"제가 그렇게 사람 마음을 헤아리지 못하는 인간일까요? 그래서 분위기 파악 못 하는 여자라고 소문이 파다하게 난 걸까요?"

"사물의 마음은 그렇게 잘 알면서 말이야."

시어머니가 어처구니없다는 표정으로 그렇게 말했다.

"정말 그런가, 내가 그렇게까지 둔한가."

나는 혼자 중얼거렸다.

"사토루가 잘 감춘 거 아니겠니? 그 아이는 좋아하지 않는 걸 좋아한다고 생각하거나, 아이를 원한다고 해서 친구에게 아이를 만들자고 할 수 있는 성격이 아니야. 어디로 보나."

시어머니가 웃으면서 말했다.

"듣고 보니 그럴지도 모르겠다 싶네요."

"이제 곧 죽을 테지만 마저 하지 못한 일이 너를 끔찍하게 좋아하는 거니까 결혼해 달라고, 사토루가 그렇게 말할 수는 없었겠지. 뒤에 남는 네게 부담이 될 테니까. 참 바보지."

"아니죠, 정말 그랬다면 제가 바보죠. 시차가 있는 연애를 한 셈이네요."

"사토루는 아마 사야카 너의 그 둔한 면을 진짜 좋아했을 거다."

'진짜'는 미치루가 시어머니에게 옮긴 말투다.

참 좋네, 이런 것도, 하고 나는 생각했다.

이 세상에 없던 사람이 나타나 할머니의 말투를 젊게 하다니.

"그래서 말인데, 내가 괜히 부추기는 거 아니다. 가고 싶은 곳에 마음껏 가렴. 그리고 하고 싶은 일을 하고. 사양할 거 조금도 없어. 그리고 미치루랑 같이 종종 놀러 오면 그것으로 충분해. 그게 사토루가 가장 바라던 일일 거야. 네가 네 인생을 마음껏 걸어가는 것, 그리고 그 인생 안에 우리도 있는 것. 그 녀석이 젊어서 죽었지만, 그래도 꿈 하나는 이뤘구나.

사야카, 여자는 보통 그렇게 좋아하지도 않는 남자의 아이를 낳아 주지 않아. 그리고 그 사람이 죽은 다음에 시댁에 남아서 같이 살아 주지도 않고, 이렇게 즐거운 관계로 있지도 못해.

내가 무슨 마리아니, 테레사 수녀니. 네가 싫었으면, 그리고 네가 우리를 싫어했으면 그걸로 끝장이지. 그랬으면 손녀와도 멀어졌을 테니 이렇게 즐거운 시간이 어디 올 수 있었겠어.

너의 너그러움은 신의 선물이야. 보통 사람은 이렇게

되고 싶다, 이렇게 하고 싶다 하는 분명한 그림이 있잖아. 거기에 맞지 않으면 싫어하고. 그런데 너는 너그럽다 보니 흐르는 대로 흘러가면서도 늘 좋은 쪽으로 이해하고 나아간다니까. 네 부모님이 너를 얼마나 사랑했을지 알 것 같다."

어디서든 나사가 빠진 것처럼 뭐 하나 제대로 할 수 있는 게 없던 내게 그렇게 말해 주는 어른이 처음 생겨 나는 그저 기뻤다.

"발리든 인도든 어디든 좋으니까 다녀와. 우리도 내달에 아사마산에 갈 거고, 그다음에는 다 같이 오로라 보러 갈 거잖니. 살아 있는 동안에 좋은 추억을 많이 만들어야지."

"오로라 보러 가요. 오로라 보기에 좋은 계절이 오면 날짜를 정해요."

시어머니가 고개를 끄덕거렸다.

가족끼리 오들오들 떨면서 오로라를 바라보는 장면을 상상하자 가슴이 설렜다.

"이치로 씨에게도 같이 가자고 하렴. 아버지는 내가 설득할 테니까. 어느 쪽이 되었든."

붉은 그러데이션으로 멋지게 물든 시어머니의 머리칼은 지금도 건강했다.

손도 열심히 일하는 사람의 움직이는 손, 아직은 한참 더 살 것이 분명한, 또렷한 눈동자 색이었다.

내 인생에서 누군가를 이렇듯 소중하게 여긴 적이 별로 없었다.

사토루를 닮아 모양이 예쁜 입술도 기품 있는 어깨선도 내 부모님만큼이나 소중했다.

어쩌면 같이 살고 싶고 떨어지기 힘든 쪽은 나인지도 모른다.

"어느 쪽이 되었든요?"

내가 되물었다.

"이번 일은 뼈나 흙이나 그 예전의 연애나, 간단하게 말하면 결국 인연에 따라 움직인 거잖니. 우리도 얽혀 있는 거야. 그러나 인생이 다 얽혀 있는 거 아니겠니. 그렇지 않으면 재미가 없지."

"어머니랑 미치루는 정말 얽히는 걸 좋아하네요."

차를 다 마시고 나는 웃었다.

"그야 재미있는 걸 좋아하니 그렇지. 좋은 유전이다."

시어머니가 웃었다.

"그래도 어머니, 저 이치로 씨가 취직도 안 하고, 그렇다고 어머니 일을 물려받은 것도 아니라는 게 좀 충격이었어요. 그 사람 시간만 멈춰 있는 것 같아서요."

"내 생각은 다른데."

시어머니가 바로 대답했다.

"네가 실종되고 처음 몇 년은 아무것도 할 수 없었겠지만, 그 후에는 늘 그 집 사람들을 뒤에서 받쳐 주지 않았을까 싶어. 그 마당을 여자 혼자서 그렇게 잘 꾸몄을 리 없고, 고용된 사람이라면 그렇게 정성 들여 꾸준히 손질하지 않을 거야. 그 마당은 거의 그 사람 작품이라고 보는데, 난. 그 오두막만 해도 구조가 상당하잖아.

그 집 사람들이 타인을 돕고, 일하러 나가고, 신사 일에 종사할 수 있는 건 그 사람이 뒤에서 든든하게 뒷받침해서가 아닐까. 왜 그런 사람이 있잖아. 집에 같이 사는 듬직한 정원사 같은 존재가 아니겠니?

달리 하고 싶은 일이 있다면 좀 딱하게 되었지만…… 어머니가 얼마 전에 돌아가셨으니 그 사람도 지금은 이래저래 생각이 많겠지. 아무튼 그 사람은 가족에 기대 슬렁

슬렁 살아온 사람이 아니야. 몸을 움직이면서 산 사람일 게다. 난 알아. 하지만 네가 그런 걱정을 하는 기분은 이해가 가는구나."

그 판단을 듣고 나는 스스로가 마음 깊이 안도하는 것을 느꼈다.

"마쓰코 프로그램 시작하겠다, 이제 그만 가자꾸나."

시어머니는 마쓰코 디럭스[6]의 광팬이다. 머리가 좋고 매사에 분명한 점이 좋다고 늘 말한다.

"네. 그리고 오늘은 제가 낼게요. 같이 와 주셔서 고맙다는 뜻으로요."

내가 그렇게 말하면서 일어났다.

"그러니. 잘 먹었다."

공손하게 인사하면서 시어머니가 말했다.

"발리, 가벼운 마음으로 다녀와. 네 고향이잖니. 사람은 간간이 고향에 다녀오는 게 좋아. 그러면 기분이 아주 순순히 원점으로 돌아가거든, 생각지도 못할 정도로 말이다."

---

6 일본의 방송인이자 칼럼니스트. 여장, 독설로 유명하다.

흐르고 흘러 여기까지 온 나의 고향…… 그것은 역시 발리겠지. 그렇게 생각했다. 청결하고, 벌레도 없고, 그렇게까지 덥지도 않고 눅눅하지도 않은 일본을 얼마나 그리워했던가.

일본인 친구를 얼마나 원했던가.

하지만 지금은 그 강렬한 햇살이, 거대한 저녁노을이, 길에서 환하게 웃는 사람들이, 숲이 이어지는 계곡이, 그리고 쓰레기 산조차 왠지 그립다.

"미치루, 오늘 가든파티 재미있었어? 엄마 잠깐이지만 거기 살았던 적이 있어. 미치루랑 같이 가게 돼서 신기하기도 하고 든든했어."

내가 저녁을 먹고 있는 미치루에게 그렇게 말을 건넸다.

미치루는 밥을 유난히 느릿느릿하고 차분하게 먹는다.

나는 뭔가를 확실하게 먹고 있는 미치루의 모습을 보는 게 정말 좋다. 나처럼 후다닥 먹어 치우는 게 아니라 순서대로 조용히 입으로 옮긴다.

나는 먼저 다 먹고, 차를 끓이고 있었다.

우리는 식사 중에 텔레비전을 보지 않는다. 그건 사토

루의 습관이었다.

고요해서 아래층에 시부모님이 있으면 그 소리도 들린다.

시부모님은 식사 중에도 텔레비전을 크게 틀어 놓고 보니까 사토루만의 습관이었으리라.

얼마 전 돼지고기볶음집에 갔을 때 나는 꿈속에서 사토루가 밥을 먹던 느낌과 미치루가 너무 비슷해서 깜짝 놀랐다.

미치루는 너무 어려서 이렇게 같이 식탁에 둘러앉는 일도 없었는데, 밥을 먹는 두 사람의 모습이 너무 닮아 신기했다.

그렇게 또 조그만 행복 한 가지를 발견하자 내 마음이 따스해졌다.

"진짜 얘기가 전부 호러 소설 같아. 도시 전설 같기도 하고. 우리 마당에 뼈가 묻혀 있었는데, 그게 엄마 전 남친의 죽은 쌍둥이 형 뼈라면서?"

"그러게."

내가 말했다. 참 그럴싸하게 말하네, 하고 생각하면서.

어제와 다르지 않은 밤이 깊어 간다. 그러나 조금씩

다르다. 미치루는 자라고 있다. 조금씩 나를 떠나는 길을 걷고 있다. 스쳐 지나가는 힘과 힘. 내 모든 것을 줄 테니 멀리까지 달려가기를 원하지만, 지금의 행복도 언제까지나 사라지지 않기를 바란다. 만나면 언제든 이 시간으로 돌아올 수 있는 기억을 지금 만들고 싶다.

"엄마의 힘도 영향이 있었을까? 사물과 얘기할 수 있는 힘 말이야. 그게 많은 것을 끌어들이는지도 모르잖아."

"그렇지 않아. 엄마 힘이래야 초보 수준인걸."

실제로 그 힘이 이번에는 아무런 도움이 되지 않았다.

한편 그럴지 모른다고도 생각한다. 너무 있는 그대로 살고 있어 모든 것 역시 있는 그대로 밀려온다.

연애도 폭력도 별난 성장 과정에서 비롯되는 사건도.

"그렇구나. 그럼 그 딸도 별거 없겠네."

"그건 모르지. 미치루는 감이 상당히 뛰어나잖아. 그래서 엄마도 모르는 여러 가지를 미치루에게 물을 수 있는 게 좋은데."

"그런데 어린아이의 마음을 잃어버리면 보이던 것도 안 보이게 된다고 하지 않아?"

미치루가 진지하게 말했다. 아직 어린데 무슨 소리야,

하고 생각했지만 미치루가 진지한 표정이어서 나는 고개만 끄덕거렸다.

"나 얼마 전보다 점차 뭔가가 둔해지는 느낌이 들어. 매일 학교에 가서 여러 사람에게 많은 것을 듣고, 거기에 맞추고, 결정하고, 그러다 뭔가 소중한 게 새어 나가는 느낌이야. 기운 같은 거."

"그래도 남는 게 있을 거고 그게 어른이 되어서까지 남는지도 모르지. 그리고 너에게는 아빠에게 물려받은 튼튼한 뼈가 몸속에 있잖아! 그걸로 충분해."

나는 웃었다.

특이한 기술과 재능이 있는 사람은 일본에서 살기 어렵다.

고대에도 그런 사람이 있었는데, 현대에 있다고 이상할 건 없잖아. 얘기가 좀처럼 이런 식으로 돌아가지 않기 때문이다.

그래서 보통 드러나지 않게 살기 쉬운데, 미치루는 현재 균형이 잘 잡혀 있는 것 같으니까 괜찮을 거라고 생각한다.

미치루가 자기가 먹은 접시와 젓가락을 싱크대로 들고

가 살짝 헹궈서 놓아둔다.

늘 하는 행동이라서 매번 '엄마 것까지 갖다 놓으면 더 좋을 텐데, 아직은 자기밖에 모르는 나이지.' 하며 쳐다보는데, 오늘은 싱크대 앞에서 잠시 생각에 잠겼다.

"왜 그래?"

"있지, 어릴 때부터 그 히비스커스 나무 옆에 가면 가끔 누가 말을 거는 느낌이 들곤 했거든. 그래서 아빠인가 했는데, 혹시 그 아이 뼈였을까?"

미치루가 가만히 나를 보면서 물었다.

"글쎄. 어느 쪽일 수도 있을 것 같은데. 엄마는 사물과 얘기를 하니까 무수한 것들이 무수한 얘기를 하고 싶어 하는 경우가 있을 수 있다고 생각해. 왜 갑자기 여러 사람들의 목소리가 들려서 병원에 가는 사람이 있잖아. 그 사람에게는 무수한 것들의 호소가 다 들리는 거겠지."

"자신을 딱 붙잡고 있어야겠네. 안 그러면 흐물흐물, 뭐가 뭔지 모르게 될 수도 있겠어."

"오키나와에서 그런 사람은 특별한 직업에 종사해. 그러니까 옛날의 일본 그리고 물론 발리나 알래스카도 그렇지만, 옛날 사람들은 그렇게 민감한 사람의 마음의 병을 병이라 여기지 않고, 타인을 위해 사용하는 방법을 알았던 거겠지."

"이렇게 집 가까이서 스릴에 넘치는 사이킥 워즈가 전개되고 있다니 나 진짜 너무 신나. 역시 세상은 파면 팔수록 재미나는 일이 나오네."

"미치루, 그런 식으로 생각할 수 있다니 참 좋네. 아주 좋아. 이런 시대에도 미치루라면 인생을 즐겁게 살 수 있겠어."

"나 아직 잘 모르지만. 아마 어떤 힘이 단단히 지켜주고 있을 거야. 그래도 즐거운 일은 내 손으로 찾아야지. 아직 어린애지만. 엄마도 도와줘. 신나는 일을 찾을 수 있게."

"그 말은 지금이 어떤 시대냐, 그런 얘기니? 아니면 지금 미치루 나이 때는 시시한 일만 많다는 뜻?"

"음, 설명을 잘 못하겠는데, 어디를 가든 '재미있는 일은 하면 안 된다.' '이걸 하면 일단 조금은 재미있는 분위기가 되니까 그 정도로 참아라, 정말 신나는 일은 위험하다.' 그런 말을 많이 하잖아. 그런데 할아버지 등산 모임의 아동부에 놀러 가면 불을 지피고, 절벽을 올라가고,

높은 곳에서 좁은 길을 걷기도 하고, 다 겁나는 일인데, 지금 얘기하는 것처럼 느긋한 기분으로 가면 안 된다든지, 한번 실수하면 그 일이 점점 더 무서워지니까 실수를 해도 무서워하지 않아야 한다는 걸 알게 돼. 그런 걸 알면 신나고, 또 재미있고."

언제나 무탈하게 자라 주기를 바라는 마음과는 달리 더 많은 모험에 도전해 주기를 바라는 마음도 있다.

아직은 조그만 미치루의 손발이 열어 가는 미래라면 무엇이든 받아들이고 싶다.

이 세상에는 그런 희망이 완전히 꺾인 사람들도 많다.

그러니 가끔이나마 들를 수 있는 신사 같은 곳이 필요해지는 것이다.

그렇게 생각하자 기분이 조금 암담해졌다.

이치로가 하는 일도 녹록지는 않다. 젊은 시절 아무런 책임도 없던 이치로와 지금의 이치로는 확연히 다르다. 내 일이나 어머니가 돌아가신 일만이 아니라 그 장소의 신성함과 깊은 의미가 이치로를 어른으로 만들었다고 생각한다.

이 세상에는 녹록한 일이 없다. 매일 각자에게 힘겨운

일을 각자가 현장에서 최선을 다해 한다. 그게 인간의 좋은 점이지, 하고 나는 생각했다.

아닌 게 아니라 이 사건이 내 안의 무언가를 일깨웠다.

지난 몇 년 동안 간병과 육아로 정신없었던 내 안에 쌓여 있던, 산다는 것에 대한 강하고 즐거운 기분. 알고 싶고 무언가를 느끼고 싶은 욕구.

나도 어린 시절에는 다양한 것을 느꼈다. 발리는 특히 그런 곳이다. 살짝 닿기만 해도 정령이 정말 많다는 실제적인 감각으로 가득하고 자연의 힘은 강력하고 굳건했지만, 사람은 언제 어디서나 서로를 저주했다. 그 탓에 사랑의 결속은 한층 단단했지만, 골짜기나 바다에는 그 저주로 죽어 간 시체들이 우글우글 떠 있었다. 지나가기만 해도 나쁜 것도 좋은 것도 쉽게 걸려드는 격렬한 땅이었다.

그런 곳에서 예민한 나는 온갖 것을 보고, 열이 펄펄 끓고, 저주를 받고 그걸 물리치면서 조금씩 강해졌다. 쉬운 길은 아니었지만, 만약 줄곧 부모의 보호 속에 있었다면 지금의 나는 없었으리라. 미치루도 태어나지 않았으리라.

있는 것을 없는 셈 치는 것이 가장 옳지 않다. 그렇게 생각했다.

나는 발리에서 흑마술의 효과를 수도 없이 봤고, 사람들의 집단의식이 일궈 낸 기적적인 치유도 많이 봤다. 그곳에서는 사람과 사람이 이어져 있다는 것도, 눈에 보이지 않는 것이 어지럽게 날아다니며 사람에게 영향을 미친다는 것도 지극히 명백한 일이었다.

그런 장소, 자연이 그 지형에 맞게 힘을 지니고, 사람들의 두터운 신앙이 그 위에 단단히 쌓여 온갖 장소에 기도가 축적되어 있는 곳에서는 사람과 사람의 관계에도 눈에 보이지 않는 많은 것들이 얽히고설킨다.

나는 그런 곳에서 자랐고 일상적으로 그런 걸 보며 컸기 때문에 사물과 얘기할 수 있게 된 것이라고 생각한다.

사람은 분명하지 않고 스스로 자신을 얼버무리기도 한다. 하지만 사물은 분명하다. 어린 나는 어린애답게 단순히 그렇게 생각했다.

미치루는 어떻게 생각하는지 모르지만, 외동인 나는 줄곧 사물과 함께 지냈다. 부모님이 없을 때, 어둠 속에 무언가가 있어 겁이 났을 때 내가 소중히 여기는 것들이 내 옆에 확고하게 있어 주었다.

돌아가신 할머니가 준 봉제 인형과 얘기해서 부모님이 계속 찾다가 결국 찾지 못한 할머니의 기록장을 찾아내고 나서야 아빠와 엄마는 내가 사물과 얘기할 수 있다는 것을 비로소 믿어 주었고, 그 일은 그들이 문화 인류학의 관점에서 발리의 문화를 볼 때도 큰 도움이 되었을 거라고 생각한다.

언젠가 그 얘기를 책으로 만들기 위해서가 아니라 나 자신을 위해 써 보려고 한다. 할 일이 한 가지 더 생겨서 미래의 색이 조금 달라졌다.

부모님이 돌아가신 후 내 마음속에는 인생이 빨리 끝나도 상관없다는 생각이 있었다.

많은 것을 하면서 시간을 보내기만 하면 언젠가 다시 부모님을 만날 수 있고, 더는 외톨이가 아닐 수 있지 않을까, 하고 내내 생각했다.

그러나 여러 나라에 여러 친구가, 그리고 가족이 있다.

그렇게 생각하면 마치 장미꽃 다발을 한 아름 껴안고 있는 듯한 기분이 든다. 애당초 아무것도 갖고 있지 않았기에 신이 준 행복이었다.

맨손에 주머니도 텅 비어 개운하지만 외톨이, 어디든

갈 수 있고 누구든 재워 주지만 가족은 없다. 이제 그런 날은 내게 오지 않는다. 그런 생각만 해도 무언가에 감싸여 있는 듯한 행복을 느낀다.

발리의 동쪽에 살았을 때 바다에 들어가면 정체 모를 것이 꼭 발을 잡아당기고, 다른 사람이 젓는 노가 머리에 부딪치곤 했다. 어린 마음에도 뭔가 나와 맞지 않는 게 있다는 것만은 알 수 있었다.

그리고 그 반대로 내 마음이 평온할 때는 언제나 좋은 냄새가 나고 복슬복슬한 것에 안겨 있었다.

조금 커서 부모님을 따라 절에 춤을 보러 갔을 때 그게 바롱 정령이었다는 걸 알게 되었다. 새하얗고 복슬복슬하고 귀엽고 덩치 큰 개 같은 것이 꿈에 나를 만나러 왔다.

먼저 그 개 같은 무언가를 느낀 후에 바롱 정령을 알았기 때문에 절에 있는 바롱이 오히려 장난감처럼 보였다.

아무튼 다리가 북슬북슬하고, 하얗고, 언제나 포근하게 감싸 준다.

늘 바롱이 있어 주었기에, 그리고 사람에게 확실하게 사랑받은 일이 있었기에 알게 된 것이 있다.

사람들은 흔히 무언가가 지켜 주고 있다고 말하는데, 그건 아주 훌륭한 감각이다. 거대한 것이 자신에게 마음을 써 준다면 그 이상 든든한 일도 없다.

그러나 보호받는다는 것은 지켜 주는 쪽의 적에게도 눈에 띄기 쉽다는 의미이다.

나는 발리에 있을 때 유복하고 지적인 일본인 가정의 딸로 여겨져 수시로 물에 빠질 뻔도 하고, 열이 펄펄 끓기도 하고, 흑마술에 걸리기도 했다. 있기만 해도 눈에 거슬린다는 이유로. 지키는 쪽이나 적이나 짧게 으르렁거렸기 때문에 큰 해는 없었다.

다만 특기가 있으면 눈길을 끌기 쉽다.

눈길을 끌고, 상대의 마음을 혼란스럽게 한다. 어떻게든 꼬투리를 잡고 싶어 하게 만들고, 자신의 싫은 부분은 알고 싶지 않으니까 그 사람이 있는 탓으로 돌리게 한다.

그런 일이 끝내는 저주나 폭력으로 이어지는지도 모른다.

"설마 엄마, 이치로 아저씨랑 다시 예전처럼 돌아가는 거, 있을 수 있는 일이야?"

미치루가 불쑥 물어 깊은 생각에서 퍼뜩 깨어났다.

"아니, 그럴 일 없어. 사람의 종류로는 엄마랑 잘 맞고, 좋아하기도 하지만."

내가 고개를 저었다.

"물론 남자와 여자니까 친구로 지내다가 언젠가 변할 가능성도 전혀 없지는 않지. 그래도 이제 좀 색다른 친구로밖에 생각되지 않아."

"하지만 상관없어."

미치루가 말했다.

"막상 그런 때가 오면 나도 샘이 나서 투정 부리고 그럴지도 모르지만."

"또 그 소리."

나는 웃었다.

"그런 생각을 한 적이 없어서 잘 몰랐어. 엄마는 줄곧 나랑 둘만 있었으니까. 그런데 그 장소에 갔더니 이치로 아저씨의 어머니가 진짜 좋은 사람이었다는 게 전해지는 거야. 그리고 그 사람들이 엄마를 엄청나게 좋아했다는 것도. 어떻게 대하면 좋을지 몰랐을 뿐. 엄마처럼 자유로운 사람을 본 적이 없으니까."

미치루의 말이 옳으리라.

"아빠가 죽어서 엄마는 아마 당분간 다른 사람을 사랑하지 않을 거야. 지금은 엄마가 식물이 된 기분인걸. 그래도 언젠가는 연애도 하고, 어떤 사람이랑 살기도 하겠지. 하지만 우리 미치루를 가장 소중히 여기는 마음을 거스르면서까지 뭘 하고 싶지는 않아.

미치루와의 생활이 우선이고, 여유가 있으면 만나러 나가고, 미치루가 싫다고 하면 소개하지 않고, 만나고 싶다고 하면 소개할 거야. 그리고 그럴 때는 할아버지와 할머니에게 빠짐없이 설명하고, 혹시 얘기가 잘 안 풀리면 언제든 여기를 떠날 거야. 그런 게 부모가 된다는 거니까."

"그런데 이치로 아저씨네 신사로 도망 오는 사람이 왜 그렇게 많아? 할머니가 돌아가셨는데도 오잖아. 그 말은 엄마가 되어서도 남자가 중요하고, 자신이 맞거나 아이가 맞아도 남자랑 있고 싶고 그 남자가 소중해서 자식을 버리는 사람이 있다는 뜻이잖아?"

"그건 엄마도 잘 모르겠네. 엄마는 누군가를 사랑한다고 해서 다른 소중한 것을 허술히 한 일이 아직 없어서.

하지만 인생에는 그런 실패도 있고, 해 보지 않고는 모르는 일도 있지 않을까. 엄마는 젊을 때 아빠랑 엄마가 돌아가셔서 무척 외로웠지만, 반대로 혼자였기 때문에 홀가분하게 즐거운 일을 많이 많이 할 수 있었어.

물론 즐거운 일 가운데는 힘겹고 괴로운 일도 실수도 당연히 있었고. 그래서 나중에는 그런 실수를 하지 않았던 게 아닐까 해. 밤에 아무도 없는데, 미치루가 계속 울어 댈 때면 얼마나 힘들었는지 몰라. 아빠가 죽은 걸 원망하고 싶은 심정도 있었고, 엄마의 엄마 아빠가 일찍 돌아가셔서 아무 도움도 주지 못하는 게 섭섭하기도 했고.

하지만 엄마는 아빠가 남겨 준 돈 덕분에 일을 많이 하지 않아도 살아갈 수 있어. 그런 것도 중요한 부분이지. 만약 아빠가 아무것도 남기지 않았고, 집도 없고, 열심히 일하는데도 미치루를 키울 수 없다면 엄마 역시 그런 장소에 의지했을 거야. 그러니까 다 마찬가지야. 어떤 상황에서도 꿈쩍 않는 사람은 없으니까."

"난 아직 모르겠어. 아는데 왜 실수를 하는지."

"아직 몰라도 돼. 하지만 만약 미치루에게 할아버지도 할머니도 없고, 엄마도 집에 거의 없는데, 누가 늘 때린다든지 더 심한 짓을 한다면 미치루도 변해 갈지 모르지. 그 정도는 알았으면 좋겠다. 나는 다르다고 생각지 마. 주위 탓으로 돌리는 게 가장 나쁘지만, 나만은 괜찮을 거라는 생각도 틀린 거야."

나는 마음을 담아 말했다.

잘 모르겠지만 고개는 끄덕이고 싶다는 기분을 담아 미치루가 고개를 끄덕였다.

보이지 않아야 할 것이 미치루에게 보이는 것은 유전이니 어쩔 수 없지, 하고 생각했다. 나도 사물과는 얘기할 수 있지만 돌아가신 부모님은 꿈에도 나오지 않는다. 선택할 수 없다. 선택할 수 없음에 분개하는 때가 올 수도 있으리라.

미치루에게는 이치다 집안의 일들이나 뼈나 모두 어떻게 되든 상관없는 일이다. 그렇기에 판단할 수 있다.

그러나 만약 좋은 의미에서 '어떻게 되든 상관없지, 뭐.' 하고 생각할 수 있다면, 꼭 잡은 손을 조금 놓을 수 있다면 자신에 대해서도 많은 것이 보이리라. 그러나 그걸 배우는 것은 아직 먼 앞날의 일이다.

별거 아닌 일이 얼마나 대단한지.

일상이야말로 멋진 것, 평범함이야말로 존엄한 것, 여러 가지 말이 있지만, 나는 그런 게 아니라고 생각한다.

인생의 특별한 하루로 도약하기 위해서는 확고하게 쌓아 올린 토대가 반드시 필요하다.

그 후에 미치루가 학교에 메고 가는 가방을 좀 더 큰 것으로 바꾸고 싶다고 해서 사토루 방의 벽장을 열었다. 튼튼한 검은색 백팩이 반듯하게 정리되어 있어 금방 찾았다.

그걸 꺼내다 문득 선반 위를 봤더니 앨범이 있었다. 디지털 카메라가 등장하기 전의 사진들인 것 같았다.

지금까지 몇 번이나 이 벽장을 열었는데, 이런 앨범이 있는 줄은 몰랐다.

꺼내서 손에 들어 보았다.

나에 관한 것이 조금이라도 들어 있으면 얘기하기가 쉽지 않은데, 그때 나의 이미지가 강렬하게 전해졌다. 등이 약간 굽은 내 모습, 목소리, 잠이 덜 깼을 때의 눈, 그런 이미지들이 나 자신을 향해 줄줄이 방출되었다.

사진 현상을 의뢰하면 덤으로 주는 얇은 앨범이었다.

펼쳐 보니 예전 20대 시절에 규슈의 작은 산들을 사토루와 같이 돌던 때 사진이었다. 그 밖에도 친구가 같이 있었고, 현지에 있는 내 친구를 찾아갔기 때문에 그 사람과 그의 친구도 찍혀 있었다.

그런 기분으로 본 적은 없었지만, 시어머니에게 미리 들은 말이 있어 다행이다. 내가 찍힌 사진에 담긴 사토루의 마음이 새삼스레 느껴졌다.

모두 평범한 장면이었지만, 딱히 엄청난 미인도 아니고 스타일이 좋은 것도 아닌 내게 사토루는 아주 따스한 눈길을 향하고 있었다. 옆에 있어 주면 충분하다, 하는 느낌이었다. 너무 따스해서 몸이 따끈해질 정도인 사토루의 시선이 내 손에 전해졌다.

좀 더 빨리 말해 주지, 그렇게 자주 만난 것도 아니었는데, 하고 나는 생각했다.

자신이 죽을지도 모른다고 생각하자 갑자기 내가 너무 좋아져서 견딜 수가 없었던 것이리라. 나를 얼마나 좋아하는지 깨달은 것이리라. 물론 아이도 갖고 싶었겠지만, 그게 전부는 아니었을지도 모른다.

사람의 마음속에는 들어갈 수 없다. 사토루가 나를 얼마나 생각했는지는 절대 아무도 알 수 없다.

하지만 시어머니가 한 말도 앨범이 전해 준 느낌도 사

실일 것이라고 생각한다. 사토루가 찍은 사진의 나는 실제의 나보다 훨씬 귀엽고 조신하고 사랑스럽다.

나는 눈물을 조금 흘리면서 앨범을 살며시 선반에 올려놓았다.

이 벽장에서도 점점 사토루의 냄새가 사라져 간다.

그러나 미치루가 이 백팩을 너덜너덜해질 때까지 사용하면서 밖으로 데리고 나가고 같이 지내 주면 이곳에도 새 공기가 들어온다.

그렇게 되면 돌아가신 우리 부모님도 기뻐해 주리라는 기분마저 든다.

나는 아직 젊은데 할머니처럼 추억에 싸여 있다. 그리고 점점 약해진다. 옛날에는 무서운 게 없었는데, 지금은 미치루가 있어서 많은 것들이 무섭다. 하지만 그런 생각을 하고 있을 틈이 없다. 내게는 할 일이 있다.

아주 잠깐 이렇게 멈춰 설 때 자신이 뭘 무서워하는지 알게 된다.

오호, 뭐가 무서운지 알겠어, 하고 고개를 끄덕인다. 그리고 이내 잊어버린다. 그게 가장 좋다.

그렇게 생각하면서 미치루에게 줄 백팩을 들었는데,

뭐가 들었는지 묵직했다.

나는 뭐지? 싶어 지퍼를 열었다.

안에는 성인용 디브이디가 몇 개나 들어 있었다.

"흐음…… 외국 걸 좋아했다니……!"

나는 그걸 집어 들고서 깔깔 웃고 말았다. 슬퍼하지 마, 심각해질 거 없어, 하는 사토루의 메시지 같다는 기분이 들었다.

가장 적절한 타이밍에 웃어서 기분이 따스하게 누그러졌다.

태어나서 지금까지 성인용 디브이디의 천박한 재킷과 총천연색 사진을 보고 이렇게 마음이 따뜻해진 것도, 행복한 기분이 든 것도 처음이었다.

"이 웃기는 얘기, 어머니에게는 비밀로 해 줄게."

나는 울다가 웃으면서 그것들을 선반 깊숙이 밀어 넣었다. 이것도 유품이라고 할 수 있으니 간직하자고 생각했다.

나는 사진은 선반 위에 있고, 디브이디는 가방 속에 숨겨져 있었으니까 그 반대보다는 다행이다 싶어 더욱 웃음이 나왔다. 마음속의 위치를 말하는 거라면 좋을 텐데.

"사토루, 잘 자요."

나는 불을 끄고 방에서 나왔다.

이 백팩, 시치미 뚝 떼고 미치루에게 전해 줘야지, 하는 생각에 킬킬 웃으면서.

무거웠던 과거를 만나러 갔는데 그러고는 줄곧 밝은 기분으로 지낼 수 있었던 것은 천국에 있는 사토루의 장난 덕분이었을까.

심각해질 거 없어, 모든 건 지나가니까 즐겨, 하는 메시지 때문이었을까.

실제로 기분이 좀 편해졌다.

이치로의 방에 있을 때 고향에 돌아온 것 같았던 그 기분. 겨우 이곳으로 돌아왔다는 안도감을 조금은 미안해하고 있었다.

모든 것이 지나가고, 변해 간다.

아무리 불러도 사토루는 돌아오지 않고, 미치루는 성장해 간다. 그 안에서 자연스럽게, 무리 없을 일만 하고 싶다.

간절하게 그렇게 생각했다.

이제 됐어, 그다음으로 넘어가, 하고 사토루가 말한 듯한 기분이 들었다.

그날 밤 이상한 꿈을 꾸었다.

나는 한밤중에 신사에 있었다. 이치로가 살고 있는 신사였다.

예전에 나와 이치로가 서로의 마음을 확인했던 장소다.

부엉이가 울고, 그날과 똑같이 진주처럼 영롱하게 빛나는 달이 나뭇가지 사이로 보이고, 나뭇잎들이 부는 바람에 사락사락 소리를 내고 있었다.

사방을 아무리 돌아보아도 사람은 아무도 없었다.

나는 일단 성묘를 하려고 신사의 계단을 총총 올라갔다. 깊은 밤의 신사에는 귀신이 잔뜩 숨어 있을 것 같아 무서웠다.

그곳이 지금의 그 신사인지 당시의 신사인지는 알 수 없었다. 꿈속의 나는 그 점을 굳이 따지지 않았다.

4 기묘한 꿈

싸늘한 난간을 잡고 계단을 한 칸씩 올라가 배전 앞에 도착했더니 조그만 여자가 방울을 딸랑딸랑 울린 다음 합장하고 있었다.

그 여자는 이치로의 어머니였다. 내가 좋아했던 꽃무늬 카디건을 입고 있어서 금방 알았다.

"사치코 씨."

나는 이름을 불렀다.

그녀가 어떤 표정으로 돌아볼지 나는 겁이 났다.

그런데 이치로의 어머니는 미소를 머금고 있었다. 환

하게 웃는 게 아니라 온화하고 흡족해하는 미소.

그런 미소를 머금은 채 그녀가 말없이 이쪽으로 몸을 돌리더니 감개무량하다는 듯이 나를 바라보았다. 어째서인지 젊은 시절 모습 그대로였다.

그리고 그녀가 말했다. 목소리는 나지 않고 입만 움직였다. 하지만 나는 분명하게 알 수 있었다.

미안했다.

나는 고개를 저었다. 그리고 단숨에 말했다. 소리 내어 말했는지, 생각만 그렇게 했는지는 꿈이라 잘 모른다.

"만나서 반가워요, 만나서 사과드리고 싶었어요. 그렇게 무지막지한 짓을 저질러서 죄송합니다. 사치코 씨가 평생 보지 않아도 좋았을 굽은 손, 피투성이 소매, 사람에게 폭력을 쓰는 장면을 보여 드려 죄송합니다. 하지만 사치코 씨가 그런 일을 당하고 있는 상황에서 저는 어떻게 되든 상관없었어요. 생물의 본능으로 한 일이라 앞뒤를 가리지 못해 죄송합니다."

달빛이 이치로 어머니의 얼굴을 아련하게 비추고 있었다. 그녀가 아주 평화로운 눈빛으로 나를 쳐다보며 고개를 끄덕였다.

나도 젊었고, 너도 이치로도 젊었으니까.

이치로의 어머니가 그렇게 말하고는 얼굴 앞에서 두 손을 모으고 다시 한번 미안하다는 몸짓을 했다.

아기를 어려서 잃고 몹시 심각한 상태에서 그대로 굳어지고 말았어. 온 세상 사람들을 돕지 않으면 그 어린 것을 죽인 죄를 씻을 수 없다고, 이치로에게 나쁜 일이 생긴다고, 마음속에 그런 생각이 있었던 것 같아.

인생의 진정한 모습은 어린 아기의 시신과, 피범벅이 되어 짐승처럼 외치는 너의 목소리와, 먹느냐 먹히느냐, 그런 것이다, 평화로운 매일은 거짓된 면이다, 그러니 행복해서는 안 된다, 사람을 돕고 시간을 쪼개 써야 한다, 그렇게 생각하려 했던 것 같아. 바보였지. 인생이란 이렇게 좋은 것인데. 그리고 그런 것들은 다 좋은 것 안에 자리하는 일면에 지나지 않는데.

내가 했던 일은, 꽃은 예쁘지만 잎과 화분의 흙은 더럽다고 말하는 거나 다름없었던 것 같아.

그런 생각이 전해졌다.

이제 그 손, 그렇게 굽히고 있지 않아도 돼. 난 이제 몇 번이든 그 장면을 볼 수 있어. 죽는다는 건 그런 일을 아무렇지 않게 할 수 있다는 것.

이치로의 어머니가 새전함 앞에서 그렇게 말했다.

"괜찮아요, 굽어 있어도. 이렇게 살아 있으니까."

나는 말했다.

"같이 성묘해요. 저 우리 부모님과 사토루와 이치로 씨 형님과 사치코 씨가 천국에서 행복하게 지낼 수 있기를 기도할게요. 그리고 살아 있는 사람들이 천수를 다하기를."

그런 말을 할 때 넌 언제나 겁이 날 정도로 진지하고 거짓이 없었어. 그래서 널 무척 좋아했는데. 너 같은 사람은 있을 것 같아도 좀처럼 없는걸.

네가 없어진 후에 너무 허전해서 마당을 본격적으로 가꾸기 시작했어. 마당은 제가 받은 걸 전부 되갚아 주더구나. 그리고 결과적으로 이 마당이 가장 많은 사람을 위로해 주었어. 나 혼자 기를 쓰고 동분서주할 때보다 훨씬 더. 고마워. 네 몸으로 가르쳐 주어서. 나 이제 이해해. 자기 혼자서 할 수 있는 일은 아주 적다고. 그렇다고 사람과 힘을 합하면 할 수 있다고 생각하는 것도 안이하다고. 할 수 있는 일을 하다 보니 알게 모르게 이루어지는 게 진짜 꿈이겠지.

이치로의 어머니가 그렇게 말하고, 배전 안쪽의 어둠을 향해 천천히 예를 두 번 올리고 두 번 박수를 친 후에 다시 한번 예를 올렸다.

나도 따라 예를 올렸다.

달빛 아래 나란히 서서.

하늘을 지나가는 바람이 서로의 마음이 하나인 사람들끼리는 천국도 지상도 관계없다고 노래하는 듯 여겨졌다.

그리고 이치로의 어머니가 내게로 몸을 돌리고, 반투명하게 보이는 그 새하얀 손, 젊을 때 그대로인 매끄러운 손으로 내 왼손을 감싸 쥐고 소스라칠 만큼 힘을 꽉 주었다.

꿈속이니까 아플 리가 없는데, 아윽! 하고 소리를 지르고 말았다.

괜찮아, 조금 참아.

이치로 어머니의 말에 나는 참기 위해 눈을 질끈 감았다.

몸이 찢겨 나가는가 싶을 정도의 아픔이 온몸을 훑고

지나가 정신을 잃을 뻔했다. 그다음에 눈을 뜨니 이치로 어머니의 모습은 없었다. 어둠과 나무들에 둘러싸인 배전 앞의 고요한 공간이 덩그러니 있을 뿐.

사치코 씨, 사치코 씨!

나는 이름을 몇 번이나 불렀지만 그녀의 기척은 완전히 사라지고 없었다.

그리고 나의 굽은 엄지손가락이 원래대로 돌아와 있었다. 근육이 이상하게 들러붙어 조금 어색했지만, 움직일 수 있었다.

내 눈에서 뭔지 모를, 아픔이나 공포 때문인지 기쁨 때문인지 모를 눈물이 울컥 넘쳐흘렀다.

거기서 혼자 한참을 기다렸지만, 이치로의 어머니가 돌아오지 않아 계단을 내려가기 시작했다.

그다음에 어둡고 수런거리는 숲을 지나 이치로 어머니의 생명의 마당을 보았다. 나무와 풀이 부드러운 빛에 싸여 있는 것처럼 보얗게 빛나 보였다. 그리고 그 너머에 이치로의 오두막이 있었다.

사방이 캄캄한데, 거기에는 불이 켜져 있었다. 오렌지색 커튼에 불빛이 비쳐 보이고, 안에 이치로가 있다는 걸

안 나는 창문 아래로 뛰어갔다.

그리고 창문을 두드렸다.

이치로가 뭐지 싶은 표정으로 커튼을 열었다.

그리고 나를 보고는 이내 환하게 웃었다.

그 쑥스러워하는 미소가 내게는 가장 그리운 것이었다.

“이치로, 열어 봐.”

이치로가 창문을 열었다.

“어떻게 된 거야?”

“있지, 나 지금 어머니 만났어.”

꿈속의 나는 어린애처럼 열심이었다. 아마 눈을 반짝이고, 숨을 헐떡이면서 똑바로 이치로를 올려다봤으리라.

“그리고 어머니가 손을 고쳐 주셨어. 이거 봐.”

나는 바르게 펴진 엄지손가락을 이치로에게 보여 주었다.

이치로는 눈을 동그랗게 뜨고 뭐라 말할 수 없이 놀란 표정이었다. 밀려오는 밤의 어둠 속에서 나는 오직 방으로 들어오라고 하기를 바라고 있었다. 다음 말을 기다리다가 잠에서 깼다.

아침 햇살이 내 얼굴에 찬란하게 비치고 있었다.

커튼을 미처 닫지 않고 잠든 것이다.

옆에서는 미치루가 배를 내밀고 자고 있었다. 나는 미치루에게 홑이불을 덮어 주고, 왼손을 보았다. 손은 굽은 채 굳은 그대로였다.

"그렇게 좋은 일이 있을 리가 없지."

나는 웃으면서 일어나 거실로 나갔다.

그런데 역시 뭔가가 달랐다.

엄지손가락이 움직이는 범위가 한층 넓어져 평소에 굽어 있던 것에 비하면 어색할 정도로 많이 펼쳐졌다. 늘 완전히 굽어 있든지 조금 펼쳐지든지 둘 중에 하나라 안정감이 없고 근육이 이상하게 붙어 있어서 제 기능을 하지 못했는데, 무언가가 떨어져 나간 것처럼 움직였다.

꿈과 달리 바로 움직이지는 못해도 재활 운동을 하면 몇 달 안에 원래대로 돌아갈 가능성이 보였다.

정말 무슨 일이 생겼던 거네, 하고 나는 놀랐다.

이치로의 어머니가 찾아와 내 손가락을 고쳐 준 것은 아닌지도 모른다. 이치로의 가족을 만나 오해가 풀리면서 내 안에서 무슨 일이 벌어져 치유가 시작되었다. 그런 식의 해석이 가장 옳은지도 모른다.

하지만 달빛 속에서 빛났던 이치로 어머니의 그 미소를 나는 현실 이상으로 실감나게 느끼고 있었다.

어떤 일이 벌어졌든 상관없다. 중요한 것은 오래도록 굳어 있던 이 손가락이, 병원을 몇 군데 다녀도 이상하게 들러붙어 굳어졌기 때문에 고칠 수 없다고 했던 이 손이, 지금 조금씩 움직이고 있다는 사실이다.

기쁘고 신기하고, 이 변화를 당연하게 받아들이는 자신, 여러 가지가 뒤섞여 울고 싶은 기분이었다.

내가 손가락을 이리저리 움직이고 있는데, 일어난 미치루가 잠옷 주머니에 푹 넣고 있던 손을 꺼내 나를 가리켰다.

"어, 엄마 손 움직이는 거야? 어떻게? 어떻게 된 거야? 시간이 다 된 거야?"

"그런가 봐. 갑자기 조금씩 움직이네. 그런데 뭐니, 시간이 다 된 거냐는 말이?"

금방 잠에서 깨어나 약간 부은 귀여운 얼굴로 미치루가 대답했다.

"아, 그게, 그런 말을 하고 싶었던 게 아니라. 저주가 풀린 것처럼. 시효 같은? 그런 느낌이 들어서."

미치루의 말이 완전히 틀리지는 않은 것 같았다. 아니, 어쩌면 놀라우리만큼 딱 들어맞는지도 모르겠다는 기분이 들었다. 나는 고개를 끄덕이고 미치루에게 다가가 꼭 안았다.

"이제 카약도 배구도 운전도, 뭐든 다 할 수 있어."

"다 원래 안 하는 거면서, 뭐."

미치루가 내 허리를 두 팔로 안고 말했다.

어린아이 머리칼의 좋은 냄새를 한껏 맡으면서 내가 말했다.

"할 수도 있잖아, 앞으로."

"앞으로."란 얼마나 좋은 말인지 생각하면서.

미치루가 나간 다음 역시 알리고 싶은 마음에 1층으로 내려갔는데 시부모님이 집에 없었다.

나는 바깥 계단에서 파란 하늘을 보며 생각했다.

꿈속에서 만난 이치로의 어머니는 살아 있을 때의 이치로 어머니보다 한결 날카롭고 깊은 사람이었다. 죽어 천국에 가서 그런지, 아니면 나를 만난 것이 이치로 어머니의 혼이 압축된 존재인지, 그건 알 수 없다.

다만 나는 분명히 그 사람을 만났다. 이치로에게도 말하고 싶어서 문자를 보냈다.

"만날 수 있을까? 하고 싶은 얘기도 있고, 보여 주고 싶은 것도 있는데. 사야카."

이내 답장이 왔다.

"지금 오지 그래. 이치로."

나는 맥이 쫙 빠졌다.

그리고 전철을 타고 이치로의 집으로 향했다.

평일의 신사는 사람이 그다지 없어 고즈넉했다.

꿈속과 똑같았지만, 어둠 속에 온갖 힘이 꿈틀거리는 듯했던 그 느낌은 전혀 없었다. 점차 더워질 듯한 기운과 매미 소리가 촉촉한 나무숲을 채우고 있었다.

조깅을 하는 사람들과 산책하는 아주머니와 유모차를 미는 모자가 스쳐 지나갔다. 이치로의 큰아버지도 깔끔한 차림으로 일하고 있었다.

"이치로는 자기 방에 있을 거야. 오후에는 잡초를 뽑겠다고 했으니까 만약 거기 없으면 마당에 있겠지."

이치로의 큰아버지가 웃는 얼굴로 그렇게 말했다.

이렇게 아무렇지 않게 와 있는 나 자신이 꽤나 나이를 먹었구나 싶었다. 시간이 해결해 주지 않는 문제는 없다. 된장이나 간장이 발효되는 것처럼, 가만히 내버려 두어도 와인이 맛있게 숙성되는 것처럼 힘겨웠던 일도 시간이라는 요소에 안겨 아무것도 아닌 일이 되어 간다.

계속 집착하는 것은 인간의 마음뿐이다.

마당에 가 보니 이치로는 잡초를 뽑고 있었다. 무심하게, 온 마음으로.

마당은 생명의 빛으로 가득했다. 이곳에서도 미생물이 맹렬하게 일하면서 죽은 벌레도 떨어진 이파리도 잡초의 뿌리도 모두 사용해 하나의 노래를 부르고 있었다. 그 안에 완전히 녹아 있는 이치로의 몸도 식물처럼 휘어 있었다.

"이치로."

"아, 사야카. 미치루는?"

"학교."

"잡초 뽑는 거 저기까지 끝나면 차 마시자. 조금만 기다려."

"나도 거들게."

나도 잡초를 뽑기 시작했다.

"어머니가 잡초를 너무 완벽하게 뽑는 걸 좋아하지 않아서 여전히 보기 흉하지 않을 정도로만 뽑으니까 적당히 해도 돼."

"알았어."

나란히 잡초를 뽑았다. 왼손이 잡초를 뽑을 수 있을 만큼 움직이지는 않았지만, 지금까지와는 정말 다르게 오른손을 도와주었다.

짧고 거친 잡초의 생명을 생각하면서 잇달아 뽑는다. 여름이면 키가 쑥쑥 크고, 흙 속의 온갖 것을 빨아 먹고 세력을 뻗어 가는 풀들. 아무 생각 없이 뽑다 보니 땀이 뚝뚝 떨어졌다. 바람 없고 후덥지근한 공기 속에서 잡초를 한곳에 모았다가 자루에 담아 묶었다.

무수한 말을 나눌 때보다 확고한 연대 같은 것이 느껴졌다.

지금의 이치로는 지금의 이치로, 그 이치로가 여기 살아 있다는 것이 실감나게 전해져 왔다.

손을 씻은 다음 허리를 펴고 서로 미소 지었을 때 우리 사이의 앙금이 마지막 한 방울까지 싹 사라졌다. 나는 지금의 시간 속에 있었다.

"나 이거 버리러 가는 길에 커피 끓여 올게. 밖에서 마시자. 조금만 기다려."

땀을 닦으면서 수돗물을 꿀꺽꿀꺽 마시고, 그러는 김에 마당에 물을 뿌렸다.

여기서 물 뿌리는 거 오랜만이네, 하고 생각하면서. 메마른 흙에 물이 쑥쑥 빨려 들어가고, 이파리에 맺힌 물방울은 햇살을 받아 반짝거렸다.

부겐빌레아가 다른 나뭇가지를 타고 거대한 아치 모양으로 피어 있었다. 이치로의 어머니가 좋아했던 꽃이다. 겨울에는 집 안에 들여놓고 소중하게 가꾸어 점차 일본의 토양에 익숙해지도록 했다. 그늘진 곳에는 이끼가 톡톡 소리가 들릴 것처럼 예쁘고 소담스럽게 돋아 있었다.

꿈속에서 이치로의 어머니는 결국 이 마당이 사람을 가장 많이 치유했다고 말했다.

정말 그랬을지도 모른다. 일상의 시름을 안고 신사에 산책하러 온 사람들은 그저 이 마당에 있는 것으로도 다소 평온을 얻었으리라.

이곳에는 다른 신사의 마당과 다르게 마냥 정연하지

만은 않은 계절의 현장감 같은 것이 있다.

조그만 벤치에 앉아 높고 낮은 멜로디를 연주하는 매미 울음소리를 듣고 있었더니 저쪽에서 이치로가 포트와 컵을 들고 다가왔다.

오래전부터 이렇게 사귀었던 것 같네, 하고 나는 생각했다.

이치로 역시 그런 생각을 하는지 얼굴에 그렇게 쓰여 있었다.

그리고 땀에 젖어 이마에 들러붙은 머리칼도, 늘 생기 있게 빛나면서 재미나는 일을 찾는 눈도 모두 이치로가 지금 살아 있다는 생명력으로 넘실거렸다.

"좋네. 뜨거운 날에 뜨거운 커피. 아웃도어용이 아니라 그냥 집 안에서 가져온 느낌이 또 좋네."

그가 흔히 있는 하얀 사기 컵을 들고 왔던 것이다. 포트도 그냥 커피 메이커에서 꺼내 왔을 뿐이고.

이치로가 포트를 기울여 커피를 따르자 뽑은 잡초의 짙은 냄새에 섞여 구수한 향이 사방에 퍼졌다.

"이치로, 나 어제 꿈에서 당신 어머니를 만났어."

"또 살아 있는 살인 병기로 엄마를 지켜 준 거야?"

"농담은 여전하네."

나는 어이가 없었다.

"지금은 아줌마가 됐으니까 신경 안 쓰지만, 당시에는 정말 싫었어, 그런 말."

"미안미안, 난 기분을 가볍게 해 주고 싶었는데…… 그런데 말이지, 크크, 정말 미안하지만, 사야카, 너무 웃겨.

아니, 신중하지 못하다는 것도 알고, 다친 사람이 많이 생긴 데다 사야카 손은 완전히 망가졌으니까 웃을 일이 아니라는 건 알아. 하지만 지금은 조금 웃어도 좋지 않을까? 사랑스러운 여자 친구가 갑자기 영화에 나오는 액션 장면처럼 핑핑 날면서 어머니를 구했잖아. 사야카가 너무 재미있어서, 아, 너무 웃겨서. 정말 미안해."

이치로가 그립고 얄미운 웃는 얼굴로 말했다.

"뭐, 아무튼. 그렇게 둔한 면과 어떤 일에서든 재미를 발견하는 게 가장 좋았으니까. 조금 도를 지나쳤지만."

내가 말했다.

"꿈 얘기로 돌아가서, 당신 어머니가 내 손을 고쳐 주겠다고 하면서 꾹꾹 눌렀는데, 아침이 되어 보니까 정말 조금 좋아진 거야."

이치로가 깜짝 놀라며 내 손을 보았다.

"정말? 이리 줘 봐."

그리고 내 손을 누르고, 펼쳐 보고, 놀란 표정으로 말했다.

"정말 그렇네. 굳어 있지 않아. 움직이기도 하고, 들러붙은 것처럼 굳어 있던 부분이 떨어졌어."

"믿는 거야?"

"그러고 보니까 나 우붓에 갔을 때 발리안 아저씨에게 들었어. 그 얘기가 지금 똑똑하게 기억났어."

"뭔데? 발리안 아저씨라면 이다 씨? 나를 치료해 주고 자무도 처방해 준 친절한 이다 씨?"

이다 아저씨는 보통 치료사라 불리는 사람으로 마을 제사를 관장하거나 사람들의 의논 상대가 되어 주는가 하면 한방약을 처방하고, 병을 고치기도 했다.

둥그런 얼굴에 친절하고, 늘 부인이 만든 맛있는 음식을 선물로 들고 온다. 우리 부모님과 게스트하우스를 운영하는 아저씨 아주머니와도 친하게 지내면서 몸에 불편한 곳이 있으면 봐 주곤 했다.

당시에도 그 아저씨 덕분에 퉁퉁 붓고 염증이 심했던

내 손은 점차 회복되었다.

무엇보다 그를 보면 마음이 놓이고, 몸의 어디가 어떻게 나쁜지도 딱 집어내기 때문에 나는 이다 아저씨를 마치 친척처럼 여기고 있다.

내 손에 관해서 그는 "지금은 아직 나을 때가 아니다. 그때까지 더 심해지지 않도록 하는 수밖에 없다." 하는 말을 했다.

"응. 사야카가 누가라로 가 버려서 맥이 푹 빠져 있는 내게 아저씨 부부가 기다리고 싶을 때까지 기다리라고 하면서 게스트하우스에 있게 해 줬잖아. 그 대신 여기에서 그러는 것처럼 청소도 하고 일도 거들었어."

"그랬다는 얘기는 돌아온 다음에 들었어. 두 분 다 이치로가 마음에 들었는지 착한 사람이라면서 일본으로 돌아가면 다시 사귀라고 얼마나 설득을 하던지."

"그렇게 보이려고 해서가 아니라 그냥 가만히 있을 수 없었어. 어딜 가든 일을 해야 하는 사람이라. 그것도 하려면 확실하게 하고 싶다고 할까, 내 방식대로밖에 못 하지만.

그런데 그 이다 씨가 나를 마사지해 줬거든. 머리에 피가 몰려 있고, 사건의 충격으로 심장이 타격을 입었으니 그냥 해 주겠다면서.

물론 돈은 지불할 수 있을 만큼 지불했어.

나는 사야카가 없는 사야카 방에서 이다 씨에게 마사지를 받았어.

처음에는 얼마나 슬펐다고. 사야카의 옷도 있고 읽던 책도 그대로 있어서, 아무튼 슬퍼서 견딜 수 없었어. 사야카가 거기 없다는 생각밖에 할 수 없었지.

그런데 이다 씨가 나를 그때 그 순간으로 데려다 놓았어. 내 인생의 한가운데로.

뭐랄까, 아주 낯선 감각을 경험했어. 태어나서 처음으로 누군가가 나를 완벽하게 용서하고 배려해 주는 듯한 감각. 성적인 사랑도 아니고, 부모 자식 간의 정도 아닌데, 정말 정당하게 한 인간으로, 생물로 사랑과 배려 속에 있다는 느낌이."

"알아. 그런 때 이다 씨는 그냥 이다 씨가 아니겠지. 자신을 통해 신 같은 존재를 내려보내고 있는 걸 거야.

뭔가 거대한 것에 보호되고 있는 듯한 신기한 마사지지. 나는 살아도 괜찮다, 하는 느낌이 드는. 나도 손이 완전히 낫지는 않았지만, 염증도 가라앉고, 밥도 넘어가게 되었고, 아저씨가 치료해 줘서 다행이었다고 생각해."

"그런데 그 아저씨가 그랬어. 등을 꼼꼼하게 마사지하면서. 나는 내 안에 있는 독기 같은 것과 딱딱하게 뭉친 감각이 점점 빠져나가는 것 같았어. 어린 시절로 돌아가는 느낌처럼.

내가 물었어. 사야카 손이 낫겠느냐고. 대답을 기다리는 동안 가슴이 쿵쿵 뛰었어.

이다 씨는 가만히 생각하다가 고개를 살랑살랑 저으면서 지금은 아니라고 했어. 자신은 더 심해지거나 절단하는 선까지 가지 않도록 애를 썼다. 약도 발리의 신도 그녀를 돕고 있으니 걱정 없다, 그러나 완전히 낫는 것은 먼 훗날이라고.

그럼 완전히 낫기는 하는 거죠? 하고 또 물었지. 이다 씨는 고개를 끄덕인 다음에 그러나 시간이 많이 걸린다, 그 손은 그 아이가 자신을 소중히 여기려 하지 않았기 때문에, 자살하고 싶은 충동이 어딘가에 있었기 때문에 그렇게 심해진 거다. 그녀가 자신을 생각해 주는 사람들을 위해 자신을 소중히 여기게 되는 시기가 오면 이치로의 어머니가 그녀를 고쳐 줄 것이다. 그랬어."

"정말?"

"응, 정말. 그런데 내가 그 얘기를 까맣게 잊고 있었어. 그럴 만도 하지. 벌써 십 년도 더 넘은 일이고, 그 후로 사야카와는 결국 한 번도 만나지 못했으니까."

이치로가 말을 계속했다.

"나 물론 누가라에 가려고 했어.

그런데 아저씨와 아주머니에게 사야카가 일본 남자 집에 신세를 지고 있다는 말을 듣고는 그만 질투가 나고, 겁이 나서 못 갔어. 만약 두 사람이 좋은 사이로 지내서 문 앞에서 쫓겨나면 나는 재기할 수 없을 거라고 생각했어.

게다가 이다 씨가 지금은 가만히 놔두라고, 신이 언젠가 두 사람을 반드시 만나게 할 거다, 하지만 그러기까지 정말 많은 일이 있을 거라고 했어. 지금 억지를 부리면 영원히 헤어지게 된다고. 시기를 기다리라고. 일단 다 잊었을 무렵에 인연이 다시 돌아온다고.

그래서 터덜터덜 일본으로 돌아왔던 거야. 때를 기다리려고.

그런데 얼마나 오래 기다려야 다 잊을 때가 오는지, 그걸 생각하면 포기하자는 마음이 점차 커져서 결국 잊어버렸어."

"나도 그래. 고통스러운 기억인데 나도 모르게 잊으면서 살았어. 딱 비슷한 마음이었어. 밤중에 눈을 뜨면 내일은 꼭 만나러 가자고 결심하는데, 아침이 되면 그럴 수 없다는 생각이 들고.

그러다 도저히 만나러 갈 수 없을 만큼 시간이 흘렀어.

생각했던 것보다 손이 잘 움직이지 않아서 계속 굳은 채 있는 게 가장 큰 원인이었을 거야. 치료가 잘돼서 건강한 모습으로 만나러 갈 수 있을 거라고 생각했는데, 그러지 못했어. 그래서 나 자신도 실망이 컸고, 점차 기억하기도 싫어졌지."

"역시 우리는 같이 있어야 하나 보다."

이치로가 말했다. 조금은 나아진 내 손을 쓰다듬으면서. 그 손은 따스하고, 비뚤어진 마음은 조금도 담겨 있지 않았다.

"친구부터 다시 시작해야 하지만. 남녀로서는 아직 무리야."

겁이 날 정도로 자연스러운 대화였다.

나는 하늘을 올려다보며 사토루를 생각했다.

둥실 떠 있는 구름에 그의 얼굴을 그려 보면서.

아무런 죄책감 없이 지금의 나 자신이 있을 뿐이었다.

"미치루를 데리고 발리에 갈 거니까 간 김에 이다 씨도 만나고 올게."

"그럼 나도 갈까."

이치로가 커피를 마시면서 잠시 침묵한 후에 차분하게 말했다.

그의 두려움이 전해져 왔다.

내 딸과 함께 여행을 하다니 어떻게 그럴 수 있느냐는 대답을 예상했으리라.

우리 사이에는 역시 벽이 있다. 평생 없어질지 어쩔지 모를 벽이.

내가 차분한 기분으로 말했다.

"정말? 나 누가라에도 갈 거야. 신세 진 사람들에게 인사하려고.

내게는 오빠 같은 사람. 발리에 사는 일본인 모임의 회장 같은 사람. 물론 부인도 아이도 있고, 땅도 많은 부자야. 질투하지 않는다면 같이 가도 괜찮아. 그리고 미치루가 있으니까 내게 흑심을 품어서도 안 되고."

"지금 그런 질투를 어떻게 하겠어. 그리고 난 미치루에게 흠뻑 빠져 있을 텐데."

이치로가 웃었다.

"이치로는 왜 아직 결혼 안 했어? 좋아하는 사람은 없어?"

"사귄 사람도 몇 명 있고, 결혼까지도 생각해 봤는데, 어째 내키지가 않아서. 결혼해서 이 부근에 집을 빌려 살면서 아이가 생기면 다 같이 신사에 모이기도 하고……. 정말 멋진 미래지. 그런데 몸이 그쪽으로 향하지를 않아. 남의 일만 같고. 정말 하고 싶다면 그렇지 않을 거 아냐. 그래서 요즘에는 아무도 안 만나. 어머니 간병에 열중하느라 간호사들 말고는 인기가 없었고. 인기가 있어도 접점이 없으면 그만이니까. 장례식이다 화장이다 유품 정리다, 계속 그런 일만 하다 보니 병원에서 인기 있던 시절이 다른 세계가 되고 말았어."

"그래? 좋아할 수 있는 사람이 없었던 거야?"

"있었지……. 이 얘기 해도 좋을지 망설였는데, 아무튼 해 볼게."

이치로가 얘기를 시작했다.

"사실 나 그 사람이 생각하는 것보다 훨씬 그 사람을 좋아했어. 그런데 왜 그런지 모르겠지만, 부연 유리 너머에 있는 사람 같았어. 아무리 옆에 있어도 나 자신의 인생과 그 연애가 도통 연결되지 않는 거야.

역 앞에 있는 카페의 외동딸인데 정말 자연스럽게 사귀게 되었고, 천천히 한 걸음 한 걸음 아주 평화롭게 서로에게 다가갔어. 그래서 이번에야말로 정말 오래 사귈 수 있을지도 모른다고 생각했지.

그런데 역시 뭔가가 아니었어. 불행한 사람을 많이 접한 탓에 내 안의 뭔가가 이상해진 건지, 보통 여자들이 바라는 식으로 사귈 수가 없는 것 같아.

매일 같이 있는 건 의외로 할 수 있는데, 미래를 같이 한다는 건 좀…… 자신의 인생도 아직 오리무중인데, 그럴 수 있을지 의문스러웠어.

그리고 어머니 간병을 하게 되어서 자꾸 뒤로 미뤘지만, 나도 하고 싶은 일이 조금 있거든. 지금도 다니는 정원사 밑에서 아르바이트만 할 게 아니라 본격적으로 원예를 배워 정원사가 되어서 이곳 일을 거들까 하고 있어. 인생을 그저 슬렁슬렁 살고 싶은 게 아니니까. 늦었기는 하지만.

내가 정원사가 되고 싶다는 이유로 여기저기 돌아다녀도 그녀는 얼마든지 참고 기다려 주겠지. 그것도 알아. 그런데 잔뜩 기다리게 해 놓고 결혼하지 않으면 그건 진짜 말이 안 되는 거잖아.

그렇다고 기다려 주면 꼭 결혼하겠다고 보장할 수도 없었어. 정말 심한 말이지만, 가령 선인장을 채취하러 멕시코에 갔는데, 여러 가지로 배우고 벌레에 물리기도 하고, 별이 총총한 하늘을 보면서 생활하다가 그녀와의 일을 완전히 과거로 돌려 버릴 것 같은, 그런 기분이 들었어.

그립고 흐뭇하게 떠올리는 일은 있어도 빨리 돌아가서 만나고 싶어 하지는 않을 것 같은 기분 말이야. 만약 결혼해서 아이가 생긴다면 아이야 당연히 귀엽겠지만, 밖에 있을 때는 100퍼센트 잊어버리고 있다가 집에 돌아가서야 떠올리는 관계가 될 듯했어.

그래서 나…… 서로를 위해서 긴 안목으로 보면 결혼하지 않는 편이 좋겠다는 생각이 드는 거야.

이유는 모르겠어. 사야카 탓은 아니야. 이렇게 다시 만나기 전까지 아주 까맣게 잊고 있었으니까.

단순히 속도 차이인지도 모르지.

속도가 맞지 않아 어긋나는 일도 있잖아.

그런데 뭐라 설명을 잘 못하겠지만, 사야카는 이렇게 만나도 아무것도 변하지 않았어. 처음부터 다시 시작할 수 있을 것 같고, 잃은 것도 없고. 서로 다른 장소에서 움직이다가 다시 만나면 피차 아주 다른데도 호흡이 맞는 듯한 느낌이야.

그녀는 아마 변함없이 기다리겠지. 그런 생각을 하면 보통 남자는 기뻐하겠지만 내가 이상한 건지 조금도 기쁘지 않아.

사람의 시간을 축내는 듯한, 무거운 짐을 짊어진 듯한 느낌이 들어. 내가 아직 어린 거겠지. 그런 데다 그녀는 지금이 결혼 적령기라 타이밍이 좋지 않았는지도 몰라. 만약 내가 쉰이고 그녀가 지금 상태라면 바로 결혼했을 수도 있어.

이런 심각한 얘기는 잘하지도 않고 하고 싶지 않을 때가 많은데, 우리 부모님은 민망할 정도로 사이가 원만하고 호흡도 잘 맞았어. 회사에 다니는 사람이 집에 돌아왔는데, 처지가 곤란한 남자가 집 안에 들어와 있으면 보통은 기분이 좋지 않을 거야.

그런데 아버지는 그런 일에는 비교적 관대했어. 전면적으로 응원하거나 협력하는 일은 없었지만, 비난하지도 않았지.

신사의 후계 문제나 토지 분배에 관해서도 아주 너그러웠고. 내가 그런 아버지 성격을 물려받은 거겠지.

내가 할 수 있는 일이 있을 때는 나서서 돕고, 그 일이 줄어들면 이제 다른 일을 해 볼까 하는 성격은 아주 비슷하다고 생각하고, 그래서 좋다고 여겨. 사회를 정해진 순서대로 살지 않는 점을.

그런데 그녀의 세계에서는 그런 점이 아주 조금 부정적인 인상을 주는 거였어.

집이 경제적으로 여유로우니까 부모님이나 친척 일을 도우면서 슬렁슬렁 살고 있다. 나를 한마디로 설명하자면 그렇게 되겠지만, 조금 달라. 그 조금 안에 내 인생에 중요한 모든 것이 있는 것 같아.

사야카를 쫓아 우붓에 갔을 때 조금 전 날씨가 생각나지 않을 정도로 갑자기 엄청나게 쏟아지는 비, 정전이 돼서 캄캄한 마을 저 위로 별이 총총하게 돋은 하늘, 한

없이 이어지는 논에서 오리가 줄 지어 걸어가는 풍경, 그 오리를 요리해서 뼈까지 발라 가며 맛있게 먹는 사람들, 이다 아저씨가 멀리서 오토바이를 타고 와 싱글거리며 부인이 만들어 준 감자튀김을 건네는 모습, 그런 걸 보면서 사야카가 어떤 곳에서 자랐는지 이해가 갔어.

사야카의 그때 행동을 아주 조금 이해할 수 있었고, 그게 사야카에게는 자연스러운 일이었다는 것도 조금 이해할 수 있었어.

사야카가 용기 넘치는 큰 인간이 된 이유를 알겠다 싶었지.

그리고 사실은 조금 열등감을 느끼고 있었는데, 대학을 졸업하고도 취직하지 않은 채 부모님 일을 돕고 있는 자신의 위치에 대해서 자신감을 갖게 되었어.

지금의 일본에서는 이상한 일일 수 있지만, 거기에서 그런 말을 하니까 아저씨와 아주머니는 물론 도우미 아주머니나 정원사도 문지기도 모두 가족을 소중히 하고 좋은 일을 하라고 말해 주었어. 아무 일도 안 하는 게 아니잖아? 어머니는 참 좋겠어. 그렇게.

그 감촉, 마음속에서 한 번도 잃지 않았어.

소중한 기억으로 줄곧 품고 있어.

그리고 그걸 남들이 어떤 눈으로 보든 절대 놓치지 않겠다고 결심했어. 나의 소박한 꿈은 나쁘지 않다고 말이야.

그때 마음속에서 사야카라는 여자를 특정했던 건 아니야……. 그러니까 이 이상 어머니의 취미나 우리 가정 사정…… 어쩌다 큰아버지가 대를 이어 신관이 되었고, 땅이 넓어서 그 안에 살고 있고, 아버지가 땅을 조금 사서 거기다 또 집을 짓고, 어머니는 그 집에서 사람들을 돕고 마당을 가꾸어 거리의 사람들에게 쉼터를 만드는, 우리 집의 일련의 사업에 관여케 해서는 안 된다고 생각했어.

그래서 사야카를 염두에 두지는 않았지만, 역시 나는 상황에 떠밀리지 않고 정말 좋아하는 여자와 아주 평범한, 아버지와 어머니 같은 부부가 되어 평화롭게 살고 싶다고 간절하게 생각했어.

그런 상대가 어떤 여자는 될 수 있고 어떤 여자는 될 수 없는지 나 스스로 알고 있느냐는 질문을 그녀에게 수도 없이 받았지.

그녀는 이렇게 서로를 차분하게 좋아하고 있으니 이 상태가 계속되면 무언가가 숙성되어 서로에게 둘도 없는 존재가 될 가능성이 많다고 냉철하게 말했어.

그 냉철함에 몹시 이끌렸고, 그녀 말이 옳다고도 생각했지. 그러나 동시에 뭔가가 다르다는 것도 자각하고 있었어.

확실하게는 몰랐지만, 점점 그렇게 되어 가는 게 아니란 것은 알았지. 나도 인간이니까 사람을 좋아하기도 하고, 점차 알아 갈 때는 열정이 샘솟기도 해. 어쩌면 이 사람이 아닐까 하는 생각도 들고. 그러나 그런 게 아니잖아.

그것만은 상황에 맞춰 양보해서는 안 된다는 느낌이 들었어.

그래서 지금은 아니라는 대답밖에 할 수 없었어. 내 마음에 아직 사야카가 남아 있었다는 얘기가 아니야.

땅을 좀 받아서 이 마당을 더 넓힐 수 있을 것 같고, 내 오두막 주변도 점차 좋은 공간으로 만들어 갈 수 있을지 모르지. 무엇보다 어머니에게 할애한 시간이 너무 많아서 이제는 나 자신을 위한 인생을 시작하고 싶어. 우선은 그 생각밖에 없어. 다들 너무 착실하다니까. 이러저러

해야 한다는 항목이 너무 많아서 나는 도무지 의미를 잘 모르겠어."

"무슨 소리야. 착실하게 사는 게 맞지."

이치로는 원래도 매사를 남의 일처럼 여기는 면이 있었다. 나이가 들면서 그게 더욱 확고해진 듯 보였다.

이치로의 아버지도 어머니도 동생도 아주 성실하고 매사에 빈틈이 없는데, 혼자만 닮지 않았다고 할까 동떨어졌다고 할까, 성질이 좀 달랐다.

그것도 쌍둥이 형을 잃은 것과 관계가 있을까.

"나도 착실하게 살고 있기야 하지. 그런데 사야카의 강렬한 인격에 압도된 내 첫사랑의 나날을 되새겨 보면 그 연애의 영향이 어느 정도 없지 않았다고 봐.

어머니의 영향이 커서 마당에 푹 빠져 있다는 건 스스로도 알지만…… 요즘에는 플랜트 헌터처럼 흥미로운 직업도 많이 생겨서 폭이 넓어졌어.

그렇게 생각하면 인생의 시간이 부족할 정도인데, 이 도시에서 인생 설계를 한다는 건 생각할 수도 없어. 그렇다고 집의 일을 거들지 않겠다는 게 아니야. 지금 당장 해야 할 일에는 100퍼센트 참가할 수 있어. 그러나 그것과 자신의 인생이 똑같은 건 아니잖아.

사귀게 되면 결혼하고 싶어지는 그 기분은 알아. 사야카가 다쳤을 때도 나 그렇게 생각했는걸. 하지만 그녀는 나보다 1000배는 더 결혼하고 싶어 해. 그런 마음은 같은 속도와 온도가 아니면 어느 한쪽이 몹시 피곤해지지 않을까 해."

"그런 남자, 여자 입장에서는 나쁜 사람이겠지만, 이해는 가. 온도나 속도를 올리는 것만큼은 스스로 할 수 없으니까. 무의식중에 그렇게 되지 않고는."

"과연 사야카네. 그렇다니까. 나는 인생이 뒤틀려도 고쳐지지 않을 만큼 '무의식중에파'야. 진짜 그래.

딱히 애정이 없거나 불성실한 건 아니야. 다만 그려지지 않는 미래를 살 수는 없고, 자신의 기분을 억지로 끌어 올릴 수도 없어. 나 나름으로는 그녀를 충분히 좋아했어. 길에서 그녀 모습을 보면 뭐라 말할 수 없이 반갑고, 길가 화단에 핀 제비꽃처럼 그녀의 아름다움은 모두의 것이라고 생각했어. 그런데 정작 나 혼자서 그 아름다움을 독점해도 좋다고 하니까 그렇게까지 애타게 바라지는 않았다는 걸 깨달은 거지.

사랑스러우니까 손을 잡고 키스도 하고 싶다, 그렇게 생각했는데 그걸 좀 더 진전시키거나 그에 따르는 책임을 수용할 만큼 좋아하는 건 아니었어.

그 사람도 나를 좋아하면 좋겠군, 하는 단계가 가장 행복하고 계속 그 상태에 있을 수 있다면, 또는 천천히 앞으로 나아가다 보면 의외로 뭔가가 쌓여 갈지도 모르지만, 그녀의 마음은 우리가 이미 결혼했다는 선까지 가 있어서 나도 좋아하는 마음은 있지만 그걸 표현하는 것조차 무서워졌어."

"그럼 어쩔 수 없네."

대화의 내용이 이렇다면 정말 친구다. 같이 차를 마시며 수다 떠는 친구.

친구부터 시작할 것도 없다.

"그래도 형님의 뼈를 제대로 매장했고 내 손이 나아서 기분도 가벼워졌을 테니까 그녀와의 관계를 다시 생각해 볼 수도 있잖아."

그렇게 되어도 이치로가 행복하다면 그것으로 충분하다고 생각했다. 정말 순순히.

얘기하는 동안 손에 대해서는 까맣게 잊고 있었지만,

손이 나았다고 말한 것만으로도 꽃잎이 떨어지는 것처럼 기분이 가뿐해졌다.

그렇다, 나았다. 재활 치료를 받고 정말 하고 싶었던 일도 하자. 우선은 넓은 호수에 가서 느긋하게 보트를 타고 싶다.

양손에 노를 잡고 상쾌한 바람을 가르며 물결을 타고 앞으로 나아가고 싶다.

수면에 비친 하늘과 함께 나 자신의 손으로 리듬을 타면서 노 젓고 싶다.

그런 생각을 했더니 기대감으로 자연스레 웃음이 번졌다.

"……그런 일은 없을 거야. 난 역시 사야카가 흥미로우니까. 한동안은 사야카를 보고 있을래. 여차하면 살인 병기로 변신해서 나를 지켜 주기도 할 것 같고."

"그만해. 이 세상에 그 농담을 알아주는 사람 정말 몇 명 없다고. 나도 거의 한계에 다다랐고."

나는 그렇게 말하면서 일어났다.

"커피 잘 마셨어. 이제 갈게. 발리 정말 갈 거야? 일정이랑 비행기 편명 메일로 보낼게."

"응, 가는 것으로 생각하고 있을게. 그럼 메일 부탁해, 사야카."

이치로는 그렇게 대답하고 아주 행복한 표정으로 다시 말을 이었다.

"정말 잘됐어. 손이 나아서."

"같이 이다 씨도 만나러 가자. 내 손도 보이고."

나는 웃었다. 걸으면서 돌아보니 이치로가 벤치 앞에서서 손을 흔들고 있었다.

만약 이치로의 쌍둥이 형이 살아 있었다면 얼굴이 똑같은 두 사람이 어슬렁거렸으리라. 그렇게 생각하는 순간 그가 둘인 것처럼 보였다. 나무 그늘에서 웃는 얼굴로 우뚝 서 있다.

애당초 그가 어려서 죽지 않았더라면 이 모든 만남과 사건도 없었고, 어쩌면 미치루도 없었을지 모른다. 당시에는 그저 가혹하기만 했던 일에서 무언가가 시작되고 싹이 텄다. 씨가 바람을 타고 날아가 여러 사람에게서 꽃을 피웠다.

그렇게 생각하면 이치로의 형은 그냥 죽은 게 아니라 무언가를 시작한 셈이 된다.

운명의 불가사의, 인생의 신비.

그런 생각을 하면서 걸어갔다.

한동안 사야카를 보고 있을래. 그 말은 역시 좀 기뻤다. 이렇게 기쁘다는 게 의외였다.

강물에 떠 있던 이파리 두 장의 흐름이 의식하지 못하는 사이에 같은 장소로 이어진 것처럼. 또는 연어가 태어난 강으로 돌아가는 것처럼.

나도 모르는 새 다시 옆에 있다는 건 좋은 일이다.

시아버지가 움직이는 내 손을 보고 울었다. 가장 의외의 일이었다.

아들이 죽었을 때도 병원에서는 울었지만 장례식에서는 울지 않은 시아버지인데, 시어머니보다 먼저 눈물을 흘렸다.

모두가 이 손을 얼마나 염려하고 있었는지를 알고는 무심하게 지낸 나 자신이 부끄러워졌다.

자신도 알아차리지 못한 자살 충동, 부모님 있는 곳에 가 편해지고 싶은 욕구…… 당시에는 내 안에 그런 것이 확실히 있었는지도 모른다.

스스로는 절대 깨닫지 못했지만, 그 무렵 나는 피폐했고 목숨을 하찮게 여기고 싶은 기분이 있었다.

이 손이 이렇게 심하게 굽기까지 한 것도, 자신의 몸이 물건처럼 망가져도 상관없다는 심리가 어딘가에 숨어 있었기 때문인지도 모른다고 생각하게 되었다.

그리고 그렇게 중요한 정보를 알려 주지 않은 것도 모자라 까맣게 잊어버린 이치로에게 조금 화가 났지만, 그 성격은 이치로를 이치로답게 하는 중요한 특징이니까 어쩔 수 없다.

게다가 당시의 나는 들었어도 보나마나 받아들이지 않았을 것이다.

아니, 그렇지 않다고, 나는 살고 싶어서 손을 다치면서까지 싸운 것이라고 반론했을 게 뻔하다.

지금은 생명이 뭔지 알기에 듣고 다행스러워한 것이리라.

그렇게 생각하면 오늘에야 당시 이다 씨가 한 말을 전해 듣게 된 것도 하늘의 조화였는지 모르겠다 싶다.

"얘야, 정말 잘됐다. 나는 꿈이다 치유다 영계와의 소통이다 하는 건 잘 모르지만, 산에서도 그런 신묘한 일이 아주 많으니까 잘은 몰라도 그런 거겠지. 아무튼 손을 움직일 수 있으면 미치루와도 더 많이 놀 수 있고, 같이 하이킹을 가도 더 재미날 거야."

시아버지가 울면서 말했다. 그러고는 부끄러워 안쪽 방으로 휙 가 버렸다.

따라 울고 있던 시어머니가 그 뒷모습을 보고는 싱글거리면서 말했다.

"무슨 기한 같은 게 있었나 보구나. 시간이 움직일 때까지의 기한."

미치루와 똑같은 발언이라 나도 모르게 풋 웃고 말았다. 이 할머니와 손녀는 궁합이 너무 잘 맞는다.

미치루가 돌아오기 전의 늦은 오후 시간 서쪽으로 기운 여름 햇살이 나무에 비치는 것을 보면서 나는 왼손을 조금씩 움직이는 연습을 하다가 아래층에 보고하러 와 있었다.

"역시 죽어서 알게 된 것도 여러 가지 있지 않았을까, 이치로 씨의 어머니. 아무튼 히비스커스도 쌍둥이 형의 죽음도 사토루의 죽음도 모두 보상되었다고 할까, 그렇게 흘러가고 있다고 해야 할까. 이치로 씨와 잘해 봐. 나 응

원할게."

"아직 아무 생각 없어요. 저 당시에는 노예가 되고 싶지 않았어요."

"노예라니…… 신사 집안의 며느리나 고용살이를 말하는 거니?"

시어머니가 웃었다.

"아니요, 그런 건 즐기면 되는 일이니까 딱히……. 운명의 노예라고 하나요? 그게 되고 싶지 않았어요. 사람을 구하려고 했던 면도 물론 크지만, 저의 이 손 말이에요."

내가 말했다. 왼손을 이리저리 움직이면서. 아침보다 상당히 매끄럽게 움직인다.

"그건 무엇보다 자신을 지키기 위한 행위였잖아요. 그 사람들이 신사에서 보호하고 있던 부인을 데려가는 게 다였다면 경찰을 부르면 해결되지만, 저와 이치로 씨의 어머니에게 폭력을 휘두를 가능성도 높았잖아요. 그 모든 상황을 포함해서 전 저의 자유를 되찾기 위해서 행동했다고 생각해요.

그런데 사람을 구하려다가 손을 다쳤다고 그 집 사람들이 동정해서 부모 없는 저를 아들과 결혼시키려 한다면 제가 너무 불쌍한 사람이 되잖아요.

제 부모님은 물론 일찍이 돌아가셨지만, 남들보다 훨씬 일찍이라는 점에서는 제가 불쌍한 사람이지만, 사람으로서의 저는 부모님과 많은 시간을 함께 보냈기 때문에 그다지 불쌍하지 않아요. 그래서 동정에는 굉장히 민감해져서. 있다니까요, 그런 사람들이. 화가 나지만 부모가 없다니 용서해 주겠다, 그렇게 말하는 사람들요. 그런 일을 많이 당해 왔기 때문에, 그런 요소가 인생을 결정하는 것을 못 참는 거예요."

"그렇구나."

시어머니가 고개를 끄덕였다.

"그래도 다 지나간 일이잖니. 지금은 지금이야."

"그건 그렇죠. 이치로 씨가 지금 속에 있는데, 아직은 혼란스러워서요. 발리에도 가겠다고 하고."

"잘됐네. 그날 처음 만난 사람이라 여기면 되잖니? 여행지에서 사람을 만나는 건 당연한 일이니까. 그리고 사야카 너는 미치루가 슬퍼하거나 싫어하는 일은 절대 하지 않을 사람이란 걸 아니까 난 믿는다.

최근에 그런 일이 많잖니. 젊은 미망인이나 이혼한 여

자가 새로운 남자에게 정신이 나간 나머지 자기 아이를 학대한다는 얘기는 너에게 해당되지 않는다는 거 잘 알아. 너도 살면서 고생을 많이 해서 그런지 그런 부분에서는 의외로 보수적이야.

게다가 난 너와 미치루 단둘이 여행하는 게 때로 불안해. 그 왜, 노리기 쉽잖니. 일본 사람이지, 여자 둘이지. 그쪽에 도착한 다음에야 아저씨와 아주머니가 있으니 안심이지만, 가는 길에도 남자가 함께 있으면 나야 안심이지.

오히려 즐거울 게야. 난 말이다, 네가 그 사람과 사귀게 되면 아들이 하나 생기는 셈이라 기쁠 것 같아. 사토루에게는 미안하다만. 그래도 몇 년이나 상을 치렀고, 울기도 많이 울었으니까 이제 그만하면 됐어. 아들이 죽은 슬픔이 어떻게 치유되겠니. 하지만 가령 사야카 네가 발리에서 좋은 남자를 만나 정착하면 역시 허전하겠지.

사실 그쪽이 훨씬 가능성이 높은 일 아니니? 발리의 그 부부에게도 자식이 없으니, 너희가 같이 살아 주면 대환영일 테고…… 그런 그림이 가장 현실적일 게다. 물론 반대할 생각은 없다만. 나와 아버지가 비행기 타고 이동할 수 있는 것도 기껏해야 앞으로 십 년 정도일 테고."

"어디에 있든 뵈러 올 거예요."

나는 미소 지었다.

사토루가 죽은 직후 슬퍼하던 어머니의 애끓는 모습을 생각하면 나는 알 수 있다. 아무리 후련하다는 듯이 가장해도 마음속은 사토루로 가득하다는 것을. 하지만 살아 있는 사람과 함께 살아가자는 결의가 시어머니를 미래로 향하게 한다는 것을.

"하지만 그 사람은 옆 동네에 살잖니. 더구나 미치루와도 합이 잘 맞는 것 같고. 얼마나 좋으냐."

시어머니가 해맑게 웃었다.

우리가 떠나가게 되더라도 막지 않겠다고 얼마나 굳게 다짐했을지 전해졌다.

"이런 때 질투하거나 못되게 굴고, 미치루의 친권을 빼앗으려 하고 집에서 쫓아내기도 하고, 그런 드라마가 없으면 재미없잖아요, 어머니. 아무튼 정말 대단하세요."

"너 한류 드라마를 너무 봤나 보구나."

시어머니가 흐뭇하게 웃었다.

"누구나 사실은 마음 편하고 기분 좋고 상쾌한 걸 좋아하는 법이란다. 그렇다고 모두가 산에도 가고 테니스를 치는 건 아니니까 모르는 거야. 그러고는 심심풀이 삼아 이런저런 것에 손을 댈 뿐이지.

내게는 몸을 사용하고 균형을 추구할 수 있는 장소가 있고 게다가 아들을 잃다 보니 그렇게 생각하게 된 거야. 아주 충분할 정도로 말이지.

고개 숙이고 손만 쳐다보면 손에만 신경이 가는 법이잖니.

산은 위대하고 테니스는 오묘하고, 아들이 죽는 것은 받아들이기 어렵고. 그렇게 경험하고 겪다 보니 원치 않아도 겸손해졌다고 할까, 자신이 이렇다 저렇다 생각하는 건 다 부질없다는 걸 몸으로 알았어."

나는 우주의 중심 같은 곳에서 덩그러니 살고 있고, 주변에는 마치 다른 별처럼 다른 사람들이 떠 있어 가끔 손을 흔들면 웃는 얼굴로 대답해 주니까 고독하지만 슬프지는 않다. 그런 느낌이 들었다. 딱 알맞은 선과 균형은 틀림없이 존재한다고.

인터넷으로 비행기 티켓을 예약하고, 그 내용을 이치로에게 메일로 보냈다.

"오케이, 맞출 수 있어. 일정 첫날에 한 가지 볼일이 있어서 하루 늦게 우붓에 도착하도록 할게. 나중에 올 수 있으면 와. 자세하게 듣고 싶으니까. 이치로."

그런 답장이 와서 나는 가 보기로 했다.

이치로는 여름 햇살 탓에 한층 까맣게 탔고, 머리에 수건을 두르고 물을 뿌리고 있었다.

"언제나 마당에 있네."

내가 웃으면서 말했다.

"여기가 내 직장이니까……. 하기야 조금 전까지는 다케나카 씨와 사무소 청소를 하고 있었지만. 다케나카 씨 덕분에 어머니가 돌아가신 충격이 꽤 잦아든 것 같아. 밥도 지어 주고. 우리 모두에게 가족이나 다름없고."

"정말 좋은 사람이라서 다행이다. 이치로의 어머니도 외롭지 않았겠어."

원래는 내가 했을 일을 하는 사람이 있어 주어 다행이다. 그렇게 생각했다.. 지금은 다른 입장에서 관계하고 있어 한층 여유로워졌다.

그 무렵의 피폐했던 내가 그대로 며느리가 되었다면 이곳의 기가 흐트러질 뿐이었으리라. 그야말로 마당의 나무와 풀까지 나의 그늘을 반영해 이렇게까지 무성하게 자라지 못했을지도 모른다. 또는 이치로의 어머니는 찾아오는 사람들에게 신경을 쓰느라 여념이 없어 이렇게 멋진 공간을 만드는 쪽으로 마음이 향하지 않았을지도 모른다.

그때 내가 도망친 것은 잘한 일이었다.

또 한 번 그렇게 생각할 수 있어 마음속의 샘에서 물이 풍성하게 솟는 기분이 들었다.

"매실귤 사이다 사 왔는데, 마실래?"

내가 두 개 중 한 개를 이치로에게 내밀었다.

이치로가 음료수를 마시면서 말했다.

"이거 뭐지, 맛있는데! 마당 일 하고 마시기에 최적의 음료수잖아. 어디서 파는데?"

"우리 동네 역 앞에 있는 슈퍼마켓에서 팔아. 다음에 좀 많이 사 올게."

나무 그늘에서 땀이 식어 간다.

매미가 오늘도 짧은 생명을 발산하며 힘차게 울고 있다.

"누가라에 있는 그 사람의 집인지 리조트 호텔인지 거기에 나도 가도 되는 거야?"

"응. 이치로 방까지 부탁해 뒀어. 별거 없는 조그만 트

원실이지만 깨끗하고 쾌적해. 수영장도 있고. 그리고 엄청 귀여운 발리 아가씨들이 식사도 준비해 주고. 아마 운전사도 알아봐 줄 거야."

나는 말했다.

"나 손을 움직이는 데 도움이 되지 않으려나 해서 매일 수영장에서 수영했어. 수영장 앞에 있는 매점에서 일본인 여자가 만든 시시(sisi)라는 브랜드의 가방을 팔고 있는데 정말 귀엽고 종류도 많아서, 두 시간 동안 고르고 골라서 여섯 종류를 사다가 방에 죽 늘어놓기도 했고. 시간을 그렇게 여유롭게 보내다 보니까 나도 모르게 조금씩 웃을 수 있게 되었어."

"그 일본인 남자, 무슨 일을 한다고 했지?"

"땅을 많이 가진 부호야. 부인은 발리 여자고, 자식도 있고. 그렇게 돈이 많으니까 일반적으로 봐서 조금은 나쁜 짓을 했을지도 모르지만, 그 1000배는 좋은 일을 하는 사람이야. 양호 시설도 만들고, 도로도 정비하고, 전통 예능 악단도 몇 개나 운영하고, 돈 때문에 문제가 생긴 사람에게 돈을 빌려줘도 거기서 그치는 게 아니라 일감을 줘서 갚을 수 있게 하고, 사람들의 의논 상대가 되어 주기도 하고. 마치 그 옛날 야쿠자 조직의 두목 같아, 품도 넉넉하고. 옛날에는 정말 폭주족 리더였대.

우리 부모님과 아저씨 아주머니도 신세를 졌고, 오랜 인연으로. 내가 사고를 당해서 일본을 떠나왔다고 하니까 얼마든지 묵었다 가라면서 더는 묻지 않고 재워 줬어. 그때는 정말 도움이 컸지.

아침에는 사람들이 코란을 외며 기도하는 소리와 소 울음소리와 소 목에 달린 방울 소리에 눈을 뜨고, 밤에는 별이 총총한 하늘 아래에서 잠들고. 건강에 좋고 맛있는 음식을 매일 먹고. 덕분에 정말 많이 좋아졌어. 그래서 우붓으로 돌아갔더니 이치로는 없었지. 나야말로 서운했어. 메모도 없고, 이치로의 냄새만 남아 있어서. 얼마나 많이 울었던지."

"꽤 오래 있었는데. 그리고 한마디 써서 남길까 하고 시도는 했지만, 무슨 말을 쓰면 좋을지 몰라서. 만나서 얘기하면 된다고 믿었으니까."

이치로가 느긋하게 말했다.

"그럼 이번에는 거기도 같이 갈 수 있는 거구나. 하루 늦게 게스트하우스에서 합류하자. 누가라에는 어떻게 갈 거야?"

"운전사에게 부탁할 수 있을 거야. 누가라까지는 세 시간 정도 걸리니까 이동에 꼬박 하루를 쓴다 치고, 그다음에는 계속 누가라에 있다가 돌아올 때는 공항으로 직접 가면 여드레는 있을 수 있어."

여행 계획이 점점 구체화되자 얼마 전까지만 해도 오래 만나지 않던 사람이라는 사실을 까맣게 잊고 말았다.

옛날의 나 자신과 지금의 나 자신이 자연스럽게 섞였다. 역사가 이어졌다.

이어지지 않았던 것이 얼마나 불편한 것인지 알게 되고, 이어지려면 시간이 걸리는 일을 자신의 힘으로 어떻게 해 보려 했던 어리석음의 무게도 점차 알게 되었다.

"있지, 이치로."

매실귤 사이다를 마시면서 내가 말했다.

샌들 밖으로 튀어나온 발톱이 아직도 한참 젊다고 나 자신을 위로해 주는 것처럼 빛나고 있었다.

조금 굳어 있던 왼손의 손톱도 생기 있게 매끈거린다.

"뭔데. 나 말을 너무 많이 한 거 반성하고 있는데."

이치로가 땀을 닦으면서 대답했다.

"얼마 전에 어떤 책에서 읽었는데, 아, 문화 인류학자가 쓴 책이었어. 중미에 있는 어느 지역의 샤먼 사이에서는 남자와 여자가 성교하면 남자가 조충처럼 번들거리는 것을 여자 몸속에 남긴다는 설이 있대.

그런데 그게 한 번의 성교로 칠 년 동안이나 몸속에 있으면서 여자의 에너지를 빼앗아 남자에게 공급한다네. 칠 년이 지나면 조충 같은 건 죽지만, 칠 년째에 조충의 무리가 난동을 부려서 여자를 다시 성교하게 하게 하기 때문에 첫 남자부터 최근에 성교한 남자가 남긴 조충까지 되살아나서 그들 전부에게 에너지를 주게 된대."

"대낮부터 그런 얘기야. 그것도 에너지적으로 그렇게 사실적인 얘기를."

이치로가 인상을 쓰며 말했다.

"나 칠 년 이상이나 금욕하고 있어서 지금은 조충을 한 마리도 키우고 있지 않거든. 웬만큼 결심을 하고, 에너지를 줘도 좋겠다 싶은 사람과 재개하고 싶어. 부탁할게. 딴마음 먹지 마, 이번 여행에서."

"아저씨와 아주머니에다 이다 씨도 있고, 너의 지인이라는 일본 사람의 숙소에서 묵는다지, 게다가 열 살이 안

된 아이도 있는 환경에서 그런 기분이 들 만큼 주리지는 않았어, 나."

"다행이다. 그 점을 분명히 하고 싶었어."

"나는 그 점을 애매하게 놔두고 싶었는데."

"다 같이 몸도 마음도 푸근하게 쉬면서 바비굴링이랑 나시참플이랑 바소 먹으러 가자."

"좋지. 지난번 발리는 너무 슬퍼서 최악이었으니까 기억을 새롭게 해야지."

이치로가 말했다.

"그리고 나 말야, 사야카를 그녀 후보로 생각해도 되는 거지?"

"그 말은 여자가 '우리 사귀는 거야?' 하고 묻는 말이랑 똑같은 거잖아."

나는 웃었다.

"지금은 나 미치루의 엄마 하나로도 벅차. 하지만 이치로가 아닌 남자가 비집고 들어올 여지가 없다는 건 확실하니까."

"아아, 애매한 게 없어서 낭만도 없으니까 재미없다."

"엄마란 존재는 그런 거라고."

그런데도 이치로가 옆에 있다는 게 기뻤다.

만약 지금 누군가가 맹렬하게 다가와 그를 빼앗아 간다면 나는 어쩌면 슬플지도 모른다. 그런 생각까지 들었다. 마치 오래전부터 죽 함께 있었던 것 같은.

아무튼 하늘은 높고, 무언가가 조금씩 시작되고 되돌아오고 하는 기척이 여름과 함께 사방에 충만했다.

그 일은 정말 우연이었다.

흐름이나 지리적으로는 우연이라 할 수 없을 수도 있지만, 나의 일상에 비춰서는 전혀 뜻밖의 일이었다.

같이 음료수를 마시고, 조충은 사양한다고 농담도 하면서 물 뿌리기를 끝낸 다음 나는 이치로의 오두막에 들르지 않고 미치루가 돌아오는 시간에 맞춰 역을 향해 걸어갔다.

역 앞에서 서점에 잠깐 들러 요리책을 보면서 오늘의 저녁 메뉴를 생각하는 중이었다.

뒤에 사람이 서 있다는 건 느끼고 있었다.

자연 속에서 자랐기 때문에 인기척에는 예민하다.

내 앞에 있는 어느 책을 집어 보고 싶은 거겠지 싶어

나는 한 걸음 옆으로 비켰다. 그러고는 찬 고기 샐러드의 소스 만드는 법을 열심히 머릿속에 복사하고 있었다.

시간이 얼마 지났는데도 인기척이 사라지지 않았다.

혹시나 하고 돌아보니 20대 후반쯤으로 보이는 키가 크고 정갈한 여자가 서 있었다.

앞치마를 두르고 머리는 뒤로 묶었다.

"혹시…… 사야카 씨 아닌가요?"

그 사람이 물었다.

"네, 그런데요. 마쓰자키 사야카예요."

내가 나의 이름을 말했다.

"저는 바로 저기 있는 카페에서 일해요. 설마 이런 곳에서 만나게 되다니, 이야마라고 합니다."

아, 이 사람이 이치로와 사귀었다가 물러난 사람이구나, 하고 겨우 알아차렸다.

반듯하고 귀엽고 상당히 선해 보여 질투는 일지 않았다.

이치로가 이 사람과 벌써 결혼했다면 조금은 섭섭했을지도 모르지만 어떤 의미에서는 편했을 텐데, 하고 나는 생각했다.

"우리 카페에서 잠깐 얘기라도 나눌까요? 저 지금 삼십 분 동안 휴식 시간이거든요. 아르바이트하는 사람이 돌아갈 때까지 아직 조금 시간이 있어요."

"그건 좋지만, 정말 아무것도 확정된 게 없어요. 얘기할 게 있는지 어떤지도 잘 모르겠고요."

이치로에 대해서겠지 싶어 내가 말했다.

"그냥 얘기를 하고 싶을 뿐이에요."

그녀가 미소를 띠고 말했다.

그 미소에 체념이 어려 있어 나는 자신이 유리한 것도 아무것도 아닌데 미안한, 이상한 기분이 들었다.

카페는 그녀의 집이 있는 건물의 2층에 있는 오래된 커피 전문점이었다. 사이펀과 드립도 있고, 가지런히 진열된 원두와 창가의 배전기도 본격적이었다. 전체적으로 짙은 갈색의 인테리어에 조명은 약간 어두웠다. 그녀가 앞치마를 벗고 가볍게 인사한 사람은 아마도 그녀의 아버지인 듯했다. 차림새가 반듯하고 커피를 좋아할 것처럼 보이는 노신사였다.

젊은 아르바이트 청년이 주문을 받으러 왔다. 그녀가 블렌드를 주문해 나도 같은 것으로 했다.

밖에서 낯선 사람과 커피를 마시기는 정말 오랜만이었다.

옛날에 사이코메트러로 감정을 하던 시절에는 곧잘 전혀 모르는 사람과 이렇게 카페에 앉아 얘기하곤 했다.

그 일은 사람의 기쁨과 슬픔을 마치 된장에 손을 넣는 것처럼 만지는 작업이었다. 지금 내가 그 일을 할 수 있는지는 이제 알 수 없다.

아이가 있고, 남편을 먼저 떠나보냈고, 많은 사람들이 겪은 저마다의 아픔과 사랑과 연애를 속속들이 알게 된 지금의 내게는 그럴 만한 단호한 용기가 없다.

그것을 진화로 해석해야 할지 퇴화로 해석해야 할지 나 자신도 잘 몰랐다.

다만 사람으로서 조금은 나아진 듯하다는 기분은 들었다.

"이치로 씨가 얘기 많이 했어요. 사진도 보여 주었고요. 그래서 조금 전에 금방 알았어요."

이야마 씨가 말했다. 발랄하고, 차분하게.

"저, 아까도 말씀드렸지만 우리는 이미 헤어졌어요. 그러니까 그냥 사야카 씨 얘기를 듣고 싶을 뿐이에요."

"아니, 난 무슨 말인지 잘 모르겠는데요."

가슴이 쿵쿵 뛰었다.

적군인지 아군인지, 비난인지 칭찬인지, 도무지 상황 파악이 안 되었다. 청년이 갖다준 커피를 한 모금 마셨다. 무척 맛있었다. 연한데도 단단한 맛이 있었다.

그 맛에서 이 가족의 따뜻한 역사가 느껴져 그들을 좋아하게 되었다.

좋아해서는 안 되는 관계인지도 모르지만.

"나에 대해서 어떤 식으로 들었나요?"

"어느 나라의 공작원일지도 모르는 여자와 사귀었는데, 엄청 힘이 세서 곰도 때려죽일 수 있는 여자였다. 태권도와 가라테와 유도를 써서 어머니를 구해 준 적이 있다. 게다가 사물에 손을 대면 정보를 읽을 수 있는 특수한 능력을 가졌는데, 갑자기 사라져 버렸으니까 어쩌면 스파이일지도 모른다. 그런 자극적인 여자와 사귄 적이 있는 데다 보기 좋게 차였기 때문에 평범한 결혼을 할 수 없을 것 같다."

이야마 씨가 아주 진지하게 말했다.

이런, 이치로, 나를 구실로 대다니.

그런 질 나쁜 농담을 해 놓고 그대로 내버려 두는 점이 이치로의 재미있는 점이기도 하고, 사람에 따라서는 불같이 화를 내는 장면이기도 했다. 하지만 나는 재미있네, 하고 생각하고 마는 사람이었다.

"저, 그 손은……역시 그런 일을 하는 현장에서 다친 건가요?"

이야마 씨가 눈썹을 찡그리고 내 손을 보았다.

"……아, 뭐, 그렇다고 할 수 있죠."

그 사건의 세부까지 구구절절 말하지 않은 것에서 이치로의 양심을 느꼈다.

그러나 그 양심을 느낄 수 있는 나 같은 사람은 이 세상에 그리 많지 않다.

짚신도 짝이 있다더니, 이치로에게는 나밖에 없다는 기분마저 들었다.

"저요, 정말 이치로 씨와 결혼하고 싶었어요.

이 동네에서 그 신사는 아주 소중한 존재라서 일을 거들 수 있다면 영광이겠다고 생각했어요. 이치로 씨는 여기 커피를 좋아해서 늘 마시러 왔고 원두를 사 가기도 했죠."

"그랬군요. 저, 무슨 말을 하면 좋을지 모르겠어요."

"그 사람을 완전히 포기하지 못하고 있었는데, 사야카 씨가 돌아와서 이제 희망이 아예 없어졌다는 말이에요."

이야마 씨의 약간 옆으로 길면서 커다란 눈에 눈물이 그렁그렁했다.

나는 이치로의 기분을 이해할 수 있을 것 같았다.

아름답고, 귀엽고, 이렇게 좋은 사람인데, 이 사람의 미래에 들어간 자신이 그렇게 즐거워 보이지 않았다……. 그렇게 생각된 것은 이치로의 심리가 그녀를 사랑하는 것과는 조금 달랐기 때문이리라. 그런 느낌이 들었다.

생활 속의 한 장면으로 있어 주면 하는 사람, 호의를 보여 주면 반갑지만 그 이상으로는 마음이 움직이지 않는 상대가 확실히 있기는 하다.

그녀가 보는 이치로가 민낯의 이치로와 약간 달랐는데, 그 차이가 멋지게 작용하지 않은 관계였는지도 모르겠다고 느꼈다.

그리고 인간의 궁합이라는 것이 서글프게 생각되었다.

다들 기본적으로 선남선녀인데, 왜 이루어지지 않는 사랑이 그렇게 많은 것일까.

"그렇지 않을지도 모르죠. 진심으로 하는 말인데, 만

약 좋아한다면 매달려 보는 것도 중요하지 않을까요."

"좋아하고 만나고 싶어도 매달릴 수 없는 일도 있어요."

이야마 씨의 눈에서 눈물이 흘러 나까지 눈물을 흘리고 말았다.

내가 좋은 사람이라서가 아니라 어디까지나 그 자리의 분위기 때문에 눈물이 났다.

하지만 이야마 씨는 가장 좋게 해석할 것이라고 나는 추측했다. 미안하지만 아니다. 하지만 이야마 씨의 그런 부분이야말로 좋은 점이고, 그래서 이치로가 재미없어하는 것이다.

무슨 아이러니람, 하고 생각했다.

"미안해요, 상당히 오래전이지만 남편이 죽어서 아무것도 전할 수가 없다고 할까, 전해 보려고 해도 피드백이 없어요. 꿈에서 그가 하는 말을 들어도, 그 말이 정말 그가 할 법한 말이어도 평생 그게 그의 말인지 어떤지 알 수 없잖아요. 그래서 불안해하느니 그의 생각이라고 해석하는 방향으로 가고 있지만, 실물이 있는 것과는 역시 많이 다르죠. 그러니까 상대가 살아 있는 동안에 뭐가 되었든 전하는 것이 좋아요. 지금 내가 할 수 있는 말은 이것뿐입니다."

이야마 씨는 고개 숙인 채 내 말을 들으면서 커피를 마셨다.

그녀의 마음을 가족과 아버지가 끓여 준 이 맛있는 커피가 치유해 주기를, 그리고 그녀를 위로하는 정도가 아니라 진심으로 생각해 주는 사람과 잘 풀리기를 기도했다.

그 세계가 나와 이치로가 있는 세계보다 훨씬 순수하고 멋진 곳인 듯해서 나는 또 서글퍼졌다.

무지하게 좋아하니까 결혼하자. 그런 지점에서 얼마나 멀리 와 버린 것인지.

"저 말이죠."

눈물에 젖은 눈으로 이야마 씨가 말했다.

곱게 손질한 손톱, 가지런한 눈썹. 똑바른 자세.

그리고 무엇보다 나는 나 자신이 손에 들고 있는 커피잔에서 감지하고 있었다. 그녀의 부모님이 얼마나 이 딸을 사랑하며 키웠는지. 또 행복을 기원하는지.

이치로는 나쁜 사람이 아니다.

하지만 다소 별나고 세상을 이상한 각도에서 본다. 나도 마찬가지라서 잘 안다.

어느 한쪽이 나쁘거나 문젯거리가 있다거나 하는 것이 아니다.

있는 그대로의 그녀를 좋아해 주는 사람이 아니면 속으로는 무척 슬퍼할 것이다. 참고 가만히 지켜보았겠지만, 이치로의 어른이 덜 되어 어딘가 모르게 어린애 같고, 탐구자나 관찰자 같은 태도에 그들은 몹시 슬퍼했을 것이다.

"저 깨달았어요. 언젠가 깨달았어요."

이야마 씨가 말을 계속했다.

"같이 있을 때 그 사람은 무척 친절하고 눈과 눈이 마주치면 싱긋 웃어 주지만, 언제나 내가 아닌 뭔가를 생각하고 있었어요. 아, 그렇지, 이 사람과 있으니까 이 사람 생각을 해야지 하는 식이었어요.

가령 길을 가다가 내가 넘어져도 바로 손을 내밀어 주지 않았을 거예요. 괜찮아? 하고 묻기는 해도 그 눈에서 소중한 사람이 다칠 뻔했을 때의 표정은 도저히 찾을 수 없을 거예요.

약속 장소에도 늘 내가 먼저 가 있었고요. 빨리 보고 싶어서 빨리 오는 일은 아마 없었을 거예요.

사야카 씨와 있을 때 그 사람이 어떤지는 모르죠. 어쩌면 좀 다른 면을 보여 줄지도 모르죠.

하지만 언젠가 역 앞에서 그 사람을 십 분 정도 기다리고 있을 때 불현듯 깨달았어요. 그 사람은 뛰어오지 않는다. 그는 나를 만나기 위해 거울 앞에서 몸단장을 하지도 않는다. 저는 그렇게 해 주는 사람이…… 최소한 연애 초기뿐이라도 좋으니까 그렇게 해 주는 사람이 필요하다는 걸요. 그렇지 않으면 나 스스로를 가엾어할 테니까요.

즐겁게 얘기하는 수많은 사람들의 목소리, 목적이 있어 오가는 차들 소리, 친구를 부르는 까마귀 울음소리, 내 주변에서 그런 소리들이 조화롭고 따스하게 울리는데 나는 마냥 외톨이였어요.

하늘은 드높고 푸르고, 나는 가장 좋아하는 옷을 입고, 정성 들여 화장도 했고, 이제 좋아하는 사람과 데이트를 할 참인데, 왠지 비참하다는 생각이 들었죠. 온 세상이 나에게 전하고 있었어요. '그는 너를 싫어하지는 않는다, 아주 좋아하는지도 모른다, 그러나 사랑하지는 않는다.' 하고 말이죠.

나는 머리도 좋지 않고 무술을 할 줄 아는 것도 아니

고, 커피를 끓이는 것도 아직 멀었다고 아버지에게 늘 혼이 나는 부족한 인간인지도 몰라요.

그러나 나는 나를 인간으로 대해 주는 사람과 있어야 해요.

그를 좋아하는 건 분명하지만, 내가 그렇게 허망한 기분이 들어서는 안 되는 거죠. 그러니까 이제 괜찮아요. 다만 사야카 씨가 어떤 사람인지 알고 싶었을 뿐이에요."

"이치로 씨는 마더 콤플렉스가 심한 사람이라서 누구에게나 그런 식일 거예요. 이야마 씨가 그런 점까지 다 수용할 만큼 그를 좋아하지는 않았을 수도 있죠. 그 다감한 외모 때문에 그가 성실하고 반듯한 사람이라고 생각하고 싶었는지도 모르겠네요."

나는 그렇게 말했다. 나도 무술을 할 줄 아는 건 아니라고 말하고 싶은 충동을 느끼면서.

"연애에서는 그런 기대감도 멋진 오해일 수 있지만, 어쩌면 결혼에서는 장애가 될 수도 있죠. 내가 이치로 씨와 함께였던 것은 아주 오래전 일이지만, 성격이 이런 나조차 그의 농담이 버겁고 만사를 남의 일처럼 보는 태도에는 화가 났으니까요."

"그렇네요, 나는 신사 집안에서 부모에게 효도하는 아들로서의 그만을 봤는지도 모르겠네요. 다행히 지금은 단골손님 중에서 나를 무척 예뻐해 주는 사람이 있어서 사귀고 있어요. 결혼도 생각하고 있고, 아버지도 그 사람과의 교제를 찬성하니까 안심하세요."

눈물을 닦으면서, 그리고 미래를 향한 눈길로 이야마 씨가 말했다.

"나도 어린 딸이 있고, 앞으로 어떻게 될지는 전혀 몰라요. 여러모로 말이죠."

"네, 정말 비난할 마음은 없어요. 그렇게 특수한 경력이 있으니, 특수한 인생을 살아왔겠죠. 아무쪼록 행복했으면 좋겠어요. 사야카 씨를 경쟁 상대로 여긴 건 아니에요. 다만 그 사람의 마음의 도피처…… 표현이 좋지 않은데, 나와 사귀면서 신사 일도 거들고 우리 집 일도 거들다가 가정을 꾸리고, 서로 오가고 돕고…… 그런 평범하고 행복한 생활에서 도피한 곳에는, 그 시선의 끝에는 언제나 아주 크고 자유로운 존재로서 그가 좇고 있는, 두려움을 모르는 여자로서의 사야카 씨가 있는 듯한 기분이 들어서 사야카 씨를 늘 무겁게 느끼고 있었어요.

그렇게 어지러운 나의 마음이 사야카 씨에게 날아가 불쾌한 기운을 느끼지는 않았을까 모르겠네요. 정말 미안합니다.

그리고 나는 생각도 소심하고 사는 것도 소박한 하찮은 여자일지 모르겠지만, 나 나름으로는 가게에서 오래 일했다는 자부심이 있어요. 하찮은 인간은 이 세상에 없어요. 아무리 하찮게 보여도 그건 보는 쪽의 문제라고, 지금은 정말 그렇게 생각해요.

내가 그렇게 생각할 수 있었던 것은 매일 윤이 나게 닦고 있는 이 가게의 의자와 카운터와 기둥 덕분이에요. 그러니까 나는 나의 인생을 살아가고 싶어요.

신사 안에 살면서 집안일을 돕고 있어서 이치로 씨가 나 같은 사람인 줄 알았어요. 하지만 지금은 환상이 깨져서 전혀 다른 유의 사람, 무언가에 인생을 거는 사람이라서 나와는 맞지 않는다고 분명하게 생각해요."

"나는 사실 십 년 넘게 그 사람 앞에 모습을 나타내지 않았기 때문에 뭐라 할 말이 없어요. 내 인생을 열심히 살아왔을 뿐이니까. 하지만 무슨 말을 하는지는 잘 알 것 같아요.

이치로 씨는 보기와 달리 이상한 생각을 하는 이상한 사람이니까요. 젊을 때는 그 점에 신비감을 느끼고 이끌렸지만, 지금은 참 이상한 사람이다 싶고 흥미로울 뿐이에요.

그러니까 지금은 일단 이치로 씨를 사랑하지 않아요. 내게는 나를 정말 소중하게 여기다 죽은 남편이 있으니까, 나 자신을 허술하게 다루고 싶지 않아요. 그 점은 이야마 씨와 생각이 똑같네요."

이야마 씨의 온몸에는 가게를 짊어진 자부심과 역시 오랜 세월 가게를 이 거리의 쉼터로 제공해 온 안정감이 있었다. 이치로를 좋아한 일을 계기로 그녀의 내면에서 잠자고 있던 무언가가 깨어나려 했던 것이겠지, 하고 나는 생각했다.

멀리 떠나고 싶어지고, 미지의 것에 빠져도 보고, 인생이 뒤죽박죽되었다가 결국 아름다운 무늬를 그리게 되는 무언가가.

하지만 그것은 깨어나면 그녀의 삶에는 아주 불편한 것이었으리라. 그래서 포기한 것이다. 자신을 발굴하는 것을. 그리고 타인을 위해 봉사하는 지금의 길을 그대로 똑바로 걸어가는, 자신이 좋아하는 인생을 선택했다.

"사야카 씨가 이상한 사람이 아니어서 다행이에요."

이야마 씨가 웃었다.

"나 이 가게에서 물세례를 받은 적이 한 번 있어요. 이치로 씨가 사귀던 술집 마담에게."

"뭐예요?"

나는 놀랐다.

"여기서 세 정거장 떨어진 역 근처에 있는 조그만 술집 마담이었어요. 마담이라고 하기에는 나이가 그렇게 많지 않지만. 그런데 불쑥 나타나서 처음에는 동네 술집 마담이라고 해서 그냥 몇 마디 대화를 나눴는데, 점차 불쾌해하면서 내게 물을 끼얹고 '조신한 척하면 다야! 이 도둑고양이!' 하잖아요. 나 그런 경험은 처음이어서 정말 놀랐어요. 그 일로 아버지는 교제를 결사반대하고…… 그래서도 좀 피곤했어요. 사람은 그게 어떤 물이든 원래 살던 물이 섞일 수 있는 곳에 사는 게 최고라는 생각이……."

"정말 어처구니없는 놈일세. 다음에 만나면 늑골 세 대쯤 부러뜨리죠."

후후, 이야마 씨가 웃어 주었다.

"목뼈를 부러뜨려 달라고 하고 싶을 만큼 분했어요."

그 웃는 얼굴을 보고서 나는 이치로가 그 나름으로 그녀를 얼마나 사랑했는지 알 것 같았다.

제비꽃 같은, 마음이 넉넉해지는 웃는 얼굴. 카페에서 일하는 모습만 봐도 기운이 나는…… 그런 기분이.

나 역시 이치로 그 자식, 하고 늘 생각했더랬다.

하지만 사랑의 힘으로 이치로의 이면에 좀 더 멋진 이치로가 있고, 그 이치로가 내 안의 가장 멋진 남성상과 조금 겹치는 것처럼 보였더랬다.

이야마 씨와 헤어진 다음 전철역 플랫폼에서 나 혼자 중얼거렸다.

"이치로의 쌍둥이 형이 살아 있었다면 어쩌면 진짜 멋진 사람이었을지도 모르지."

그 조그맣고 가벼운 뼈, 모든 것의 시작이었던 감촉을 떠올렸다.

그럼에도 이치로가 내게는 어울리는 거겠지, 그런 거겠지, 하고 생각했다.

지금 나는 이치로의 좋은 점을 확실하게 분석할 수 있다.

변명하지 않는 점, 가족과 함께 있으면서도 독립적인 점. 자기만의 생각이 있고, 스스로 성장했다는 점.

우붓까지 쫓아왔는데, 내게 자신이 필요치 않다고 판단하자 돌아간 점. 하지만 역시 풀이 죽었던 점.

그리고 그다음에 나를 완전히 잊어버린 점.

그럼에도 어딘가에는 간직하고 있었던 점.

그렇게 아리따운 여자와 연애를 했지만, 뭔가가 안 맞자 타협하지 않고 안 맞는다고 생각한 점.

탐하는 마음으로는 여자를 사귀지 못하는 점.

그 모든 것의 분량을 재는 방식이 나와는 달라도 납득이 간다.

그 모두가 약함과 강함도 포함해서 이치로라는 수수께끼의 인물 자체였다.

신비한 것도 제멋대로인 것도 아니다.

이치로는 그냥 이치로다. 윤곽이 흔들리지 않고, 매 순간 자기 나름으로 살고 있다.

그런 사람이 시간을 쌓아 가는 방법이 가장 숭고하다. 아무도 이해해 주지 않아도 어김없이 새겨지는 삶의 양식, 그게 그의 가장 좋은 점이라고 생각한다.

여행을 떠나는 날 나와 시어머니는 냉장고를 비우기 위해 열심히 먹어 댔다.

시금치나물, 돼지고기볶음, 남은 밥을 주물러 만든 주먹밥, 갖가지 채소가 든 된장국, 젓갈, 김치, 수박 등 오래 저장할 수 없는 것을 전부 꺼내 놓고 둘 다 오후의 햇살 속에서 배가 잔뜩 불렀다.

"위가 깜짝 놀란 모양이다. 너무 이것저것 먹어서. 수박은 내가 절반 가져가서 아버지와 먹으마."

시어머니가 웃었다.

이런 때 내게 아직도 부모님 사고의 트라우마가 있는 것일까 하고 생각하게 된다. 시어머니의 웃는 얼굴을 보자 비행기를 타고 싶지 않다. 혹시나 비행기 사고가 나면 나는 또 무슨 일이 있어도 온몸으로 미치루를 지킬 것이다. 나만 살아남는 가능성은 아예 생각지도 않을뿐더러 그래서는 안 된다고 믿는다. 이 세상 모든 엄마들도 같은 생각일 것이다.

그런데 시어머니를 만날 수 없게 된다면, 하고 생각하면 비행기를 타기 싫어 울고 싶은 심정이 된다.

마음이 착 가라앉고, 아무것도 느끼지 말자고 딱딱해

진다.

"즐겁게 지내다 와."

시어머니가 말했다. 그 말의 울림만으로도 나는 조금 가벼워진다.

지금은 지금, 그리고 즐거움을 위해 간다, 그리고 그 즐거움을 나누기 위해 반드시 돌아온다.

"네. 미치루 중심으로 즐겁게 지내다 올게요."

"얘는, 의심하는 거 아니야, 궁금하기는 하지만."

시어머니가 말했다.

"그 뼈 사건이 있은 후로 왠지 네가 한결 강해지고 넓어진 것처럼 보이는구나. 손도 움직이게 되었고. 인생, 이제 시작이야."

안타깝지만 손은 아직 자연스럽게 물건을 쥐거나 세밀한 작업을 할 수 있는 수준까지는 움직이지 않는다. 힘도 주어지지 않고, 굽었던 때 버릇 때문에 이내 원래 자리로 돌아간다. 하지만 손이 펼쳐지고 움직이는 것만 해도 지금까지 없었던 가능성을 실감할 수 있었다.

마치 손이 움직이는 범위를 따라 시야도 넓어진 듯한 신기한 감각이 있었다.

"자연 속에 사는 무수한 생물에게 있는 가능성이란 게 그렇지. 싫어도 다시 시작해야 하는 경우도 있고 이제는 끝이다 싶은 경우도 많지만, 끈질기게 버티다 보면 시간이 알아서 흘러가 숨통이 트이는 곳으로 나와 있곤 하잖니. 그래도 안 될 때는 주저앉는 수밖에 없겠지만.

사토루도 그랬지만, 이렇게 많은 생각을 하고 많은 것을 보고, 그렇게 깊이를 더해 가다가 갑자기 죽으면 다 없어진다? 그건 아니라고 생각한다. 어딘가에는 반드시 남아서 살아 있는 것들에게 계속해서 영향을 미쳐. 그러니 무서워할 게 뭐가 있겠니.

그 갓난아기의 뼈도 그렇지, 흙으로 돌아가지 못하고 그렇게 남아 있었기에 많은 것이 움직이게 되었잖아. 거기에는 갓난아기 나름의 생명의 흔적이 있는걸."

"저 솔직히 그때 이치로가 얽혀 있는 것도 신기하지만 숨겨진 뼈 때문에 생긴 살인 미스터리 같은 게 있지 않을까 했어요.

실제로 그 집에서 피비린내 나는 사건을 체험한 탓도 있고. 하지만 전혀 아니었네요. 맥이 쭉 풀릴 정도로 당연한 일들뿐이었어요. 하지만 그 당연한 일들이 가장 흥미로웠죠."

"그렇지, 별거 아니게 보이는 일 속에 아주 흥미로운 것들이 잔뜩 숨어 있는걸. 그걸 파내는 게 얼마나 재미있다고."

수박만 남기고 싱크대로 가져가 정리하고 남은 것들은 랩으로 싸면서 시어머니가 말했다.

"캠프를 하러 갔는데, 어라? 이게 있어서 큰 도움이 되기는 했는데, 내가 이번에는 웬일로 이걸 넣었지? 싶은 일이 종종 있어. 저번에는 해변에서 어부에게 느닷없이 농어를 받았는데, 머리는 된장국에 넣고 살은 회로 뜨기로 하고, 친구가 열심히 손질하는 사이에 내 백팩에서 고추냉이를 가는 강판이 나온 거야. 그걸 백팩에 싼 기억이 없는데, 어떻게 들어 있었는지. 그래서 고추냉이 가져온 사람 혹시 있어, 했더니 동료 중 한 명이 바닷가에 가니까 혹시나 싶은 생각에 가져왔다면서 간장과 고추냉이를 꺼내는 거야. 그런 일은 사전에 의논을 하거나 계획을 꼼꼼하게 짠다고 미리 알 수 있는 게 아니지.

이번의 뼈 사건은 그런 일과 아주 비슷해."

그 총명한 눈동자를 보면서 나는 생각했다.

나는 부모님이 나이 들어 죽어 가는 과정을 보지 못했다. 그러나 앞으로 이 사람들의 과정은 보게 된다. 이치로의 아버지 역시 조금은 관여하게 될 테고, 우붓의 아저씨와 아주머니도 마찬가지다.

사람은 언젠가는 반드시 힘이 다해 이 세상에서 사라지지만, 후대에 다양한 것을 남긴다.

언젠가는 만날 수 없으니까 지금, 매일 지겹도록 만나도 괜찮다. 그리고 그렇기에 싫다 않고 만날 수 있게 서로를 헤아리면 기묘한 마법이 생겨난다.

지나치게 들러붙거나 질투하고 울 틈이 없다는 뜻이다.

그 당당한 다짐이 아직 독신인 전 남친을 데리고 딸과 함께 발리로 가는 것에 대한 마지막 남은 내 죄책감을 완전히 깨 버렸다.

"그 얘기 듣고 나니까 여행 가방에 생선에 고추냉이에 가다랑어포에 대두까지, 뭐든 다 집어넣을 것 같네요."

나는 웃었다.

"생선 가져가 봤자 출국 심사에서 바로 걸리지."

시어머니도 웃었다.

5 발리 재방문

"미치루가 돌아오면 공항에 갈 거예요. 그때 인사드릴 게요."

"그래, 아래층에 있으마."

시어머니가 수박을 들고 그렇게 대답하고는 미련 없이 현관을 나섰다.

아래층에 있으마. 그 말이 나를 행복하게 했다.

여행을 떠나는 날의 아침은 유난히 일상이 빛나 보여 무척 좋다.

죽음의 가능성이 살짝 양념되고, 고양이까지 서운한

눈으로 나를 본다.

"금방 돌아올게."

고양이에게도 우리 집에게도, 창밖 담장가에서 쨍쨍 내리쬐는 햇볕을 받으며 흐드러지게 피어 있는 히비스커스에게도 소리 내어 그렇게 말했다.

바보 같다고 생각하면서도 그러지 않을 수 없었다. 지금 여기 살아 있는 행복이 여름의 내음과 함께 북받쳐 올랐다.

발리의 밤은 후끈하고 눅눅하고, 새로워진 공항에는 예전이나 다름없이 온갖 사람들이 잡다하게 밀려들고 있었다. 그저 할 일 없이 있는 사람, 친구와 가족을 기다리는 사람, 호텔에서 손님을 마중 나온 사람, 호객꾼, 가짜 짐꾼. 일본에는 없는, 뭐가 어떻게 돌아가는지 모를 만큼 혼란한 광경을 오랜만에 보고서 미치루는 어리둥절해했다.

지금까지 몇 번이나 온 적이 있지만, 공항이 새로워진 후에는 처음이라 그 아름다운 건물과 잡다한 사람들의 간극이 상당했다.

도착 로비에 게스트하우스의 아저씨와 아주머니가 싱글거리며 서 있었다.

"아저씨, 아주머니."

나는 두 사람을 꼭 껴안았다. 두 사람도 나를 부모처럼 꼭 안아 주었다.

조금 배가 나오고 머리가 하얗게 센 아저씨. 예전보다 좀 말라 눈가에 주름이 늘어난 아주머니.

두 사람은 미치루가 부쩍 큰 것에 놀라서는 쓰다듬고 껴안고, 한바탕 재회의 의식이 이어졌다.

"손은 어떻게 된 거야?"

아주머니가 바로 알아차렸다.

"갑자기 조금씩 움직이게 되었어요."

"그런 일이 있었구나…… 잘됐네, 정말 잘됐어."

아주머니가 눈물을 흘리자 아저씨도 덩달아 눈물을 글썽거렸다.

울어 주는 사람의 수가 늘어날 때마다 말없이 기다려 준 마음의 크기를 알게 된다. 나는 행복했다.

늦은 밤의 어두운 공항에서 여행 가방을 둘러싸고 우

는 우리의 모습을 발리 사람들이 힐금거리며 지나갔다.

아저씨 차를 타고 우붓으로 향했다.

공항 근처의 대도시를 지나 차가 캄캄한 시골길로 접어들었다.

"나 우붓에 들어가기 전에 갑자기 어두워지는 게 좋더라. 몽키 포레스트 부근에서 소름이 쫙 끼칠 만큼 어두워지면 아아, 이제 다 왔구나 싶고. 간간이 편의점이 보이고, 그다음에 은세공 가게들이 죽 있고, 그러다 갑자기 세련된 가게들이 나오잖아. 그럼 한밤중이지만, 아, 우붓이다, 내일은 여기서 자란자란해야지, 생각하고."

미치루가 어두운 차창에 얼굴을 대고 말했다.

자란자란이란 느긋하게 산책한다는 소리다.

미치루가 너무 자연스럽게 그렇게 말해 운전하는 아저씨가 푸훗 웃었다.

아주머니도 빙그레 웃고 있었다.

밤인데도 길에는 어슬렁거리는 사람들이 많아 아직 밤이 끝나지 않은 느낌이었다.

돌아왔다. 그렇게 생각한다. 무더워 땀이 눅진하게 밴

옷이 차 안의 바람에 말라 간다. 그 시원함에 적응하려 몸이 점차 깨어난다.

여기에서는 옷을 자주 갈아입는 것보다, 눈썹을 반듯하게 정리하고 화장을 하는 것보다 생명의 힘을 강화하는 것이 우선이라고 어둠이 말해 주는 듯했다.

발리의 밤은 살아 있다고 새삼스럽게 생각했다.

도쿄의 밤은 그 힘을 조용히 숨기고 있지만, 발리의 밤에는 무언가가 확실하게 있다. 수많은 것이 꿈틀거리고 있다.

좋은 것과 나쁜 것, 오물 범벅인 것과 청결하게 반짝이는 것, 모든 게 있다.

이쪽에서 밤을 쳐다보고 있으면, 밤 속에서 꿈틀거리는 것들도 이쪽을 빤히 쳐다본다……. 일본에서는 잊고 있던 그런 감각이 되살아난다.

그리고 아침이 와 강렬한 햇살이 발리를 비추면 밤의 생물들이 일제히 둥지로 돌아간다.

계곡가에 있는 게스트하우스에 도착하니 알록달록한 도마뱀과 도롱뇽이…… 발리에서는 게코라고 하는 것들이 무수하게 울고 있었다. 미치루는 그것들이 언제 모습을 나타낼지 조마조마해했지만 바로 적응하는 눈치였다.

자연과 친숙하게 자랐으니 보통의 도시 아이들보다는 적응이 빠른 것이리라. 이내 신발을 벗더니 벌레가 밟히는데도 아랑곳 않고 바닥을 차박차박 걸어 다녔다.

아저씨와 아주머니가 손수 준비한 요리로 맞아 주었다.

튀긴 템페와 매운 껍질콩볶음, 삼발 소스와 미치루가 아주 좋아하는 닭튀김인 아얌고렝. 모두 그리운 음식들이었다. 어슴푸레한 밤 속에서 길쭉한 쌀로 지은 밥을 듬뿍 곁들이고 빈탄 맥주와 달콤한 주스와 함께, 조그만 풀과 그 너머에 칠흑처럼 펼쳐진 계곡을 바라보면서 다 같이 먹었다.

밤과 게코와 강과 습기를 품은 바람과 램프와 촛불과 우리 인간들이 번갈아 얘기하는 것 같았다.

발리에 오면 일본에서 했던 이런저런 생각들이 모두 물거품처럼 여겨진다. 자잘하고 하찮게. 그럴 정도로 이 섬에서는 마치 강물이 콸콸 흐르는 것처럼 무언가 거대한 것이 흐르고 있다.

나를 어디로 데려갈지는 모르겠지만, 아무튼 거대한

힘이.

여기 오기 전에 걱정했던 일은 싹 사라지고 만다.

자신이 조금 거친 존재로 변하고 또 다른 시간을 살기 시작한 듯한 기분이 든다.

천장에서 돌아가는 선풍기 바람을 맞으며 미치루는 잠이 들었다.

아저씨가 어린 시절의 나를 들어 안았던 것처럼 오, 무거워졌는데, 하면서 미치루를 안아 내가 살던 방으로 옮겨 주었다.

나는 아저씨 부부와 밤늦게까지 와인을 마시면서 이치로가 내일 오기로 했지만 다시 시작하기로 한 것은 아니라고 얘기했다.

그 사람 참 재미있던데, 하고 아주머니가 웃었다.

아저씨도 취기가 약간 돌아 빨개진 얼굴로 웃음을 터뜨리더니 정말 재미있는 사람이더군, 했다.

그래서 온갖 일들이 이래저래 완전히 정리되었다.

"사야카는 지금 독신이잖아, 사람도 좀 만나고 그러지."

아주머니가 살며시 미소 지으며 말했다.

같은 손윗사람이라도 시어머니와 달리 아주머니는 한

없이 조용한 사람이었다.

우리 엄마와 비슷한 유형이라 함께 있다 보면 내 마음이 조금 어린애 같아진다.

자기 손으로 힘쓰는 일을 하는 경우는 그렇게 많지 않아도 다양한 사람들을 동원하면서 이곳에서 생활한 긴 세월 덕에 탄탄해진 그 표정을 나는 와인 안주를 맛보듯 행복한 기분으로 음미했다.

많은 오해와 앙금이 풀려 남은 것은 미치루를 사랑하는 마음과 미치루를 내게 선사해 준 사토루를 향한 마음뿐이었다.

평생 같이 발리에 오는 일은 없었던 사토루, 지금은 늘 같이 있다. 그렇게 생각했다.

"아주머니."

"응?"

아주머니가 나를 보았다. 우리 엄마가 떠오르는 고요한 눈동자. 젊을 때 우리 엄마와 긴 시간을 함께 지낸 기억들을 지닌 사람.

아저씨도 이쪽을 가만히 보고 있었다.

"제가 일본으로 돌아갈 때 통장을 주었잖아요. 그거

우리 엄마가 저를 위해 모은 돈인가요? 아니면 그냥 엄마가 남긴 건가요?"

"너처럼 엄마 역시 특별한 능력이 있었던 게 아닐까."

아주머니가 조용조용 말했다.

"엄마가 자기는 이 세상을 빨리 뜰 것 같다는 말을 늘 했어. 그래서 매달 돈을 꾸준히 모았지."

"자세히 보니까 500엔을 저금한 달도 있더라고요. 어찌나 우습던지."

"우리가 이 일을 시작할 때 돈이 그렇게 많았던 건 아니니까."

아저씨가 말했다.

아저씨는 젊을 때는 대학 교수였다가 그다음에는 일본과 인도네시아 사이에서 무역업을 했다. 그리고 정년이 되기 전에 이곳에 눌러살게 되어 회사를 접고 이 게스트하우스를 하기로 결정했다. 아빠와 함께 자금을 출자하고, 아무것도 없던 이 계곡 깊은 곳으로 장소를 정했다.

"네 엄마가 어깨너머 배운 실력으로 수맥도 찾고, 그때는 젊었던 이다 씨를 불러서 땅을 봐 달라고 하고 고사도 지내고, 참 재미있었지.

계약하는 방법은 누가라에 사는 마루 씨에게 단단히 배우고, 왜 여기서는 인도네시아 사람이 아니면 땅을 살 수 없으니까 말이다. 땅을 그냥 빌릴까, 아니면 대리를 내세우고 계약서에 조건을 달까, 아무튼 여러 가지로 복잡한 게 많았지만 그러는 내내 네 명이 같이 지내서 가족 같아졌지. 그리고 난 퇴직금도 있어서 여유가 있었지만, 네 아버지와 엄마는 남에게 돈을 빌리는 사람이 아니라 아무리 빌려준다고 해도 빌리지 않았어. 정말 삼발과 밥만 먹어서 이 사람이 반찬을 좀 갖다주곤 했지.

그 무렵부터 네 엄마가 말했어. 우리에게 무슨 일이 생기면 이 돈을 모두 사야카에게 주라고. 통장을 맡긴다는 건 정말 신뢰한다는 뜻이지. 그들이 떠나간 후로 우리도 넋이 빠져서 여기 운영이 빠듯해진 적도 있었지만……. 그렇잖겠니, 일손과 브레인이 갑자기 둘 다 사라졌으니 말이다. 허전하고 외롭고, 그런 때에도 그 돈에는 절대 손을 대지 않았어. 보험금이 나왔지만 그 돈에도 당연히 손을 대지 않았다."

"아저씨, 그런 말 일일이 하지 않아도 다 알아요."

"그게 그렇지가 않아. 인간이란 참 나약한 거다. 육아를 돕고 있으니, 재워 주었으니, 그런 빌미를 들이밀면서 5만 엔이든 10만 엔이든 정당한 기분으로 받는 건 간단한 일이야. 그리고 조금만 받는 건데 괜찮겠지, 조금 더 주면 좋겠는데, 그런 욕구가 사람 마음속에는 언제든 있는 법이다."

정말 그렇다, 하고 나는 생각했다. 내가 여기에 머물 때마다 조금 깎기는 해도 늘 숙박료를 지불하는 것은 그렇게 되고 싶지 않아서였다.

"하지만 네 엄마 아빠와 같이 지낼 수 있어서 우린 정말 즐거웠어. 이곳에서는 그렇게 많은 게 필요치 않잖니. 차가 있고, 집이 있고, 밭이 있고……. 손님은 해마다 대개 같은 사람들이 와서 장기간 묵고 가니 수입도 안정적이고.

노후에 당당하게 얼굴을 들고, 그 사람들과 함께 이곳을 시작했다는 기억을 떠올리고 싶어서 그런 마음은 아예 먹지도 않았단다. 그러지 않기 위해서 우리가 조금 많다 싶게 땅도 갖고 있는 거고. 지금 개발이 진행되고 있으니 머지않아 팔릴 거야. 발리가 변하는 것은 역사의 흐름이 그러니 어쩔 수 없지만, 우리가 봐 온 것과 추억은 변하지 않는걸.

그리고 무엇보다 말이지, 지금 하는 이 일도 그렇지만 전에 이 사람이 하던 일도 여러 나라의 다양한 것들을 보는 것이었으니까. 정말 많은 것을 봤어."

아주머니가 말했다.

"순전히 현지 조사지."

아저씨가 말했다.

"같이 왔던 커플이 돌아갈 때는 헤어져서 각자 따로 가기도 하고, 길에서 꼬드긴 젊은이를, 그것도 돈이 목적이라는 게 뻔히 보이는 젊은이를 데리고 오는 노부인도 있고, 다른 사람이 담당하는 방에서 팁을 슬쩍 가져가는 젊은 아르바이트생도 있고.

그런 사람들을 볼 때마다 나는 아직 어른이 안 된 사야카를 두고 떠나야 했던 네 부모님을 생각한단다. 얼마나 이 세상에 머물고 싶었을까, 얼마나 사야카 네가 보고 싶었을까 하고 말이야.

인간의 욕망을 접할 때마다 생각해. 사람에게 활기를 주는 욕망은 좋지만, 그러지 않는 건 이상한 냄새가 나지. 그런 냄새를 맡으면 나까지 냄새가 나는 듯하고.

나도 이제 그런 걸 알게 되었다. 친구들이 그렇게 갑자기 세상을 뜨고 나니 정말 여러 가지로 생각하게 되더구나. 나도 언제 갑자기 죽을지 모르니 냄새를 풍기며 천국에 가고 싶지 않아서 사야카의 통장을 와인이나 땅으로 바꾸는 짓은 하지 않았어. 그 1엔 1엔이 그들에게는 사야카가 무사하기를 비는 기도의 목소리였으니까 말이다."

"저도요, 그 돈에 아직 손대지 않았어요. 미치루가 언젠가 사립 학교에 가고 싶다고 하거나 유학하고 싶다고 하면 그때 쓰려고요."

어느 달에는 5만 엔, 어느 달에는 500엔. 다달이 다르게 입금된 금액이 부모님의 서툰 사랑의 음악을 들쭉날쭉한 악보처럼 연주했다.

일본 계좌에 엔화로 저금해 온 그들. 지금은 인터넷 뱅킹이 있지만, 당시에는 귀국해 있는 기간에 일본의 은행에 계좌를 만드는 일도 매달 입금하는 일도 사람에게 부탁하거나 송금하거나 아무튼 지금보다 훨씬 번거로웠을 것이다.

그 수고를 생각하면 가슴이 뜨거워진다.

"그렇구나. 엄마 아빠가 기뻐하시겠어."

아저씨가 말했다.

"게다가 너도 이제 슬슬 자기 인생을 다시 한번 시작할 수 있고."

아주머니가 말했다.

"책도 사고 여행도 하고, 다시 그럴 수 있게 되잖니."

"그렇죠. 그렇게 될 거예요. 하지만 한동안은 다른 사람과 관계되는 결혼이나 연애는 하지 않고 저 자신과 지내 보고 싶어요. 자기를 되찾겠다는 뜻이 아니라 어떤 것이 저의 근본에 있었는지 기억하고 싶어서요.

그리고 이 손이 조금 더 움직이게 되면 지금까지 할 수 없었던 일도 많이 할 거예요. 그렇게 해서 새로 시작되는 일도 반드시 있겠지만 지금은 아직 어떤 걸지 알 수 없으니까 많이 기대하고 있어요."

"생각지도 못한 세계가 펼쳐지겠지."

아주머니가 말했다.

"자기가 일찍 없어진다고 생각하면 이 세상 모든 것이 아름다워 견딜 수가 없다고, 나뭇잎도 꽃도 닭과 병아리도 오리도 강아지도 아침에 마시는 오렌지주스도 전부 아름답게 보인다고 했어, 네 엄마가. 그리고 언제나 사야카를 보고 싶고 즐거워서 미칠 것 같다고."

"긍정적이네요."

"그런 사람이었단다. 늘 얼굴을 들고. 순간에 반응하고 반짝거렸지. 조용하지만 의지가 아주 강한 사람이었어."

아저씨가 말했다. 아주머니도 고개를 깊이 끄덕였다.

늘 여학생들처럼 같이 있던 아주머니와 엄마.

엄마의 그림자가 불현듯 세 사람 사이를 스쳤다.

엄마가 언제나 일했던 이 거실.

채식주의자라서 밭에서 채소를 가꿨다. 늘 콩을 삶았다. 모자를 쓰고 바구니에 채소를 가득 담아 돌아왔다. 이미지 속의 엄마 얼굴은 지금의 나와 별 차이가 없는 나이다.

우리의 대화 사이사이로 게코들이 높고 낮은 멜로디를 들려주었다.

밤이 깊어지면 역시 밀려오는 어둠 속에 살아 있는 것들의 기척. 인간에게 친절한 것, 가혹한 것, 수많은 것들이 꿈틀거리는 짙은 공기.

다음 날 저녁때 도착하는 이치로를 마중하려고 공항

에 갔다.

아저씨 차를 타고 이치로를 데리러 가니 기분이 묘했다.

마쓰자키 집안의 집에 이치로가 왔을 때 이상으로 비현실적인 느낌이라 노을 진 하늘을 올려다보면서 이상한 꿈을 꾸는 듯한 기분으로 가득해졌다.

아저씨는 약간 숙취가 남아 있었지만, 낮에 밭일을 하고 땀을 흠뻑 흘린 덕분에 웃는 얼굴이 개운해 보였다.

이 년 전에 만났을 때보다 조금 둥그레진 등을 손바닥으로 쓰다듬었다.

미치루도 나를 따라 쓰다듬었다.

아저씨가 또 웃었다. 계단밭과 소와 조그만 가게가 몇 군데 있을 뿐인 마을도 그런 우리는 상관치 않고 나날의 삶을 영위하고 있었다.

이치로가 변함없는 모습으로 출구에서 나왔을 때 나는 무언가가 끝났다는 것을 알았다. 이치로와의 관계가 아니다.

내 안에 있던 앙금 같은 것이 정말 리셋되었다는 것을.

이치로는 평소와 다름없는 것 같으면서도 처음 만나

는 사람 같았다.

"아저씨, 오랜만입니다. 신세 좀 질게요."

이치로가 말했다.

이치로의 가장 대단한 점은 처음 만나는 듯한 모습인데도 이치로가 등장하는 순간 모든 것이 당연하게 여겨진다는 것이다.

그에게는 어떤 일이든 지금으로 쏙 가져오는 힘이 있다.

마당에 뼈가 묻혀 있든, 발리에 불쑥 나타나든.

"어, 아저씨가 어떻게 이치로 아저씨를 알아요? 이렇게 등장인물이 적다니, 마치 한류 드라마 같네요. 할머니가 늘 하던 말이랑 똑같아요."

미치루가 말했다.

"옛날에 너희 엄마를 쫓아왔을 때 재워 주신 적이 있거든. 그런데 엄마를 만날 수 없어서 아저씨와 아주머니랑 사이좋게 지내다 돌아갔어."

이치로는 미치루와 손을 잡고 걷기 시작했다.

"에이, 그랬구나. 젊음이란 거 굉장하네. 이치로 아저씨의 과거는 온통 수수께끼네요. 한 가지씩 가르쳐 줘요."

미치루가 신이 나서 말했다. 발리에 있을 때의 미치루

는 한층 어린애다워진다. 잠이 오면 자고, 아침에는 일찍부터 움직이고 싶어 안달한다. 신날 때는 까불지 않고 오히려 차분하다.

"우선은 친구부터."

이치로가 말했다.

"술집 마담이랑 사귀었다나 봐."

"내가 사야카에게 그런 얘기도 했나?"

이치로가 진지하게 되물어서 나는 후후후 웃었다.

"설마 멋대로 내 물건 만진 거야? 이 괴물!"

"그런 걸 내가 왜 해. 관심 없네요."

그의 그런 면에 익숙한 나는 그렇게 응수했다.

우리는 넷이 가족처럼 아주머니가 기다리는 게스트하우스로 향했다.

이런 식으로 사토루를 데려오고 싶었는데, 하고 나는 생각했다. 절대 비교하는 것은 아니다.

만약 병이 나았다면 이렇게 다 같이 차를 탔을 테니까. 그리고 아저씨와 아주머니도 사토루를 더없이 좋아하게 되었을 테고.

사람이 자연스럽게 죽을 때는 수명이라는 말을 믿을

수 있다.

물속에서 가지를 잘랐는데도 더는 물을 먹지 않는 식물이 말라 가는 과정을 보듯이 이제 음식도 사람의 에너지도 받아들이지 못하고 자기 안의 에너지를 조금씩 소모하다 끝나 간다.

하지만 우리 부모님이나 사토루처럼 젊은 나이에 갑자기 사라지는 경우 나는 아직 떨쳐 버리지 못하고 있다. 떨쳐 버리지 않아도 좋다고 생각한다.

사토루를 보면서 악화되는 속도가 치유되는 힘을 이기고 있다는 것을 잔혹하리만큼 실감했다. 이대로 물러나지 않을 거야, 하는 식으로 플러스를 쌓아 나가도 조그만 걸림돌에 마치 오셀로처럼 체력이 소진되고 만다.

유전적으로 약했던 것은 아니었을 테니까 사토루가 인생의 어느 시점에 터무니없이 무리를 했던 것이라고 생각한다.

또는 모든 것을 자기 내면에서 삭이는 유형이었으니까 영업과 판매를 하는 일이 어쩌면 그에게 버거웠는지도 모른다. 영업 다음에는 그의 아버지가 있던 부서, 도구를 사용하고 실험하기 위해 실제로 자연 속에 들어가는 부서에 가고 싶다고 했는데.

그런 균형감은 밖에서는 파악하기 힘들다. 하지만 건강하려면 균형감은 불가결하다.

사토루를 좀 더 자주 봐 줄 걸 그랬다. 이렇게 될 줄 알았다면 더 젊을 때부터 더 좋아하고 부딪쳐 볼 걸 그랬다. 몇 번이나 나를 덮쳤던 자기 연민의 물결이 예쁜 저녁 하늘과 함께 내 마음속으로 또 밀려왔다.

몸이 같은 길을 어제 지났을 때보다 한결 발리에 적응해 내 세포가 지금은 지금이라는 말만 했다.

"이제 다 같이 밥 먹고, 샤워하고, 푹 자요. 꿈속에 하얀 개가 나올 거예요."

"어떤 개인데? 시바견?"

이치로가 물었다.

"아니요, 엄청 커요. 용처럼 생겼지만 눈은 똘망똘망한 강아지 같은 개. 발리에 오면 언제나 꿈속에서 그 개를 봐요."

그랬구나, 하고 나는 생각했다.

"맞다. 나 그 개 만난 적 있어. 전에 여기 머물 때 방에 왔어. 꿈속이었지만. 울고 있으니까 복슬복슬한 몸으로 안아 주던데."

"와, 우리 잘 맞나 보다. 똑같은 꿈을 꾸게."

그 대화를 듣고서 나도 아저씨도 싱글싱글 웃었다.

착한 사람에게는 성스러운 동물 바롱이 반드시 찾아오나 보네, 하고 생각하면서.

우붓이 어떤 곳이냐고 물으면 정령이 그렇게 많은 곳이라고 대답한다.

마치 유럽이나 아오야마 거리처럼 전면이 유리창인 부티크와 액세서리 가게, 고급 잼과 비누와 오일을 파는 가게가 즐비한데, 조금만 뒤로 돌아 들어가면 바로 시골이다. 길에는 흙먼지가 풀풀 날리고, 절에는 사람들이 바글바글 모여 있고, 언제든 북적북적한 장례식 행렬을 볼 수 있다.

그렇다고 겉으로 드러난 번쩍거리는 도회다움이 거짓이냐 하면 그렇지 않다.

전 세계의 여행자들이 뭘 사는 것도 아니면서 구경하며 다니고, 와이파이가 되는 카페에서 느긋하게 차를 마시고는 다시 걷는 모습을 보면 마음이 여유로워진다.

부자는 부자 나름으로 배낭여행자는 배낭여행자 나름으로, 고루 천천히 흐르는 시간을 바라보는 모습을 보면 내 안의 축이 확실해지는 기분이다.

보통은 그런 일로는 평온해지지 않는데, 왠지 우붓에서는 마음의 속도가 느려져 그렇게 작은 일들의 좋음을 절감하게 된다.

미술관을 지나고 몽키 포레스트 바로 못미처에 공기가 갑자기 짙고 무거워지고, 좋은 생각을 조금도 할 수 없는 지점이 있다. 그러나 그곳을 지나면 다시 낙관적인 것이 힘을 더해 간다.

일본도 비슷하리라고 생각한다. 땅의 힘이 소스라칠 만큼 확실해서 기상도나 등압선처럼 그림으로 그릴 수 있을 정도다. 옛날 사람들은 그 그림을 따라 마을과 쉼터를 조성했을 것이다.

그러나 지금의 일본은 정보가 뒤죽박죽 섞이고 겹겹이 쌓여 있어 알기 힘든 것이리라.

나는 이치로가 있는 상황에 며칠 만에 바로 익숙해졌다.

미치루도 그런 것 같다.

그게 전부다.

우붓 참 좋다, 정말 그래. 계곡가에 있는 게스트하우스까지 걸어서 돌아가는 길도 좋고, 의례적인 사람도 있을 수 있겠지만 온 마을에 깊은 신앙심이 감돌고, 밤에는 여기저기서 가믈란[7] 소리가 들려오고…… 참 좋네, 하고 우리는 툭하면 말한다.

이치로가 특히 좋아한 곳은 카페 로타스와 사리 오가닉이었다.

미치루는 왕궁 옆에서 파는 바비굴링을 가장 좋아해서 날마다 먹어도 좋다고 하지만, 나는 기름기 많은 돼지고기에 지친 탓에 매일 먹기는 힘들어 집에서 식사할 때가 아니면 그 세 군데를 번갈아 가기로 했다.

발리붓다의 테라스에서 느긋하게 몸을 풀고 건강 음료를 마신다. 녹즙이나 다시마차, 유기농 홍차. 미치루는 가게에서 준 색칠 놀이를 하거나 들고 온 책을 읽고, 가게에 온 신기한 사람들을 구경하느라 심심해하지 않았다. 그런 외출에 아저씨와 아주머니가 참가하는 날도 있었다.

7 발리의 전통 타악기와 이로 연주되는 음악을 의미한다.

이치로는 아침에 일어나 신사에서 하던 생활대로 아주머니를 도와 아침 식사를 준비하고, 청소는 발리인 도우미가 해 주니까 아저씨를 위해 물건을 옮기거나 장 보러 같이 가곤 하는 게 일과였다.

그리고 산책도 할 겸 시내로 나가 저녁때까지 시간을 보냈다.

카페 로타스는 왕궁 옆에 있어서 뭘 주문해도 한참이 지나야 나오지만, 끝없이 펼쳐지는 활짝 핀 연꽃밭을 바라보면서 차를 마실 수 있다. 손님 중에는 너무 편한 나머지 쿨쿨 자는 사람도 있다.

사리 오가닉은 미술관 앞길에서 입구처럼 보이지도 않는 좁은 언덕길을 따라 죽 올라가면 언뜻 아무것도 없을 것처럼 그저 논과 밭만 이어지는데, 그 사잇길을 빠져나간 곳에 있었다.

전부 직접 기른 채소와 직접 만든 조미료로 만든 채식 요리인데도 하나같이 맛있고, 눈앞에는 온통 초록색 논과 밭뿐이어서 옛날의 일본 같았다.

이치로는 거기에서 뭘 먹을 때마다 중얼거렸다.

"절 음식이나 다름없는데 이렇게 맛있다니……."

"이치로, 계속 일본에 있었어? 외국에 안 갔어?"

"어머니 모시고 서울에 다녀온 적은 있는데…… 그 정도야. 그리고 사야카를 쫓아서 우붓에 온 게 전부. 솔직히 말해서 그때는 슬퍼서 경치 같은 건 보이지도 않았어. 밖에 나가서 뭘 먹지도 않았고. 그 집에서 그저 멍하니 있거나 산책하거나 했지."

논을 질러 불어오는 바람에서 물 냄새가 났다.

미치루는 까맣게 탄 맨발을 덜렁거리며 진한 망고 주스를 마셨다.

배탈도 나지 않고, 며칠 사이에 까맣게 타서 여름 방학을 즐기는 어린애다워졌다.

"나 해마다 와도 좋을 것 같아, 발리는. 여기 오면 머릿속에서 웅웅거리는 온갖 소리가 싹 가라앉고 대신 자연의 소리가 들어와."

그런 소리마저 테라스를 훑고 지나가는 바람에 녹아 무거운 의미를 잃어버린다.

모든 것이 하루의 순간 속에 자연스럽게, 호흡처럼 사라져 가는 생활을 떠올릴 수 있다.

대화가 끊어져도 아무 문제 없다.

지금 같이 있는 사람이 내일 다른 장소로 가 버려도 상관치 않는다.

그 세계에서는 나도 이치로도 굴레가 많은 일본에서보다 훨씬 동등하게 존재할 수 있었다. 둘 사이에 있던 것은 이제 완전히 사라지고 말았지만, 남은 것을 소중하게 간직할 수는 있다.

그렇다는 것을 확인할 때마다 조금은 슬프고, 또 조금은 행복했다.

모두가 지금을 살고, 여기 있을 수 있고, 나란히 앉아 맛있는 것을 먹으면서 논을 볼 수 있어 다행이네. 말로 하면 단순하게 그런 것이었다.

이다 씨가 찾아온 것은 누가라로 출발하기 전날 오후였다.

늘 그렇듯이 선물은 부인이 튀겨 준 요리로, 그날은 최고로 잘 튀겨진 피상고렝을 가져와 마치 어린애 달랠 때 하는 듯한 일본어로 "내 부인은 이걸 아주 잘 만드니까. 자, 다들 먹읍시다." 하며 테이블에 꺼내 놓았다.

우리는 튀겨져서 아직도 따끈따끈한 바나나를 하하호

호 웃으면서 먹었다.

모든 아픔이 치유되고도 남을 만큼 맛있었다.

아저씨와 아주머니가 한 달에 한 번 정도 이다 씨에게 진료를 받는다기에 나와 미치루와 이치로는 마사지를 받기로 했다.

"미치루는 아직 어리니까 조금만."

이다 씨는 그렇게 말하고 미치루를 소파에 눕게 한 후 간단한 마사지를 해 주었다.

"배가 따뜻해!"

미치루가 놀란 목소리로 탄성을 질렀다.

그리고 이다 씨는 미치루에게 장이 좀 약하니 그렇게 쓰지 않은 자무를 주겠노라고 했다.

언제나 멀리에서 오토바이를 타고 와 모두에게 차별없이 느긋하면서도 또렷한 목소리로, 당당하게 말하는 이다 씨를 보고 있으니 마음이 따스해졌다.

그건 흔히 있는 따스함이 아니다. 졸리다, 귀찮다, 피곤하다는 말을 할 때조차 사랑이 넘치는 그 같은 사람이 지내 온 시간을 발리의 신이 분명히 보고 있으리라고 생각하는 데서 비롯되는 따스함이다.

그에게는 좋은 사람이 되려고 애쓰며 하루하루를 살다 보니 무언가가 된 사람의 박력이 있었다.

그가 사는 마을 사람들은 행복하겠네, 하고 생각했다.

내 차례가 왔을 때 내 방 침대에 천을 깔면서 내 손의 움직임을 알아차린 이다 씨는 진심으로 기뻐해 주었다.

"이제 움직이는군. 정말 잘됐어. 오늘은 아프지 않게, 손이 조금 더 움직일 수 있게 해 보지. 온몸을 죽 본 다음에 손도 볼 거야."

그는 그렇게 말하고 마사지를 시작했다.

아무런 사심 없는 미치루의 손의 감촉과 비슷하다. 그의 손이 내 몸을 구석구석 빈틈없이 스캔하고 조정한다.

피아노를 조율하듯이, 거기에는 하늘의 법칙 같은 것이 있다는 것을 감지한다.

"아버지와 엄마가 천국에 있으니 지켜봐 주시도록 기도하지. 살아 있는 사람은 마음을 다잡고 살아가야 하니 말이야. 이 손을 고쳐 준 사람은 천국에 있지만, 아버지와 엄마가 아니야. 하지만 천국의 그 사람은 틀림없이 알았을 거야. 자신이 뭘 해야 하는지.

이 손이 오래도록 잘 움직이지 않은 것은 슬픔 탓이었

어. 손이 이렇게 되었을 때 아무도 사야카의 아버지와 엄마를 대신해 주지 않았지. 모두들 생각이 지나쳐서 그저 걱정하고 울어 주는 사람이 없었기 때문에 손이 슬퍼서 굳은 거야.

천국에 있는 사람은 천국에 간 다음에야 그걸 알았지. 천국에 있으면 감정을 잘 드러내지 않게 되는데, 그 사람은 그때 못 한 것을 하려고 무진 애를 썼어. 그게 사야카의 착한 마음과 통해서 손이 움직인 거야.

사실 이 세상은 다 그렇게 생겼어.

다들 잊고 있을 뿐이지. 잊어버려서 많은 일이 생기는 거야. 병에 걸리고, 저주를 하고 당하고. 하지만 기억해 내면 돼."

그 말을 듣고, 나는 그 꿈속의 신사에서 이치로의 어머니가 굳이 친근하게 굴지는 않았지만 무척 친절했고, 빛났다는 기억을 떠올렸다.

"자, 할 수 있는 건 다 했어. 이제 조금씩 좋아지면 좋겠군. 내년에 또 와."

이다 씨가 웃는 얼굴로 말했다. 마사지만 받았는데도 이제 괜찮다고 생각되었다.

옛날에는 의사가 모두 이랬을 것이다. 몸이 불편할 때 만나면 안심이 되는 사람. 미치루도 배를 쓰다듬어 줘서 가뿐해졌다면서 이다 씨를 좋아했다.

이치로 역시 마찬가지였다.

이치로의 마사지를 끝내고 차를 마신 다음 다시 멀리까지 오토바이를 타고 돌아가는 이다 씨를 배웅할 때 이 기분을 무엇으로 갚을 수 있을까, 하고 생각했다. 일본에서의 가격을 고려해 값을 치르려 해도 많이 받지 않아 이다 씨가 준 것은 도저히 돈으로는 값을 매길 수 없다는 기분이 들었다.

만약 그가 조금이라도 탐욕스러웠다면 장사 수완이 좋다든지 뒤끝이 있는 사람이라느니 했을지도 모른다.

하지만 우리는 마치 영웅이나 신의 화신을 배웅하는 것처럼 오직 감사하는 마음으로 멀어지는 그를 배웅했다.

감사합니다, 말로는 모자랄 만큼 감사합니다, 하고 되풀이하면서.

이치로가 거의 울먹이기까지 하면서 말했다.

"왜 저 사람이랑 있으면 이 세상에 내가 있어도 괜찮다는 기분이 드는 걸까. 우리 큰아버지는 신관이지만, 이런 기분이 드는 일은 없는데, 어째서일까."

"큰아버지도 시간이 흐르면 틀림없이 저런 사람이 될 거야. 이다 씨는 정말 대단해. 많은 기적을 보이는 발리안이 있지만, 저 사람만큼 인간으로서 따뜻한 사람은 잘 없을 거야."

우리가 그런 대화를 나눈다는 건 모르는 채 이다 씨는 헬멧을 쓰고 계곡가의 길을 똑바로 달려갔다. 오래전부터 여기 있어 온 듯한 기분으로 우리는 하늘과 작아지는 그의 뒷모습과 오토바이를 한없이 바라보았다.

이다 씨를 만난 후에는 그날 마사지를 받은 사람들끼리 마치 손을 잡고 있는 것처럼 사이좋은 감각을 느낀다.

그 기분을 그대로 유지한 채 나와 이치로는 저녁나절 수영장 가장자리에 앉아 있었다.

오늘은 우리가 우붓에서 보내는 마지막 날이고 손님도 없으니까 아주머니가 뭘 만들어 주겠다고 했다.

적어도 앞으로 일 년 동안은 만날 수 없다. 벌써부터 작별의 기운이 사방에 쓸쓸하게 떠다녔다. 조그만 빛처럼 조그만 쓸쓸함이 동동 떠다니며 우리를 포근히 감싸고 있다.

오가는 한마디 한마디가 작별을 향해 초읽기를 시작한다.

알고는 있었다. 내일 운전사가 와서 차에 올라탄 다음 서로의 모습이 보이지 않게 되면 기분이 전환된다.

하지만 전날은 아무래도 좀 침울해진다. 계속 같이 있고 싶으니까 뭔가가 뜯겨 나가는 것 같아서.

아주머니와 미치루는 차를 타고 장을 보러 나갔고, 아저씨는 근처 시장으로 과일을 사러 갔다.

마사지를 받고 나른해진 우리는 집을 지키고 있겠다고 하고 늘어져 있었다. 수면에 비친 야자수 잎이 진짜 잎보다 선명하게 하늘에 떠 있었다.

"이다 씨, 몸을 좀 아꼈으면 좋겠어. 어떻게 오토바이를 타고 오나 싶을 정도로 먼 거리인데. 발리 사람이야 흔히 그러지만 걱정스러워. 가게에서 휘발유를 병에 담아 파는 것도 좀 걱정스럽고."

"사야카는 여기 출신이니까 적응이 되겠지만, 나는 만약 내일 공항 근처에서 여기까지 오토바이를 타고 오라고 하면 겁이 나서 오늘 잠도 못 잘 거야. 그걸 매일 하고 있으니 이다 씨가 정말 대단한 거지. 그리고 사야카의 야성

미도 이해가 가고."

그렇게 말하는 이치로의 눈이 탐정처럼 예리했다.

이치로가 자신의 언어로 자기 나름의 생각을 하는 그 특유의 도정이 아름다워 예전부터 나는 늘 가슴이 뭉클했다.

그리고 그걸 자기 나름으로 실천에 옮기고 변명하지 않는 모습은 마치 숲에 서 있는 한 그루의 나무를 보는 것처럼 나를 안심시켰다.

데크체어에 벌렁 누워 있는 이치로의 유난히 가늘고 긴 몸, 탄탄한 허벅지, 숱이 적은 정강이 털.

목덜미가 어머니와 똑같은 선을 그리고 있었다.

욕정은 일지 않았지만, 사랑스러웠다.

옛날에 내 손으로 구운 도자기 같은, 그걸 여행지의 숙소에서 발견하고 바라보고 있는 듯한 기분…….

"손 꽤 많이 나았는데. 눈에 띄게 달라."

"응, 마사지를 받은 직후에는 별 변화가 없더니 지금은 많이 다르네. 녹은 설탕이 죽 늘어나는 것처럼 근육이 펴졌어."

나는 손을 움직이면서 말했다.

"이다 씨가 하는 일은 정말 신기해. 그런데 이 섬의 하늘 아래서 받다 보니 당연하게 여겨져. 평소의 우리가 잘못된 듯한 느낌이고. 그렇게 살고 생각하는 게 자연스럽다고 할까."

이치로가 말했다.

"어머니도 받았으면 좋았을 텐데. 이미 늦었지만."

"그래. 사람의 힘이 얼마나 굉장한지를 일본 사람들은 잊고 있어."

나는 그렇게 말하고 일어섰다. 재활 운동 하면 수영장인데, 수영장이 눈앞에 있었다.

"헤엄쳐 볼래."

수영복도 없어 브래지어 달린 탱크톱과 짧은 바지 차림으로 나는 수영장에 들어가 평영을 해 보았다. 어색하고 무겁지만, 움직이는 건 분명하다.

이성과 단둘이 있는데 그 앞에서 불쑥 헤엄치다니, 명확하게 성적 메타포였지만 나는 그런 것에 신경 쓸 처지가 아니었다. 시험해 보고 싶었다. 손바닥이 물을 가르는지, 그 흐름을 느끼는지.

마치 어린 시절에 바다에서 평영으로 저 멀리 나갔던

때처럼 따뜻한 물이 손바닥에 찰랑찰랑 느껴졌다. 정말정말 오랜만에 느껴 보는 감각이었다.

"할 수 있어, 움직여!"

나는 웃으면서 말했다. 웃음을 참을 수 없었다.

이치로는 울고 있었다.

오후의 빛 속에서 내가 자란 발리의 집을 배경으로 무릎을 껴안고 어린애처럼 울고 있었다.

나는 수영장에서 나와 수건으로 몸을 감고 이치로의 옆에 앉아 어깨를 톡톡 쳤다.

"넌 뭐든 스스로 결정하고, 참 강한 사람이야."

이치로가 훌쩍거리며 말했다. 속눈썹 끝에 맺힌 눈물이 빛났다.

"그야 살인 병기니까 그렇지. 제대로 훈련받은."

이치로가 겨우 슬쩍 웃었다. 울다가 웃는 얼굴이 한심하고, 그래서 또 가슴이 뭉클했다.

지금 내 눈동자를 들여다보면 틀림없이 부드러운 빛이 보이리라.

"얼마 전에도 말했지만, 그때, 어머니가 하마터면 살해당할 뻔하고 연인은 폭행을 당하고 있는데, 나는 학교에 갔어. 멍청하게. 아무런 위기감도 없이.

그런 위험 요소를 가진 사람이 집에 묵고 있다는 걸 알면서도 아무 주의도 않고, 다녀오겠다고 하고는 갔다가 태평하게 돌아왔어.

어쩔 수 없는 일이었다, 다들 그렇게 말하고 너 역시도 그렇게 생각했을 거야.

하지만 그때, 내가 얼간이처럼 아무것도 못 하고 있는 동안에 운명의 흐름 같은 것이 완전히 뒤바뀐 느낌을 잊을 수가 없어. 나는 닿을 수 없는 급류 저편으로 연인이 사라졌어.

내가 너를 생각하는 마음과 어머니가 너를 생각하는 마음에 온도 차가 있다는 것도 난 몰랐어, 바보같이.

그래서 그때는 아무도 너의 부모 역할을 할 수 없었던 거야. 네게는 그게 정말 가혹한 일이었을 거야."

나는 조금 전에 이다 씨가 했던 말을 고스란히 떠올리고 있었다.

그 말을 이다 씨가 이치로에게 했는지는 모른다.

다만 이치로가 그걸 지금 깨달은 것이 아니라 오래전부터 마음에 무겁게 품고 있었다는 것만은 그 눈물의 느낌으로 전해졌다.

"그 자리를 지키지 않고 학교로 휭하니 가버린 데다 상처와 피를 보고 새파랗게 질린 애송이가 뭘 할 수 있었겠어. 너에게 열등감만 느낄 뿐 변해 버린 흐름을 도저히 되돌려 놓을 수가 없었어. 그리고 무엇보다 그 손을 보기가 무서웠어.

나는 겁에 질려서 어릿광대 같은 존재가 된 채 너의 어둠에 빛 한 줄기 주지 못했어.

너를 외톨이로 만드는 데 힘을 보탰을 뿐이라는 걸 알면서도 아무것도 할 수 없으니 아무 말도 할 수 없었어. 말을 하면 할수록 얍삽해질 뿐이었지.

있는 힘을 다해서 너를 되찾으려고 여기까지 오기는 했지만, 여기서도 난 마냥 얼간이였어. 다시 오는 수밖에 없다고 생각했지만, 그런 거 전부 어느 모로 보나 부모의 사랑은 아니잖아. 가장 소중한 게 없는데, 뭘 해도 소용없지. 가장 소중한 건 사랑이 아니야. 그 자리에서 가장 필요한 일을 하는 거지. 하지만 나는 내 생각밖에 없었어."

"그때는 다 젊었잖아. 젊다는 건 자기 생각밖에 없다는 건데, 뭐."

"내가 그러고 있는 동안 너는 결혼해서 아이를 낳았어. 사야카, 그 사람을 정말 사랑했던 거야? 좋아했어?"

이치로가 물었다.

"응, 좋아했어. 마치 우주인을 사랑하는 것처럼. 모르는 나라의 경치를 동경하는 것처럼."

"거짓말, 거짓말일 거야."

나는 이상하게 움찔했다.

"어떤 의미에서는 거짓말일지도 모르지. 하지만 미치루가 내게 온 후로는 전부 진짜야."

"응, 그건 그래. 나도 이제 그 아이가 없는 인생은 생각할 수 없어. 서로 알고 좋아하게 된다는 건 그런 거지."

깨끗하게 물러나서 나는 이치로가 미치루를 정말 좋아한다는 것을 깨달았다. 아무리 꾸며 대도 부모는 그런 유의 진위를 금방 아는 법이다.

"요즘 사야카가 처음 집에 왔을 때가 떠오르곤 해.

재워 준다고 하던데요, 현관 앞에 서서 씩씩한 목소리로 말했어. 머리칼은 푸석푸석하고 크기만 컸지 낡은 리모와 여행 가방에 청바지를 입고. 동그란 눈이 반짝거렸지. 내가 좋아하는 스너프킨[8] 같았어. 이 세상의 더럽고 애매한 것을 싹 쓸어 없앨 것처럼 힘찬 모습이었어. 너덜너덜한 운동화도 굉장히 폼났고……. 어디서 온 여행자일까 하고 생각했어.

그때부터 사귀기 시작할 때까지 내 모든 기쁨과 관심은 너를 향했지. 내 인생에 그렇게 충실한 나날이 있었던가? 그건 너도 마찬가지였지?"

"응, 그건 인정해. 내 마음속에 있는 기분을 이치로도 똑같이 가졌다는 건 금방 알았어. 그리고 정말 같은 속도로 걷고 있다는 것도 날마다 확실해졌고. 지금도 그건 꿈이었을까 하고 생각해. 이치로의 어머니는 웃는 얼굴로 살아 있었고, 이치로 인생의 중심에 내가 있다는 것도 확실했지. 그때 나는 겨우 내가 있을 곳을 찾은 느낌이었어."

수영장의 물이 내 마음처럼 흔들렸다.

매일 같이 있으면 다시 좋아하게 되리란 걸 알았다.

수영장도 조그만 벌레도 하늘도 야자 잎도 모두 이치로로 보여서 소중해지리란 걸.

---

8 핀란드의 동화 작가 토베 얀손의 무민 시리즈에 나오는 캐릭터로, 고깔모자에 파이프 담배를 문 방랑자의 모습이 특징이다.

그렇기에 더욱 천천히 아무것도 망가지지 않도록.

모르는 걸 안다고 하고서 시치미 떼지 않도록.

우리는 두 번째 기적으로, 다시 같은 마음을 같은 속도로 품고 있다는 것을 서로 분명하게 확인했다.

그때 자동차 소리가 들리고 미치루가 문에서 뛰어 들어왔다.

"지금 뽀뽀했어?"

미치루가 기쁜 듯이 말했다.

"이치로 아저씨, 처음 만났을 때처럼 온몸이 반짝거려서 눈부셔요. 온몸이 엄마를 향하고 있어요. 나 아빠도 이랬으려나 생각하면 괜히 기뻐서 웃음이 나온다니까. 참 착한 딸이지."

"안 했어."

"했을지도 모르지."

이치로가 그렇게 딴청을 부리면서 내 머리에 살짝 입을 맞췄다.

이치로의 가슴이 바로 앞에 있어서 가슴이 살짝 두근거렸다.

"오호!"

미치루가 휴대 전화를 꺼내서 선 채로 글자를 타닥거리기 시작했다.

"뭐 하는 거니?"

내가 들여다보니 화면에 '지금 머리에 뽀뽀했음.'이라고 쓰여 있었다.

"할머니에게 다 보고해야지!"

"하지 마."

나는 그렇게 말했고, 이치로는 웃었다.

사람이 줄어든 만큼 돌이킬 수 없는 슬픔이 늘었지만, 사람이 는 만큼 행복도 늘었다. 옛날보다 좋아진 것은 틀림없이, 반드시 있다.

아주머니가 바구니에 가득 든 식자재를 가지고 계단을 올라왔다. 나는 저녁 준비를 돕기 전에 샤워를 하려고 일어났다.

잠깐의 작별을 향해 마지막 밤이 시작된다. 회복의, 치유의 밤이 또 하나 쌓였다.

가령 다시 만날 수 있다는 걸 알아도, 잠깐의 작별이라도 헤어짐은 애달프다.

미치루의 눈에 고인 눈물을 보고 누가라에 가지 말까, 어쩌자고 기간을 이렇게 짧게 잡았을까, 하고 나는 후회할 뻔했다.

하지만 이번에는 셋이 떠나는 거라고 생각하자 조금은 기분이 밝아졌다.

늘 미치루와 둘이 왔기 때문에 아저씨 아주머니와 헤어질 때면 정말 아쉬움에 푹 젖어 둘 다 돌이킬 수 없을 듯한 기분이 들었다.

이치로는 어머니를 잃었고, 나는 부모님과 사토루를, 미치루는 아빠를, 저마다 돌이킬 수 없는 일을 경험한 만큼 셋이 뭉치자 묘하게 이 순간을 즐기자는 식이 되었다.

그 결합에 기분이 한결 가벼워졌다.

사람과 사람 사이에서 생기는 화학적인 변화는 각자의 마음에 공간이 없으면 가능하지 않다.

그런 의미에서 우리 셋은 최강의 팀이라고 생각되었다. 길조라는 느낌도 들고.

아저씨 아주머니와 포옹을 하고, 귀국할 때 공항에 배웅하러 나오겠다고 해서 편명과 시간을 알려 준 다음 다시 공항에서 만나자고 인사하고는 누가라의 마루 씨가 보내 준 운전사의 차에 올라탔다.

미치루는 젊고 귀여운 운전사 에디가 몹시 마음에 들어 조수석에 앉아 일본말로 말을 걸었다.

일본어를 공부하는 에디와 미치루의 짧고 귀여운 대화를 듣다가 꾸벅꾸벅 졸다 보니 헤어짐의 애달픔은 꿈에 쏙 녹아 버린 것처럼 엷어졌다. 옆을 돌아보니 이치로도 그 옛날의 얼굴로 쿨쿨 자고 있었다.

잠든 얼굴에는 그 사람의 전부가 드러난다.

잠든 이치로의 얼굴이 갓난아기 같았다. 군더더기 없는 인생을 살아온 것이리라.

나는 지금까지 헤어짐의 애달픔을, 온갖 장소를 뒤로하는 행동을 수도 없이 되풀이했고, 앞으로도 그럴 것이다.

하지만 그 집에 돌아가고 싶다. 그 사람들이 기다리는 그 집에 돌아가고 싶다고 몇 번이나 간절하게 바랐다.

마루 씨 집에 도착하니 이미 저녁때였다.

그는 어마어마한 부자지만 여전히 소탈했다. 그 지역의 명사이며 부동산 왕이고 자선 사업의 화신이며 무슨 문제가 생기면 마루 씨를 찾아가라는 분위기가 해마다 강해지는 인상이었다.

그날도 마루 씨는 여러 사람에 에워싸여 무척 바빠 보였다.

내가 몸과 마음을 다치고 몸을 의지했을 때도 "뭐야, 다친 거야? 편히 쉬어." 하고 두세 마디 한 것 외에는 아무것도 묻지 않았다.

그 후에 틈이 났을 때 불쑥 그러고 싶어서 마루 씨에게 다친 사연을 조금 얘기했는데, 마루 씨는 나를 조금도 바보 취급하지 않았다.

방세도 받지 않고, 수영장에서 가장 가까운 조그만 방을 빌려주었다.

나는 밤중에 다른 사람들의 대화에 끼고, 같이 참치를 해체하는 광경을 구경하고, 일본 각지에서 온 사람들과 친해지기도 하고, 가정부들과 늦은 밤 부엌에서 수다를 떨고, 고양이와 개와 노는 나날을 보내면서 손은 굽은 채 그대로였지만 마음만은 조금씩 건강을 되찾아 갔다.

지금도 일본과 인도네시아 국내에서 많은 손님이 찾아와 있었고, 마침 마당에서 누가라 전통의 대나무 가믈란을 사용한 연주와 춤, 제고그[9] 무대가 시작되려는 참이었다. 무희들이 마루 씨에게 춤을 보일 수 있다는 기쁨을 주체하지 못하는 표정으로, 아직 어린 얼굴에 곱게 화장하고 화려한 의상을 입고 대기하고 있었다.

무대 앞에는 의자가 줄지어 놓여 있었다. 마루 씨의 모든 직원이 기민하고 활기차게 움직인다. 모두가 마루 씨를 존경하고 진심으로 즐겁게 일한다는 게 전해진다.

여기 혼자 왔을 때 나는 그들의 군더더기 없는 움직임을 보는 것만으로도 활기를 얻었다.

"오, 사야카와 미치루. 이쪽은 새아빠인가?"

"아니요, 아빠보다 더 오래된 옛날 남친이래요."

미치루가 대답했다.

마루 씨가 많은 것을 단번에 간파한 듯 눈썹을 찡긋 올리고는 이치로를 향해 미소를 건네며 말했다.

"제고그 재미있게 보라고."

"네, 신세 좀 지겠습니다. 감사합니다."

차분한 목소리와 미소로 이치로가 말했다. 그 모습을 보면서 나는 이치로가 나도 모르는 새 훌쩍 어른이 되었

---

9 가믈란 음악 중 가장 큰 악기로, 여덟 개의 대나무 통으로 이루어져 있다.

다는 것을 깨달았다.

너무 어린애 취급을 했나, 하는 생각이 든 것이다.

마루 씨의 마당에 무대가 설치되는 과정은 마법 같았다. 이치로가 마루 씨에게 몇 가지 질문을 했다. 둘이 선 채로 친근하게 대화하는 광경도 참 신기해 보였다.

이런저런 것들이 자연스럽게 이어져 간다.

연주가 시작되자 아주 멋지고도 흥겨운 리듬에 공간이 갑자기 짙어진 듯했다. 점차 저물어 가는 하늘을 배경으로 무희들이 하나둘 나타나고, 마지막에는 손님들까지 뒤섞여 신나는 분위기가 연출된다.

여름 축제에 참가한 사람들 같은 표정에 눈이 반짝거리는 어른들과 아이들이 마당에서 웃으며 시간을 보내고 있다.

무언가가 지켜 주고 보호해 주는 분위기.

여기에는 아쉽게도 그 무렵 이치로의 어머니는 의식하지 못했던 측면…… 갖게 된 힘과 그 힘에 도전하는 세력에 대한 대책과 단단한 각오가 있다.

"저 말이야, 사야카, 저 남자 어린애처럼 굴고 있지만 기대해도 좋을 것 같은데."

묵고 있는 숙소 쪽에서 저녁을 먹을 시간이 되어 마루 씨 집에서 걸어 나가는 내게 마루 씨가 슬며시 말을 건넸다.

새카만 피부, 늘 티셔츠 차림에 반듯한 머리, 약간 졸린 듯한 표정의 마루 씨는 딱 일본의 말썽쟁이 형씨지만, 눈이 다르다.

그 눈 속에는 두려우리만큼 많은 것을 보며 살아온 사람의 광휘가 있었다. 절대 사라지지 않을, 아마 죽어도 사라지지 않을 깊은 것이.

"그래요? 미치루와 한 사람을 더 데리고 다니는 기분인데."

사토루는 자연을 상대하며 살아온 사람이라서 결정적으로 믿음직스러운 부분이 있었다.

"그야 어떤 남자가 사야카 공작원을 제압할 수 있겠어."

마루 씨가 웃었다.

다쳤을 때 얘기를 슬쩍 비쳤을 뿐인데도 전체를 파악해 준 사람은 마루 씨뿐이었다고 생각한다. 몸을 써서 싸우며 살아온 사람이라 알 수 있었던 것이리라.

왜 부상을 당하는지, 당할 수밖에 없는 때가 있는지.

"난 처음에 한 번 보면 대충은 다 알아. 그 사람 반듯한 사람이야. 적당한 때를 가늠하는 거 하며 인사하는 태도를 보면 살아온 길을 알 수 있다고."

"그래요? 그럼 별 기대하지 않고 그냥 사이좋게 지낼게요."

"가족은 팀이니까 말이지. 좋은 팀을 만들어. 그리고 언제든 또 오고. 우붓의 아저씨 아주머니도 시부모님도 다 모시고 오라고."

마루 씨가 걸쭉하고 친절한 목소리로 그렇게 말했다.

우붓의 아저씨 아주머니는 경영난에 부딪쳐 마루 씨에게 돈을 빌린 적이 있다. 그리고 당연히 갚았다.

마루 씨는 누가라 사람과 일본인 지인에게 우붓의 게스트하우스를 엄청나게 선전해 주었고 팸플릿도 나누어 주었다. 그 덕분에 경영난에서 헤어났다.

"아저씨랑 아주머니가 안부 전해 달라세요."

나는 머리를 숙였다.

"지난달에 우붓에서 만났어. 좋아 보이더군. 게스트하우스도 잘되는 것 같아서 다행이야."

"감사합니다."

"다들 잘되는 게 가장 풍요롭고, 뭐니 뭐니 해도 상쾌하잖아. 안 그래? 그게 가장 좋아."

마루 씨가 빛나는 눈동자로 자신 있게 말했다.

나는 혼자 힘으로 회복된 게 아니라는 것을 명심하자고 생각하면서 고개를 끄덕였다.

아저씨와 아주머니에게, 마루 씨에게, 그의 직원들에게, 그리고 발리의 땅과 하늘에서도 큰 힘을 받았다. 이런 사람들이 있다는 것을 절대 잊지 말고 살자, 하고 나는 다짐했다.

그리고 나도 사람들에게 다소나마 그런 사람이 될 수 있도록 하자고. 적어도 내 가족에게는 그런 사람으로 살고 싶다. 앞으로 무슨 일을 하게 되더라도 그렇다.

어떤 때이든 여기 마당에서는 모두가 활기찬 모습으로 제고그 준비를 하고, 밤이 깊어지면 마루 씨 집의 거실로 모여든다. 여자들은 음료를 만든다. 날은 밝지 않고, 여름 휴가는 끝나지 않는다. 그런 분위기를 오직 한 사람과 그를 따르는 사람들이 만들어 가고 있다. 그런 일이 가능하다는 것을 잊지 않으면 일본에 있어도 흔들리지 않을 것이다.

이치로의 어머니 말대로 자신이 이렇다 저렇다 생각하는 것은 정말 하찮다. 나무와 하늘, 수많은 사람들의 수많은 움직임과 생각, 그런 것들이 전부 합쳐져 결론 없는 이 아름다운 세상에서 갖가지 일이 발생하는 것이다. 모두가 조금씩 내놓고, 기운도 주고받고, 움직이고 또 쉬고. 마치 세포처럼. 자연과 사람과 그 외의 모든 것이 다 함께 춤을 추는 것처럼.

사람은 저마다 많은 사람들과 이어져 있고, 그 사이를 오가며 조금씩 바퀴를 돌린다. 그것도 자연의 섭리의 일부다.

그렇게 생각했다. 피가 좀 더 잘 돌아가는 듯한 기분이었다.

"사야카, 그게, 손 나왔나?"

마루 씨가 알아차리고 있었네, 하고 나는 생각했다.

사실은 무엇보다 가장 먼저 알아차렸겠지, 하고.

"천국에 있는 남편이 죽은 사람들끼리 연락해서 연을 이어 준 모양이군. 그런가 봐."

부모님, 사토루, 이치로의 어머니, 이치로의 형…… 만약 그들 모두의 혼이 그쪽에서 서로 얘기하고 있다면 얼마나 멋질까.

"듣고 보니 그럴 수도 있겠네요. 죽은 사람은 죽은 사람을 잇고, 산 우리는 다 같이 모여 있는지도 모르겠어요. 마루 씨는 그런 걸 어떻게 아세요?"

"내가 사이키델릭이잖아."

마루 씨가 담배를 입에 물고 가장 환하게, 사람을 비추는 듯한 얼굴로 웃었다.

"사이킥이 맞는 말이죠."

나는 웃었다.

제고그 무대가 싹 정리되고, 나무들도 다시 울적한 어둠으로 침잠했다. 마당에 놓였던 의자도 모두 정리되고, 이제 다시 밤의 생명이 시작되려 한다. 하지만 태양은 다시 떠오르고, 해가 기울면 제고그 준비가 시작된다. 그 반복이 든든했다.

걸어서 삼 분 걸리는 숙소에 같이 묵는 직원 코우가 저녁 시간이라고 부르러 왔다. 우리는 그를 따라 저녁을 먹으러 코티지로 향했다.

이치로가 미치루와 손을 잡고, 드문드문 있는 소들 사이를 걸어간다.

일본에서는 쉬이 볼 수 없는, 얼굴이 뾰족하고 귀여운 갈색 소였다. 아마 젖소이리라. 소는 송아지와 함께 여유롭게 앉아 있기도 하고, 꼬리를 살랑거리기도 하고, 힐금 둘을 보기도 하다가 생각났다는 듯이 풀을 뜯었다.

그때 천천히 옆을 지나던 오토바이가 이치로와 미치루를 피하느라 흙탕에서 비틀대다가 겨우 중심을 잡았다. 이치로가 미치루를 껴안고 크게 발을 내디뎠고, 미치루는 떠밀려 비틀거리다 흙에 미끄러져 결국 푹 고꾸라지고 말았다.

이치로가 흙탕에 무릎을 꿇고 미치루를 휙 일으켰다.

그 광경을 보고서 역시 마음이 크게 움직였다.

오토바이 탄 청년이 사과하면서 둘이 다치지 않았는지 확인하고 사라졌다.

속도가 빠르지 않아 그렇게 걱정은 하지 않았지만, 크게 다칠 수도 있는 사건이었다.

눈앞에서 순식간에 벌어진 일이라 내 몸은 움직이지 않았다. 이치로에게 미치루를 완전히 맡기고 있어서였다.

이치로에게 늘 미치루를 보호하며 걷는다는 마음가짐이 없었다면 몸이 그렇게 반응하지 않았을 거라 생각되자 한없는 고마움을 느꼈다.

그리고 나는 이야마 씨 얘기가 떠올라 애달파졌다.

이치로는 미치루를 정말 좋아한다, 몸이 반사적으로 움직일 만큼. 내가 이치로의 어머니를 구했을 때처럼 몸이 무조건 움직이는 기분으로.

미치루가 조그만 손으로 이치로를 껴안았고, 이치로는 싱글벙글거렸다.

달려가면서 그 모습을 보니 우리는 정말 한 팀이 될 수도 있겠다는 기분이 들었다.

내가 얼른 이치로 쪽으로 다가가 말했다.

"고마워, 미안하네."

"깜짝 놀랐어. 어두워서 우리가 보이지 않았나 봐. 미치루를 넘어지게 해서 미안해."

"괜찮아요. 도와줘서 고마워요."

미치루가 내 허리를 껴안으면서 이치로에게 그렇게 말했다.

"조심해야지."

"응, 조심할게. 어두운 데서는 특히."

셋이 나란히 걸어가는 사이에 쿵쿵 뛰던 가슴도 가라앉았다. 살아 있다는 기적, 미치루가 이렇게까지 자랐다는 기적. 너무 꽉 잡으면 달아나는 그 기적의 감촉.

"마루 씨 굉장히 큰 사람이지?"

"응, 정말."

이치로가 고개를 끄덕였다.

"저녁 먹고 조금 쉰 다음에 놀러 가자. 손님들이 모여서 아마 마루 씨에게 질문도 하고 차도 마시고 있을 거야. 와이파이가 되는 곳은 거기밖에 없으니까 메일도 보내고. 현관 소파에서 멋진 청년 신과 코우가 입구를 지키고 있을 테니까 이상한 사람도 안 들어올 테고. 여름 방학 합숙 때처럼 다 같이 외롭지 않게 밤을 보내는 거야."

"여기서는 밤에 늦게까지 깨어 있어도 괜찮은 거지, 신난다."

미치루가 말했다.

"미치루, 아까 보낸 문자에 답장 왔어? 할머니가 뭐라셔?"

"'조사를 계속해.'라고."

미치루가 대답했다.

웃으면서 보고 싶네, 하고 생각했다. 계단을 내려가면 그렇게 멋진 사람들을 만날 수 있다니, 내가 그런 곳에 산다는 게 얼마나 행운인지 모르겠다.

“발리에는 사야카가 마음 놓고 어리광을 부릴 수 있는 곳이 많군. 안심이야.”

이치로가 말했다.

“여기가 고향이니까 그렇지. 이곳의 신도 공기도 땅도 다 내가 이곳을 좋아하는 만큼 나를 그리워해 주는걸.”

달을 올려다보며 내가 말했다.

언젠가 저쪽으로 가는 날까지 언제든 올려다보리라.

“내년에 또 오자. 다 같이 올 수 있으면 더 좋고.”

그 무렵 우리는 어떻게 되어 있을까, 하고 나는 생각했다.

암울한 기분은 아니었다. 날이 밝으면 꽃망울이 활짝 열리는 연꽃 같은 기분이었다.

저자 후기

나나오 다비토 씨의 노래에서 제목과 가사의 일부분을 빌린 이 소설은 '세상에 이런 가족도 있구나.' 하고 너그럽고 느긋하게 읽히기를 바라고 썼습니다.
아무런 교훈이 없어도 상관없어요.
다만 이 세상 어딘가에는 어중간하고 서툴게나마 열심히 살아가는 이런 사람들이 있으니까, 천천히 읽어 나가다가 그 사람들과 살짝 눈을 마주하는 느낌으로. 오늘도 잠들기 전에 그 사람들을 잠시 만나 볼까, 딱히 아무 일이 없어도 그냥 그 사람들 얼굴만 잠깐 볼까, 특별한 일은 없어도. 『빨강 머리 앤』을 읽듯이, 「꼬마 숙녀 치에」를 보듯이, 그렇게.
나는 요즘 그런 소설을 읽고 드라마를 보면 왠지 모르게 안도합니다. 요즘 시대에는 많지 않은 것이라 그럴까요.
군데군데 생생한 장면이 있는 소설이지만, 평화로운 기분으로 썼습니다.
주인공의 인생에는 갖가지 일이 많았지만, 지금은 결실의 시기. 돌아보며 인생을 음미하고, 앞날을 조금은 낙관적으로 생각해도 좋을 때. 그런 느낌입니다. 나는 이 좌충우돌하는 사아캬를 무척 좋아합니다. 친구가 되고 싶을 정도입니다.
오랜 연재를 거쳐 겨우 '책으로 나왔다.'고 전하자 눈을 반짝이며 기뻐해 준 나나오 씨의 모습이 이 소설에 관한 가장 자랑스러운 추억이 되었습니다.
이다 바구사 씨도 마루 씨(마루오 다카토시 씨)도
인도네시아의 발리에 실제로 존재하는 인물입니다.
이다 씨, 마루 씨, 감사합니다.
그들은 사실은 마치 피를 흘리듯 힘겨운 인생을
살아 왔음에도 그런 내색은 조금도 하지 않고
담담하게 타인을 돕고 있습니다.
그 격의 없는 자세에 감동했습니다.
그들의 위대함은 여러 가지 형태로 남아 있지만,
나 역시 소설 속에 그들을 새기고 싶었습니다.
이 소설을 통해 그럴 수 있어
나로서도 무척 기쁩니다.

지방지를 읽는 것을 아주 좋아하지만,
지방 신문사 현장의 분주함과 지방이라서
비롯되는 힘겨움도 잘 알고 있습니다.
그 힘겨움이 내게는 덜 미치도록 애써 주신
담당 편집자 이시하라 마사야스 씨,
쓰보이 마도카 씨, 감사합니다. 두 분 덕분에
등장인물들을 충실하게 그릴 수 있었습니다.
인도네시아 취재에 흔쾌히 협력해 주신 마루 씨의
직원 여러분, 가와구치 고지 씨, 구로이와 쇼 씨를
비롯해 친절한 많은 분들, 그리고 이다 씨의
매니저 사토 다케시 씨, 고마웠습니다.
덕분에 사야카의 원점인 발리 섬의 장면을

사실적으로 그릴 수 있었습니다.
이 소설 속에는 늘 발리의 바람이 불고 있습니다.
생강돼지볶음 가게의 모델은 다이칸야마에 있는 '스에젠'입니다. 생강돼지고기볶음이 메뉴에 늘 있는 것은 아니지만, 좋아합니다. 언제나 최고의 맛을 보여 주셔서 감사합니다.
이 소설의 자잘한 교정 작업에 꼼꼼하게 함께 해 준 요시모토 바나나 사무소의 여러 분에게도 감사를 드립니다.
사야카의 마음속 세계를 아름다운 색채로 그려 주셨고, 또 일본에서 출간된 책의 표지 그림으로 밤의 내음이 풍겨올 듯한 발리의 풍경을 그려 주신 아키야마 하나 씨에게도 감사드립니다.
하나 씨의 그림에 떠 있는 네모를 좋아합니다.
언제나 상큼하고 멋지게 책을 디자인해 주시는 스즈키 세이치 씨에게도 심심한 감사를 드립니다.

요시모토 바나나

옮긴이 김난주

1987년 쇼와 여자대학에서 일본 근대문학 석사 학위를 취득했고, 이후 오오쓰마 여자대학과 도쿄 대학에서 일본 근대문학을 연구했다. 현재 대표적인 일본 문학 전문 번역가로 활동하며 다수의 일본 문학을 번역했다. 옮긴 책으로 요시모토 바나나의 『키친』, 『하드보일드 하드럭』, 『하치의 마지막 연인』, 『암리타』, 『티티새』, 『불륜과 남미』, 『허니문』, 『슬픈 예감』, 『아르헨티나 할머니』, 『무지개』, 『데이지의 인생』, 『그녀에 대하여』, 『안녕 시모키타자와』, 『바나나 키친』, 『막다른 골목의 추억』, 『사우스포인트의 연인』, 『도토리 자매』, 『꿈꾸는 하와이』, 『스위트 히어애프터』, 『어른이 된다는 것』, 『바다의 뚜껑』 등과 『겐지 이야기』, 『모래의 여자』, 『기린의 날개』, 『천공의 벌』 등이 있다.

서커스 나이트

1판 1쇄 펴냄 2018년 6월 5일
1판 6쇄 펴냄 2022년 5월 20일

지은이 요시모토 바나나
옮긴이 김난주
발행인 박근섭·박상준
펴낸곳 (주)민음사

출판등록 1966. 5. 19. 제16-490호
주소 서울특별시 강남구 도산대로1길 62(신사동)
강남출판문화센터 5층 (우편번호 06027)
대표전화 02-515-2000 | 팩시밀리 02-515-2007
홈페이지 www.minumsa.com

ISBN 978-89-374-3753-3 (03830)

* 잘못 만들어진 책은 구입처에서 교환해 드립니다.